Ulrich Martens liebt seinen Beruf. Als Fremdenführer kommt er täglich mit Hunderten von Menschen zusammen, denen er mit listiger Ironie seine Heimatstadt Hamburg erklärt. Aber dann trifft ihn ein Hirnschlag, während einer Tour durch die Stadt. Erst kann er nicht mehr klar sehen, bald kommt ein Armkrampf hinzu. Mit Mühe flüchtet er sich in die Wohnung seiner Freundin, aber noch während er zu erklären versucht, was ihm geschieht, verliert er die Sprache ... »Eine Liebesgeschichte, von der Art allerdings, die uns ahnen läßt, wie vorläufig und wie zerbrechlich das ist, was wir Glück nennen«, schrieb Franz Josef Görtz in der ›Frankfurter Allgemeinen Zeitung‹.

Siegfried Lenz, am 17. März 1926 in Lyck (Ostpreußen) geboren, begann nach dem Krieg in Hamburg das Studium der Literaturgeschichte, Anglistik und Philosophie. Danach wurde er Redakteur. Seit dem Erscheinen seines ersten Romans ›Es waren Habichte in der Luft‹ im Jahre 1951 zählt er zu den profiliertesten deutschen Autoren. Heute lebt Lenz als freier Schriftsteller in Hamburg.

Siegfried Lenz
Der Verlust

Roman

Deutscher Taschenbuch Verlag

Ungekürzte Ausgabe
Januar 1985
16. Auflage Dezember 2008
Deutscher Taschenbuch Verlag GmbH & Co. KG, München
www.dtv.de
© 1981 Hoffmann und Campe Verlag, Hamburg
Umschlagkonzept: Balk & Brumshagen
Umschlagbild: Studie zu ›Dirigent‹ von Michael Schreiber
Gesamtherstellung: Druckerei C. H. Beck, Nördlingen
Gedruckt auf säurefreiem, chlorfrei gebleichtem Papier
Printed in Germany · ISBN 978-3-423-10364-0

Es traf ihn unvorbereitet. Auf einem Parkplatz, nahe am Strom, ließ Ulrich den Bus halten, hob das Mikrophon an den Mund und forderte die Passagiere auf, sich der weißgrauen Bark zuzuwenden, die gerade unter wenigen Segeln zur Mündung hinabglitt. Es war ein Dreimaster, schlank wie ein Teesegler, das Tuch leuchtete in der Sonne, und aus den Rahen grüßten Matrosen in weißgewaschenem Drillichzeug. Die Passagiere spähten durch die getönten Scheiben, und der Fremdenführer erläuterte ihnen, was sie feierlich vorbeigleiten sahen: ein auslaufendes Schulschiff also, das einmal als schneller Tiefsee-Segler gebaut worden war, einer der letzten Windjammer, die sich mit Passat und Monsun gut gestellt hatten und nun dazu dienten, Seemannschaft zu erlernen unter tausendsechshundert Quadratmetern Segel.

Plötzlich sah Uli den Dreimaster doppelt. Noch bevor er die Passagiere mit seiner eigenen Methode bekannt gemacht hatte, das Gehalt des Kapitäns zu errechnen, beunruhigte sich das Bild vor seinen Augen und riß, riß in der Mitte durch. Das ganze Panorama faltete und teilte sich, doch die beiden Hälften trieben nicht auseinander, sondern füllten sich nur in einem Augenblick auf, so daß er, verwirrt und ungläubig, auf einmal alles doppelt vor sich sah: die lautlos gleitende Bark und den fernen verankerten Bagger und das jenseitige, im Dunst aufschwimmende dünne Ufer.

Ulrich glaubte da einen kleinen Schmerz zu spüren, ein Erschauern; er schluckte mehrmals, wischte sich über die Augen und blickte stromaufwärts zu den zielstrebig kreuzenden Barkassen und Schleppern: auch dieser Teil des Stroms erschien ihm doppelt, ein sanft geriffeltes, übereinandergelegtes Band, markiert von den gleichen roten Seezeichen, aufgerührt und gequirlt von den gleichen Heckwassern. Er merkte, daß der Fahrer zu ihm aufsah, er fühlte, daß die Passagiere der Großen Stadtrundfahrt auf seinen Kommentar warteten, auf eine seiner launigen Bemerkungen, für die sie bereits ein vorsorgliches Lächeln aufgesetzt hatten; doch anstatt weiterzusprechen, bückte er sich nach einer Flasche, goß etwas Mineralwasser in einen Pappbecher und trank mit geschlossenen Augen; mit dem letzten Schluck nahm er eine Migränetablette. Er griff nach der warmen Metallstange, er schüttelte sich. Das Doppelbild glitt übereinander, ruckweise zuerst, dann wie ebenmäßig geschoben, glitt übereinander und vereinigte sich zu einer einzigen lichtvollen Ansicht des gleitenden Dreimasters. War was? fragte der Fahrer, und Ulrich legte ihm beschwichtigend eine Hand auf die Schulter, hob das Mikrophon an die Lippen und wandte sich den Passagieren zu.

Der Fahrer ahnte, was Uli Martens sagen würde, seit einem halben Jahr hörte er ihm zu, täglich dreimal und sonntags sogar viermal, er hörte dem Teamgefährten mit genießerischer Aufmerksamkeit zu, obwohl er die meisten Wendungen auswendig kannte, und es gelang ihm immer noch, über die Lästerungen zu schmunzeln und Vergnügen zu empfinden, wenn Ulrich die Stadt auf seine Art im Futter wendete und unterhaltsam in Verruf brachte. Mitunter, ohne die Lippen zu bewegen, sprach der Fahrer die verzögerten Pointen mit, die kalkulierten Anspielungen und Selbstbezichtigungen, und wenn dann von den Kunstledersitzen das erwartete Gelächter antwortete, hatte er das Gefühl, die Heiterkeit mit hervorgerufen zu haben. Dennoch konnte er es sich nicht vorstellen, selbst mit dem Mikrophon vor vierundvierzig Passagieren zu stehen und die Stadt und die Dinge so auszulegen, daß sie dem Fremden plötzlich bekannt und sogar anheimelnd vorkamen.

Er blickte zu Uli auf, der den Passagieren weniger aufgeräumt und listig als trocken und überhastet erklärte, wie sie das Gehalt eines Segelschiffkapitäns ermitteln könnten; rezepthaft schlug er vor: man nehme die Anzahl der Segel, multipliziere sie mit der Zahl der Besatzungsmitglieder, zähle das geschätzte Alter der Gallionsfigur hinzu und ziehe von dieser Summe die Zahl der Möwen ab, die sich gerade auf Mast und Rahen niedergelassen haben. Danach hängte er abrupt das Mikrophon in die Halterung, senkte sich mit einer Drehbewegung in seinen Sessel ab, legte, wie um einem Druck zu begegnen oder das schmerzende Licht abzuwehren, eine Hand auf die Augen und schien darauf zu warten, daß der Bus sich in Bewegung setzte. Der Fahrer beugte sich zu ihm heran, der Fahrer flüsterte: Was issen los, Uli? Es geht schon wieder, fahr weiter.

Der Fremdenführer legte sich zurück, hob seinen Blick und suchte im Rückspiegel die Gesichter der Passagiere; vorn saßen, ausnahmslos blau gekleidet, einige Japaner, die ergeben ihrem Dolmetscher zuhörten; er sah das steinerne Gesicht des Iren, der bei Beginn der Stadtrundfahrt, als jeder das Land seiner Herkunft nannte, nur »Motorschiff Kilkenny« geantwortet hatte; die Diakonissen auf den hintersten Sitzen, die erfolgreich einen ermäßigten Gruppentarif ausgehandelt hatten, unterlegten ihr Schmunzeln mit einem schwachen Seufzen. Die meisten Passagiere waren Historiker, wie Ulrich erfahren hatte; aus zweiundachtzig Ländern waren sie zu ihrem Kongreß in die Stadt gekommen, insgesamt elfhundert Historiker, die allerdings nur dann auffielen, wenn sie ihm als Teilnehmer der Großen Rundfahrt detailsüchtige und oft genug knifflige Fragen stellten. Er nahm jede Frage mit Verblüffung und Dankbarkeit auf, gerade als hätte sie sich im jeweiligen Augenblick als einzig mögliche Frage aufgedrängt. Der Bus fuhr erschütterungsfrei die einstige Prachtstraße hinab, die parallel zum Strom lief, niemand zeigte sich in den Gärten, auf den Veranden, hinter den Fenstern der überalterten weißen Villen, die sich erhaben über das Unglück ausschwiegen, dessen Zeugen sie geworden waren, und die auch jetzt noch ihren hochmütigen Anspruch aufrechtzuerhalten schienen, einen Anspruch auf Dauer und Verschontheit.

Noch bevor der Fahrer ihn mahnend anstieß, angelte Ulrich sich das Mikrophon – sie hatten bereits den winzigen, eingeklemmten Friedhof passiert, auf dessen Höhe er sonst wie auf Stichwort das Mikrophon nahm –, und über seine Sitzlehne gewinkelt, lud er seine Passagiere zum Zielspringen ein und erläuterte, was er ihren Blicken zuwies. Er zitierte aus der überschaubaren Geschichte der Häuser, nannte die Namen der ersten Bewohner, nannte ihre Berufe und Tätigkeiten und ihre mutmaßlichen Einkommen, alles mit trockenem Respekt, ohne Unterton selbst da, wo er Konkurse, Vergleiche, selbstverschuldete Schiffbrüche feststellen mußte.

An einem Zebrastreifen, wo ein alter Mann sich den Übergang erzwang, einfach dadurch, daß er seinen Spazierstock drohend in die Waagerechte hob, blickte der Fahrer besorgt zu Ulrich hinüber, besorgt und zugleich anfragend, da er eine enthüllende Anekdote vermißte, die noch jedesmal ein Lächeln hervorgerufen hatte; außerdem kam es ihm vor, als ob Uli heute nicht zu der Form fand, die er sonst bei ihm gewohnt war, zu dieser mühelosen Aufgeräumtheit, mit der er für die Stadt warb, indem er sie bloßstellte.

Etwas ist los mit ihm, er ist nicht so aufgelegt wie sonst, wenn das nur nicht bedeutet, daß er auch diesen

Beruf über ist, wie er alle anderen überbekam, sobald sie ihm nichts mehr abverlangten.

Der Fahrer musterte den Mann auf dem Nebensitz, den Gefährten, den Teamkollegen, der soviel jünger aussah als er selbst, obwohl auch er über vierzig war; der Fahrer suchte nach einem Hinweis, nach einer wenn auch noch so geringen Unstimmigkeit, die ihm Ulis Konzentrationsschwäche hätte erklären können, doch er entdeckte nichts, was seiner Erfahrung entsprach, kein Zeichen für Müdigkeit oder Überdruß oder Nervosität. Ulrich Martens saß wie immer da in seinem taubengrauen Anzug, der Knoten des Halstuchs war wie immer verrutscht, und wie so oft lag auf seinem schmalen Gesicht dieser leise dauerhafte Ausdruck von Vorfreude, als halte er etwas listig in petto, womit er alle Anwesenden im nächsten Augenblick angenehm überraschen werde. Etwas Ankündigendes ging von ihm aus, noch ehe er das Wort nahm; er brauchte sich nur zu erheben, und Erwartung stellte sich wie von selbst ein. Mit keinem anderen Fremdenführer – und er kannte sie alle – wäre der Fahrer lieber unterwegs gewesen, nie zuvor hatte er die Überlegenheit eines Teamgefährten so spontan anerkannt.

Eine ungewohnte, eine feindliche Sonne hellte die Stadt auf, brannte auf den Bus herab; sie rollten an verdorrten Grünflächen vorbei, auf denen Betrunkene und Liebespaare reglos lagerten, umrundeten den künstlichen Teich und fuhren zur höchsten Erhebung der Stadt empor, einer abgeflachten Kuppe, auf der in düsterem, herrscherlichem Brüten das Gerichtsgebäude lag. Ulrich stellte den weitläufigen Bau unter dem oxydierten Kupferdach vor, machte auf die Spatzen aufmerksam, die sich auf Justitias Waage versammelt hatten, wies auf die bronzene Porträtgalerie hin, auf der Richter von entlegenen Verdiensten starräugig den Passanten überprüften, lenkte dann, weil es sich gerade ergab, das Interesse der Passagiere auf eine schwarzgekleidete Gruppe von Männern, die ausgelassen, womöglich schon zum Feiern entschlossen, die Freitreppe herabsprangen, und behauptete ruhig: Sieger, so bewegen sich bei uns die Sieger nach einem Prozeß, in dem wegen Versicherungsbetrugs verhandelt wurde.

Der Fahrer blickte in den breiten Rückspiegel, sah, wie die Polen lächelten, wie, mit einiger Verzögerung, selbst auf den Gesichtern der japanischen Gäste ein behutsames Lächeln entstand; und nun geschah es, daß Ulrich exakt aussprach, was der Fahrer dachte, wie ein Gedankensouffleur übermittelte er dem Sprechenden die bewährten Formulierungen, gab geheimnisvoll die Einsätze, da wurde nichts übersprungen, vergessen, durch Beiläufigkeit verschenkt. Ulrich hielt sich an das erfolgreiche Muster, ließ sich kenntnisreich über die Möglichkeiten des Versicherungsbetrugs aus, nannte den Versicherungsbetrug das Haupt- und Lieblingsvergehen der Stadt, jedenfalls das populärste und einträglichste Delikt, das insbesondere von der einheimischen Intelligenz bevorzugt wurde; schließlich verblüffte er seine Zuhörer mit der Feststellung, daß die gewöhnlichen Eigentumsdelikte, die sich fast überall in der Welt auf Platz eins der Kriminalitätsskala breitmachten, hierorts längst auf den zweiten Platz verwiesen worden seien.

Ja, Uli, jetzt läufst du wieder zu gewohnter Form auf, so muß es weitergehen, und nun bring ihnen bei, daß unsere Witwen und Waisen an der Kriminalitätsstatistik überdurchschnittlich beteiligt sind, zur unüberwindbaren Enttäuschung unserer Jura-Studenten.

Ein Schweizer Historiker meldete sich zu Wort, er glaubte gelesen zu haben, daß in dieser Stadt, und zwar noch im vergangenen Jahrhundert, nicht nur straffällige Bürger, sondern auch stumme Dinge verurteilt wurden, mißliebige Bücher zum Beispiel: ob das zutreffe? Ulrich bestätigte die Anfrage, tauschte einen Blick mit dem Fahrer und nannte die Jahreszahl der Exekution und den Titel des Buches: ›Neueste Nachrichten aus der Französischen Küche‹ – ein dürftiger Tarntitel selbstverständlich, unter dem liberale Ideen eingeschmuggelt werden sollten. Einer der Polen fragte schnell, unter welchem Tarntitel er denn seinerzeit versucht haben würde, liberale Ideen in die Stadt zu bringen, und Ulrich darauf, fast ohne sich zu bedenken: Über die günstige Entwicklung des Krankentransports; das wäre mein Titel gewesen.

Sie fuhren zu den Brauereien hinab und dann zum Fischereihafen, wo gerade das Meer verkauft wurde, wo im Schatten der Kühlhallen Auktionatoren einen Kreis von unbeteiligt wirkenden Männern unter eine Sturzflut von Zahlen und Wörtern setzten; die Auktionatoren standen breitbeinig, fein ausbalanciert auf den Ecken der Holzkisten, während die Käufer auf die unter Eisgrus liegenden Fische blickten, auf Kabeljau, Seezunge und Rotbarsch, und ihr Interesse durch einen kurzen Augenaufschlag oder durch ein Zucken der Lippen bekundeten. Die Raspelstimmen der Auktionatoren wurden übertönt vom Pochen in seinen Schläfen, Ulrich lauschte den hallenden Schlägen, unter denen ein fühlbarer Druck entstand, ein schnürender Reif, der sich um seinen Kopf legte und einen Schmerz entstehen ließ, den er am empfindlichsten im Augenhintergrund wahrnahm. Er sehnte sich nach Dämmerung.

Wir müssen die Rundfahrt abkürzen, ich muß Walter ein Zeichen geben, wir könnten die Fahrt am Rathausplatz beenden oder, was noch günstiger wäre, bei den Tennisplätzen. Jemand, der nicht aussah wie ein Historiker, fragte den Fremdenführer nach einigen

Büchern zur Geschichte der Stadt; Uli nannte gleich fünf Titel, langsam, offenbar zum Mitschreiben, und für den Fall, daß die noch nicht genügen sollten, zitierte er einige Spezialtitel, etwa ›Die Kunst der Flutregulierung im 17. Jahrhundert‹ und ›Vom Nutzen anonymer Stiftungen‹. Ulrich nahm den Dank nicht zur Kenntnis, er entwickelte bereits, da der Bus hielt, seine persönliche Charakterkunde der Fischesser, die er im Unterschied zu binnenländischen Fleischessern als friedfertiger, blutärmer, auch verschlossener und temperamentloser kennzeichnete; Fischesser, und darin bestätigten ihn die Einwohner dieser Stadt, seien bis zur Unerträglichkeit vernünftig und dauerhaft in den Kompromiß verliebt, was andererseits aber bedeute, daß sie ein Risiko sorgfältiger kalkulierten als jeder andere. Er wolle keinem seiner Gäste zu nahe treten, doch wo Fleischesser leichte Entflammbarkeit zeigten, Ungeduld und folgenreiche Überreaktionen, da stellten sich Fischesser als kühl und ausgewogen dar, als chronisch tolerant, und das besonders dann, wenn zum Fisch Bier getrunken würde.

Die Diakonissen klatschten zustimmend in die Hände, die Japaner indes bekamen, nachdem ihr Dolmetscher sie ins Bild gesetzt hatte, einen verlorenen Blick und ließen auf ihren Gesichtern ein gequältes Erstaunen entstehen.

Na also, dachte der Fahrer und hielt Ulrich die Zigarettenpackung hin, nicht allein zufrieden mit seinem Partner, sondern einmal mehr beeindruckt durch die Art, wie er das Wesen der Stadt ermittelte, wie er aus unscheinbaren Neigungen und bescheidenen Tatsachen einen Charakter zusammensetzte, der ja auch für ihn selbst galt; ja, der Fahrer mußte sich eingestehen, daß er nach den sechs Monaten mit Uli ein ganz neues, unerwartetes Verhältnis zu seiner Stadt bekommen hatte: er begann sie zu lieben, und zwar um so entschlossener, je tiefer er sie mit Ulis Blick durchschaute in ihrem verborgenen Geflecht. Er übersah Ulrichs ablehnende Geste, steckte die Zigarettenpackung wieder ein und fuhr an.

Der Bus klomm die steile Straße zur Seefahrtsschule hinauf, hier war Halbzeit der Großen Stadtrundfahrt, doch da diesmal keine Seefahrtsschüler zu sehen waren, die in Gruppen Spleißen und Knoten übten und von Brüstung zu Brüstung Flaggensignale wechselten, fuhren sie ohne zu halten weiter, vorbei am Hydrographischen Institut, am Verwaltungsbau der Elektrizitätswerke vorbei, dessen hochreichende Fenster ihnen den metallenen Glanz des Busses zurückgaben. Der Fahrer nickte zum Hochhaus hinüber, er mußte daran denken, daß Uli hier einmal gearbeitet hatte, in der Presseabteilung der Elektrizitätswerke. Da, schau mal rüber, da vermissen sie dich.

Dies war seine ständige Befürchtung: daß Uli, der mehrere Berufe und Fähigkeiten für sich ausprobiert hatte, eines Tages nur erscheinen könnte, um sich zu verabschieden – so, wie es ja häufig genug geschehen war: in der wissenschaftlichen Buchhandlung, in der er nach einem abgebrochenen Studium begonnen hatte, in der Agentur, für die er als Reiseführer Pilgerzüge nach Lourdes brachte, in der Abendzeitung, in der er neben der Fernsehkritik die Wanderspalte betreute, Wanderwege erkundete, festlegte und sie gemeinsam mit überraschend hochgestimmten Lesern beging. Und auch hier, in der Presseabteilung der Elektrizitätswerke, war er tätig gewesen, hatte sich nach dem morgendlichen Schwimmen an seinen Schreibtisch gesetzt, die Presse gesichtet, allgemeine Mitteilungen und Leserbriefe entworfen, die Direktoren ausländischer Elektrizitätswerke stadtkundig ausgeführt, den Pressechef selbst oft vertreten, so lange, bis nicht Arbeit, sondern – wie Uli selbst hervorhob – Gewöhnung ihn erschöpfte, die Gewöhnung in ihrer betäubenden Macht. Jetzt ein Bier, sagte der Fahrer; was meinst du, Uli? Jetzt Feierabend und ein Bier.

Ulrich Martens hörte ihn nicht, da er nach einem Wort suchte, nach einem seemännischen Ausdruck, den er plötzlich schmerzhaft entbehrte, jetzt, während sie durch die schmale Straße der Schiffsausrüster fuhren; der Inhalt des Wortes war ihm vollkommen gegenwärtig, er stand als regsames Bild vor ihm – leuchtendes Plankenholz, das mit Hilfe von Werg und gegossenem Pech miteinander verbunden und dicht gemacht wird; dennoch wollte ihm der umfassende Ausdruck nicht einfallen, obwohl er immer wieder nah an ihm vorbeistreifte und seine Erinnerung ihm sogar die eigentümliche Vokalfolge zutrug. Er gab es einstweilen nicht auf, nach dem Wort zu suchen, einmal hielt er seinen Atem an und versenkte sich so heftig in das Bild, daß er das Gefühl hatte, seine Augen seien in bestimmter Stellung stehengeblieben, selbst die begleitenden sinnlichen Wahrnehmungen, die sich wie von selbst einstellten – das schillernde Werg, das heiße zähflüssige Pech, dem der Wind einen feinen Rauch entriß –, begünstigten die Suche nicht, diese peinigende Fahndung, die er erst abbrach, als sie die alten Kasernen passiert hatten und auf das Kuppelgebäude der Universität zuhielten.

Da entfaltete sich etwas, da organisierte sich etwas unter dem großen weißen Transparent, das, nicht allzu hoch über der Terrasse aufgespannt, die Teilnehmer am Internationalen Historiker-Kongreß willkommen hieß: mehrere Gruppen von jungen Leuten entrollten da kleine Transparente, reckten Papptafeln am Stiel in die Höhe, probierten Sprechchöre aus, keineswegs drohend oder zornig, sondern eher vergnügt und darum bemüht, die Wünsche der anwesenden Photographen zu erfüllen. Die Passagiere, und besonders die

Historiker unter den Passagieren, hatten den Aufzug bemerkt, noch bevor Ulrich sie übers Mikrophon darauf hinwies; einige erhoben sich schon von ihren Sitzplätzen, wollten mehr erfahren, wollten vor allem die Texte entziffern, die ihrem Kongreß galten. Nur die Japaner schwiegen und photographierten. Der Bus fuhr sehr langsam, und Ulrich gab bekannt, was er von seinem Platz aus erkennen konnte; es waren Forderungen, Erwartungen, die er stockend von den Transparenten ablas, Forderungen etwa nach einer progressiven Geschichtsschreibung, Erwartungen, die bisherige Geschichte als bürgerliche Konkursmasse abzutun. Ein Plakat fragte: Wer baute die Sieben Tore Thebens? und lieferte sogleich auch die Antwort: Arbeiter! Ein Pappschild warb für eine objektive, für eine Sozialgeschichte. Ein Transparent, das seinen Spruch nicht vollständig enthüllen wollte, da es anscheinend verwickelt oder verklebt war, verlangte: Die Phantasie an ... Bakunin.

Die bulgarischen Historiker – zwei beleibte Männer, eine athletische Frau in Lederkluft – gaben Ulrich dringende Zeichen vom Mittelgang, sie wollten aussteigen, sie hielten bereits Taschen und Tüten in den Händen, entschlossen, das, was auf der Terrasse geschah, aus der Nähe zu erleben. Der Bus hielt. Ulrich stellte jedem frei, die Reisegesellschaft zu verlassen, doch außer den Bulgaren stieg keiner aus, außer den korpulenten schweigsamen Neugeschichtlern, die sich widerspruchslos den Anweisungen ihrer Kollegin fügten. Alle blickten ihnen nach, wie sie durch den kümmerlichen Garten gingen, und als sie, auf dem Weg zur Terrasse, vorübergehend hinter dichtem Gesträuch verschwanden, machte Uli auf einen Schatten aufmerksam, auf die vage Silhouette eines Standbilds, das, überwachsen und von einem Gewirr von Ästen verdeckt, von niemandem zur Kenntnis genommen wur-

de. Da ihn ein leichter, rasch vorübergehender Drehschwindel erfaßte – der Garten begann sich plötzlich
wie in einer Dünung zu heben und zu senken, und
gleichzeitig hatte er das Empfinden, eine Achse zu
sein, um die alles in schwerfällig rotierende Bewegung
geriet –, nahm der Fremdenführer nach einer längeren
Pause das Wort, was die Passagiere als stille Aufforderung auslegten, sich zunächst selbst eine Vorstellung
von dem verborgenen Standbild zu machen. Keiner
wäre darauf verfallen, daß dort in natürlichem Versteck ein General stand, der Kommandeur einer kolo-
nialen Schutztruppe, ein kleinwüchsiger, ausgedörrter
Mann, dem sich die Stadt einst so verpflichtet gefühlt
hatte, daß sie ihm im Universitätsgarten ein Denkmal
setzte; und nicht nur dies: Ulrich konnte ergänzen,
daß im dunklen Erdteil immer noch ein Wasserfall den
Namen des Generals trug, desgleichen die Bucht, in
der er, am Ende aller List, seinen Fluchthafen gefunden hatte.

Jetzt die Geschichte vom gestohlenen Standbild,
dachte der Fahrer, da sackte Uli auf den Nebensitz,
und anstatt die Abenteuer des geraubten Denkmals zu
schildern, machte er nur eine wedelnde Geste und sagte unduldsam: Los, Walter, los, fahr zu, ich schaffe es
einfach nicht. Oder willst du? Hier, nimm das Mikrophon und mach weiter, du kannst es. Wo stimmt's
denn nicht? fragte der Fahrer und Uli darauf, ratlos:
Schau dir mal meine Augen an, schiel ich? Ich hab das
Gefühl, ich schiele. Leise bat er: Abkürzen, Walter,
wir müssen die Rundfahrt abkürzen, bitte.

Sie fuhren über eine Brücke und weiter durch eine
Straße, in der Fluggesellschaften ihre Büros unterhiel-
ten, lichte Räume, in denen uniformierte Mädchen
grauweiße Kommandobrücken besetzt hielten; in den
Schaufenstern hingen Flugzeugmodelle, einige waren
offen in den Flanken, zeigten glückliche Modellpassa-

16

giere, bewiesen, daß das Familienleben auch während des Flugs nicht zu leiden braucht.

Am Rathausplatz, ich werde vor der Apotheke am Rathausplatz halten, mehr als zwei Minuten wird Uli nicht brauchen, sie werden ihm schon etwas verschreiben, das ihn über die Runden bringt, und wenn er sich dann im Warteraum eine halbe Stunde hinlegt, wird er heute auch die letzte Tour durchhalten.

Der Fahrer mußte an Ulis Wohnung denken, an das blaßgelbe Zuhause im elften Stock eines Hochhauses; er stellte sich die anthrazitfarbene Couch vor, auf der Uli schlief, versuchte sich die Bilder in Erinnerung zu rufen, zu denen der Liegende aufsah – Gesichter, die in Pflanzen und Blumen aufgingen; es stand nur ein schöner, gepolsterter Stuhl neben der Couch, sonst war das Zimmer leer. Alles war ihm so vorläufig erschienen, wie in Wartestellung, alles ein halbausgeführter Entwurf, und er mußte diesen Eindruck wohl offen zur Schau getragen haben, denn Uli sagte unvermittelt, daß er bewußt alles unfertig lasse, bei ihm dürfe nichts endgültig sein, wo nichts mehr hinzuzufügen sei, da halte er es nicht aus.

Der Fahrer blickte aus den Augenwinkeln zu Uli hinüber, der saß aufrecht in seinem Sitz, nicht apathisch, sondern angestrengt, das Mikrophon in der Linken, mit der Rechten massierte er seinen Nacken. Um auf die Straße zu gelangen, die um den flachen Binnensee lief, mußten sie sich die Vorfahrt erzwingen. Keine Fallböen warfen das Wasser auf, kein dunkler Schleppzug versehrte das Panorama, der Binnensee lag still und ermattet da, nur am jenseitigen Ufer ereignete sich etwas, dort zerschnitten zwei Vierer mit Steuermann das Spiegelbild der Häuser; von den Kommandos der leichtgewichtigen Steuerleute angetrieben, walkten und schaufelten blonde Riesen das Wasser. Ulrich nannte das Rennen der gleichauf liegenden

Boote einen Trainingslauf für die große Regatta, er wies darauf hin, daß der Vierer mit Steuermann die Bootsklasse war, der man in der Stadt das größte Interesse widmete, kein anderer Typ war so beliebt, rief die gleiche engagierte Erregung hervor, nicht der Einer, nicht der Zweier, nicht einmal der Achter konnte auch nur annähernd soviel Aufmerksamkeit auf sich versammeln. All seine Bemühungen, dieser aufschlußreichen Bevorzugung auf den Grund zu kommen, seien umsonst gewesen, sagte Ulrich, die Stadt hielt es einfach mit dem Vierer mit Steuermann: der allein trug die Hoffnungen oder ließ aus gestautem Kielwasser Enttäuschung aufsteigen.

Gerade wollte er in oft erprobten Formulierungen den heimlichen Charakter der Stadt an den Regeln des Ruderns erläutern, gerade legte er sich die Zitate aus den Aufnahmestatuten des traditionsreichsten Ruderclubs zurecht, als die Hand, die das Mikrophon hielt, zu zucken begann; sie zuckte und schlug hart aus, als empfinge sie berechnete Stromschläge, er konnte das Mikrophon nicht mehr vor den Lippen halten, konnte aber auch die metallene Haltestange nicht loslassen, um das Mikrophon der ruhigen Hand zu übergeben. Jetzt sah Ulrich erschrocken auf seine Hand, sie kam ihm wie ein fremdes Wesen vor, selbständig und aufsässig, ein Wesen, das seine Kontrolle nicht anerkannte; selbst als er sie gegen die Sitzlehne drückte und mit seinem Körper einklemmte, hörten die zuckenden Schläge nicht auf.

Du mußt übernehmen, Walter, du mußt mich hier rauslassen und übernehmen. Hier ist überall Halteverbot, sagte der Fahrer, und Uli dringend: Am kleinen Fährhaus kannst du halten, nimm jetzt das Mikrophon und fang an.

Uli wandte sich ab und starrte auf das kleine Fährhaus am Ende des Binnensees, er glaubte die Verzagtheit des Mannes zu spüren, der neben ihm saß und auf dessen unterdrückte Anrufe er nicht reagierte, er merkte aber auch, wie der Fahrer nach einer Weile das Gas wegnahm und es dann noch einmal dauern und dauern ließ, ehe er ins Mikrophon hineinsprach. Zu laut, Walter spricht zu laut.

Zuerst gab der Fahrer einen Schichtwechsel bekannt, eine fällige Ablösung, danach äußerte er seine Hoffnung auf ein gutes Einvernehmen für den Rest der Fahrt, und mit einer Stimme, die zunehmend an Festigkeit gewann, zitierte er sodann, sicher die Stafette ergreifend, aus den Aufnahmestatuten des traditionsreichen Ruderclubs, der zum Beispiel keinen Bewerber willkommen hieß, der ein offenes Ladengeschäft führte. Ein schneller, besorgter Blick in den Rückspiegel brachte ihm Zufriedenheit: er erkannte auf einigen Gesichtern den gleichen Ausdruck amüsierten Befremdens, den er immer hatte feststellen können, wenn der Fremdenführer aus den Aufnahmestatuten zitierte.

Als er am kleinen Fährhaus hielt, um Uli aussteigen zu lassen, gelang ihm nicht mehr als »Gute Besserung«.

2

Die Suchkartei war angewachsen. Nora sah es auf den ersten Blick, als sie den länglichen Holzkasten, den der Bibliotheksleiter ihr nach Hause mitgegeben hatte, auf den Schreibtisch stellte und den Deckel abhob. Noch erschöpft vom Weg, zog sie probeweise eine der rosafarbenen Verleihkarten heraus, überflog stehend Signatur, Verfassernamen, Titel, kontrollierte flüchtig die grünen Datumstempel in der Rubrik »ausgeliehen am« und die datumlosen Linien in der Rubrik »abgegeben am«, fächelte sich, in ihrem Verdacht bestätigt, mit der Karte Luft zu und legte sie nachdenklich auf die Schreibunterlage.

Sie ging auf den Flur, hängte die leichte Jacke auf einen Bügel und öffnete die Tür zum Badezimmer. Strumpfhosen auf dem Trockenständer, der die Wanne besetzt hielt, hingen verschrumpelt, verformt und verdreht da, sie kamen Nora erbarmungswürdig vor, und sie hob sie sorgfältig von den Schnüren ab und klappte den Trockenständer zusammen. Sie zog beide Fensterflügel nach innen auf und barg von dem schmiedeeisernen Griff, der das Fenster sicherte, ihren übergroßen Waschlappen, der an der Sonne getrocknet war. Das smaragdfarbene Ungetüm mußte weg, die Badekappe; Nora pflückte sie von einem Haken herunter und stopfte sie mit kleiner Gewalt in ein lackiertes Wandschränkchen. Wie hatte er die Badehaube genannt? Einen Kopfschoner, der Blüten treiben will. Sie lächelte, erneuerte die Handtücher, kämmte mit der Bürste dem Kamm und dann mit dem Kamm der Bürste verlorenes Haar aus, fand den Granatring wieder, den sie am Morgen abgestreift hatte, wischte dem Spiegel ein paar getrocknete Spritzer weg und begutachtete ihr Gesicht unter dem altmodischen Mittelscheitel. Zupfend öffnete sie die Schleife ihrer grauen, hochgeschlossenen Bluse, doch nicht, um sie offenzulassen, sondern um sie von neuem und akkurat zu binden.

Sie ging ins Schlafzimmer, zog die trockenen Strumpfhosen glatt, faltete sie zu Päckchen zusammen und legte sie in den großen Wäscheschrank, aus dem ein Duft von Lavendel strömte. In der Gardine wütete eine gefangene Biene. Nora nahm vom Nachtschränkchen ein Papiertaschentuch, lockerte es und brachte es zugleich entschlossen und behutsam über das Insekt, das nicht aufhörte, wütend und in hoher Tonlage zu sirren, während sie es ans Oberlicht hob und in die Freiheit hinausschüttelte.

Der Wecker und das bräunliche Photo, das ein altes Paar in einem Boot zeigte – auf beiden Gesichtern lag eine wohlige Furcht –, standen so zueinander, als hätten sie sich etwas zu sagen; Nora rückte sie auseinander und drückte sie ein wenig fest, wie um ihnen die erwünschte Position anzudeuten. Obwohl der aus Bast geflochtene Wäschepuff nur zur Hälfte gefüllt war, mußte er seinen Platz unter dem Fensterbrett räumen und wurde in eine Nische zwischen Wand und Wäscheschrank abgeschoben. Sie versuchte, den Ring von Feuchtigkeit zu tilgen, den das Wasserglas auf ihrem Nachtschränkchen hinterlassen hatte, konnte ihn jedoch nicht wegreiben und trug das Wasserglas in die Küche.

Der Tee in der Thermoskanne war noch warm; bevor Nora sich eine Tasse einschenkte, warf sie sämtliche Drucksachen und Reklameschriften ungelesen in den Abfalleimer, blies von der Transportfläche der Brotschneidemaschine die Krümel ab, ließ den lenkbaren Strahl so lange durch die Metallspüle wandern, bis angeschwemmte Fasern, gequollene Teekrümel und identitätslose glasige Brocken erfolgreich durch das Abflußsieb gepreßt worden waren. Versehentlich schloß sie die beiden Kochbücher in den Kühlschrank ein, befreite sie jedoch, als sie ihr Einkaufsnetz auspackte und für die mitgebrachten Milchtüten Platz suchte, für die Honiggläser und für ihr Lieblingsgemüse, den schorfig pockigen Sellerie. Nachdem sie den breitmäuligen Brotkasten zugeworfen hatte, schüttelte sie über sich selbst den Kopf, von dem Bedürfnis erfaßt, alles, was sie seit dem Betreten ihrer Wohnung vorsorglich getan hatte, wieder rückgängig zu machen. Es genügte ihr jedoch, sich selbst dazu zu verurteilen, von nun ab alles zu übersehen und nichts mehr zu ordnen, zu verändern. Mit einer Tasse Tee in der Hand kehrte sie an den Schreibtisch zurück.

Zweimal im Jahr sichtete und überprüfte Nora die Sünderkartei der Öffentlichen Bücherhalle. Viele Entleiher kannte sie persönlich, kannte auch ihre eigentümliche Art, mit den entliehenen Büchern fertig zu werden, und während sie eine Karteikarte nach der anderen aus dem Holzkasten fischte, traten ihre Kunden noch einmal einzeln vor ihren Tisch – so, wie sie in Noras Erinnerung an den Tisch traten –, blickten auf sie herab und benutzten die Zeit der Eintragung, sie mit den gesammelten Eindrücken der letzten Lektüre zu beregnen oder ein Lesefazit auf sie herabzuschleudern, das nur aus verkürzten Ausrufen bestand. Wieder waren es einige alte Bekannte, die nicht nur den Ausleihtermin überschritten hatten, sondern auch nach mehreren Mahnungen hatten bekennen müssen, daß ihnen die entliehenen Bücher abhanden gekommen waren, spurlos. Und wieder war es der gleiche Typ von Hausfrau und Rentner, der für die empfindlichsten Verluste sorgte.

Nora versuchte sich vorzustellen, wie überhaupt ein Buch, das den Stempel der Bibliothek trug, verlorengehen könnte, bei seinem Umfang, bei seinem Gewicht, in einer immerhin überschaubaren Wohnung.

Beim Aufstellen der Verlustliste sah sie wieder den alten hochfahrenden Mann vor sich, den noch jede Lektüre enttäuscht hatte, der sich jedoch so zufrieden darüber äußerte, als sei Enttäuschung überhaupt das einzige, worauf er aus sei: wo mochte er ›Krieg und Frieden‹ vergraben haben und ›Die Kartause von Parma‹? Sie dachte sich eine sparsam möblierte Altmännerwohnung, in der die elektrischen Kochplatten eingeschaltet waren, um bei offener Küchentür dem Zimmer zusätzliche Wärme zu geben, einem winkellosen Raum, in dem offenbar nichts übersehen werden konnte, was er barg: wie sollten Bücher hier abhanden kommen? Sie würde ihn bei seinem nächsten Bibliotheksbesuch zu abermaliger Suche auffordern, ihn, der süchtig nach Enttäuschungen war, so wie die meisten der anderen Kunden; sie würde ihnen aus gesicherter Erfahrung raten können, wo sie zu suchen hätten, einfach, indem sie die Verstecke aufzählte, in denen säumige Entleiher nach eigenem Geständnis schließlich doch fündig geworden waren: das galt für die Taschen der Wintermäntel ebenso wie für die Gemüsefächer der Kühlschränke, für die Pappkästen der Gesellschaftsspiele nicht weniger als für den schmalen Raum zwischen dem Kopfende des Betts und der Wand.

Nora blickte in den Garten hinaus und entdeckte jetzt erst ihre Vermieterin, die in weißem Kleid an einem runden Metalltisch saß, im Schatten des Kirschbaums. Sie schrieb; das heißt, in diesem Augenblick setzte sie zum Schreiben an, stockte, schien abgelenkt und unschlüssig zu werden, hob das Gesicht und sah Nora an ihrem Schreibtisch; beide lächelten. Beide deuteten nickend auf das Papier hinab, vergnügt darüber, daß man sich in gleicher Beschäftigung gefunden hatte. Fast gleichzeitig gelang ihnen die entschlossene Hinwendung zu ihrer Arbeit, doch der heftige Aufwand an Konzentration ließ schon vermuten, daß es

schwierig sein würde, im Blick des andern weiterzu-
schreiben; und konsequent wegzusehen, war vielleicht
noch anstrengender.

Nora wunderte sich nicht, sie war nur erleichtert, als
Frau Grant aufstand, hinter den Baum trat, einen
Strohhut aufhob und sich zum Rand des Gartenbildes
bewegte, zu der Weißdornhecke. Sie zweifelte nicht,
daß die hochgewachsene, schwere Frau, die von ihren
Kollegen zum dritten Mal zur Schulleiterin gewählt
worden war, den Platz lediglich ihretwegen geräumt
hatte, um ihr die Konzentration bei der Arbeit zu er-
leichtern. Jetzt fühlte sie sich geradezu genötigt, das
Gesicht zu senken und allein durch den Anblick, den
sie bot, das kleine Opfer aufzuwiegen. Sie zog aus den
Karteikarten die Namen der Sünder aus und schrieb sie
auf die Verlustliste, fügte die Buchtitel hinzu, die Signatur der Bücherei; sie selbst sah die Liste nur als
vorläufig an – gewiß, daß ihr etliche Titel mit dem
unvermeidlichen Triumph zurückgebracht werden
würden.

Plötzlich stand Frau Grant vor ihrem Schreibtisch,
stand da und lächelte und hielt ihr bekümmert den
rechten Zeigefinger hin. Feine Dornen, sie hatte sich
wiederum feinste Dornen oder Splitter eingezogen, die
sich zwar nicht bei der Küchenarbeit, wohl aber beim
Schreiben bemerkbar machten, sobald sie den Halter
zwischen die Finger nahm. Unwillkürlich erhob sich
Nora und räumte einen Stuhl ab, wollte gleich eine
zweite Tasse Tee holen – nicht mehr ganz heiß, aber
noch trinkbar –, doch Frau Grant, die nun selbst die
Tür zum Garten schloß, durch die sie gekommen war,
winkte dankbar ab; nur dies: ob Nora noch einmal
versuchen wollte, ihr zu helfen?

Diese Befangenheit – immer litt Nora unter einer
unerklärlichen Befangenheit, sobald sie Frau Grant
nah gegenüberstand; erfolglos wehrte sie sich dagegen,

daß sich ihre Sprache verringerte und das Gefühl aufkam, nur unzureichende Antworten zu geben. Es
glückte ihr einfach nicht, den Eindruck von Beflissen-
heit zu vermeiden, als sie, kaum darum gebeten, auch
schon ins Badezimmer ging, um Pinzette, Alkohol und
Watte zu holen, und nachdem Frau Grant sich doch
gesetzt hatte, reichte es nur zu einer scheuen, stummen
Aufforderung, den Zeigefinger halbhoch ins Licht zu
halten. Bevor sie den hingestreckten Finger in ihre
Hand nahm, sah sie in das helle sommersprossige Gesicht der Frau, ließ sich auffordern, ermutigen, ließ
sich im voraus jeden Schmerz vergeben, der entstehen
könnte. Es macht Ihnen doch nichts aus? fragte Frau
Grant, und Nora eilfertig: Oh, nein, im Gegenteil.

Sie musterte den Finger, fand die winzigen schwarzen Eindringlinge in der Kuppe und sogar am Rand
des Nagelbetts, die meisten hatten sich schräg eingezogen, waren hart und haarfein in die Haut eingedrungen
und ragten nirgends auch nur soweit hervor, daß man
sie gleich mit der Pinzette erwischen konnte. Sie mußte
pressen, mußte die Nägel ihrer beiden Daumen zuhilfe
nehmen, bis sich der Splitter unter genauem Druck aus
der Haut hervorschob. Es wird gleich weh tun, sagte
sie. Nur zu, sagte Frau Grant, ich warte darauf. Instinktiv drehte Nora der Frau den Rücken zu, drückte
den fleischigen Arm gegen ihre Hüfte und nahm sich
den Zeigefinger vor, grub ihre eigenen Fingernägel berechnet in die blasse, bald rötlich anlaufende Kuppe,
ließ die Pinzette zuschnappen und ziehen und wartete
ständig auf den ersten Schmerzenslaut; doch anstatt,
und wenn auch nur einverständig, zu klagen, sagte
Frau Grant nach einer Weile: Sanfter kann man es
nicht tun. Sogleich wollte Nora ihre Arbeit unterbrechen. Nein, nein, sagte Frau Grant, ich ertrag es schon,
es ist nicht so schlimm.

Nora war es unangenehm, daß sie so beschleunigt

und gepreßt atmete, sie entschuldigte sich einmal sogar für ihr Ächzen und für einen leisen Fluch, den sie ausstieß, als ein Splitter abbrach; darauf fluchte Frau Grant selbst auf die Splitter und nannte sie die Rache des Kroppzeugs. Auf einmal spürte Nora, daß ihre Vermieterin etwas entdeckt hatte, sie merkte es an der Bewegung der Frau, die sich auf ihrem Stuhl abwandte, um etwas deutlicher zu erfassen. Ja, sagte Nora, ein neues Bild, es heißt ›Das Essen‹ und ist sehr wertvoll, ich hab mich nur noch nicht entschließen können, es aufzuhängen. Für einen Augenblick entzog ihr Frau Grant den Finger, sie betrachtete das Bild, ergründete, kombinierte, sie verlegte den Oberkörper, um zu ergänzen, was das Licht wegnahm bei schrägem Einfall, dort, an der Fußleiste, auf dem Fußboden, denn dort stand es angelehnt, gerahmt, unter Glas, ein Bild, das eine Versöhnung darstellen sollte an einem rohen Tisch, eine Versöhnung, die ihre eigene Schwere hatte und als Erlebnis stumm machte. Auch wenn Frau Grant nicht die letzte Begründung dafür geben konnte; sie fand die Zeichnung wunderbar, diese Ratlosigkeit, dies Erschrecken vor einer neuen Erkenntnis: einfach wunderbar.

Als sich ihre Blicke begegneten, zuckte Nora hilflos die Achseln; sie würde das Bild zurückgeben, sie mußte es zurückgeben, obwohl sie es geschenkt bekommen hatte. Es ist sehr wertvoll, sagte Frau Grant, allerdings nicht, um sie in ihren Bedenken zu unterstützen, sondern um sie auf die Bedeutung des Besitzes hinzuweisen.

Für Nora stand fest, daß sie das Bild nicht aufhängen würde, heute noch würde sie es zurückgeben, alles müsse seine Grenzen haben, auch der Wert von Geschenken; und in einem Beschwerdeton, aus dem allerdings heimliche Genugtuung herausgehört werden konnte, kritisierte sie das seltsame Schenkbedürfnis von Herrn Martens: man brauche nur Gefallen an etwas zu äußern, schon sei man sein Besitzer. Das sei ihr mit den beiden Mokkatassen so gegangen, mit einer Brotschneidemaschine und schließlich auch mit diesem Bild: schon ein leises, ganz unbedachtes Lob reiche für ihn aus, sich von dem Gelobten zu trennen.

Nora bat um den Zeigefinger, sie fürchtete, zuviel gesagt und Frau Grant in eine Erfahrung eingeweiht zu haben, die zu diskret war, um mitgeteilt zu werden; doch einmal ins Vertrauen gezogen, wollte Frau Grant mehr wissen, vielleicht empfand sie es auch nur als Höflichkeit, weiter zu fragen, diese überlegene, in allem teilnahmsbereite Frau, von der Nora schon mehrmals gewünscht hatte, sie einst selbst als Lehrerin gehabt zu haben; und nach dem Bekenntnis, daß sie Herrn Martens mehr als sympathisch finde, stellte sie fest, daß es ja kein Unglück sei, wenn einer sich so vorschnell von seinen Sachen trenne – vorausgesetzt, daß er es sich leisten könne. Das gab Nora zu; dennoch hielt sie es für übertrieben, wenn Herr Martens dem Busfahrer, mit dem er beruflich unterwegs war, am Ende eines Abends ein schönes Holzbrett mit Bratenbesteck aufnötigte, nur weil er es wiederholt gelobt hatte. Und dann klang es mehr wie eine Frage an sich selbst, als Frau Grant wissen wollte, ob der Beruf eines Fremdenführers einem auch angemessene Genugtuungen lasse, und besonders einem Mann wie Herrn Martens, dessen Berichte in der Abendzeitung sie seinerzeit, offen gesagt, nicht nur mit Erheiterung, sondern auch mit dem Wunsch gelesen habe, den Autor einmal auf den ausgesuchten Wanderungen zu begleiten.

Da Nora gerade den längsten Splitter, der erkennbar unter der Oberfläche der Haut saß, mit der Pinzette erfaßt hatte, konnte sie nicht gleich antworten; erst nachdem sie ihn restlos herausgezogen, wie eine Trophäe ins Licht gehalten und dann am Korken des Alkoholfläschchens abgestreift hatte, sagte sie ruhig, daß Herr Martens alles, was er tue, sehr bewußt tue. Für ihn gäbe es nichts Endgültiges, von Zeit zu Zeit müsse er etwas Neues ausprobieren, und mit Vorliebe Tätigkeiten, von denen er nicht wisse, ob er ihnen gewachsen sei. Er sei nun mal auf Spannung angewiesen, und die bestehe für ihn darin, sich widerrufen zu können. Vorläufigkeit: die sichere ihm den notwendigen Reiz und schließe ja keineswegs aus, daß man das, was man gerade tut, auch gern tut. Herr Martens ist gern Fremdenführer, sagte Nora.

Wiederum hatte sie das Gefühl, zuviel preisgegeben zu haben; in Gegenwart von Frau Grant wollte ihr einfach keine begleitende Kontrolle gelingen, und wie ihr ihre Erläuterung zu umfangreich, so erschien ihr ihr Nicken zu sparsam, mit dem sie gleich darauf die Frage beantwortete, ob die gemeinsam beschlossene Finnland-Reise denn nun festgesetzt sei. Sie wollte noch ein »Im-nächsten-Monat« hinterherschicken, ließ es jedoch und strich sanft über den leicht gekrümmten Zeigefinger. Wie prompt sich die Haut am Nagelbett zu entzünden drohte! Nora tränkte einen Wattepfropf mit Alkohol und kühlte und reinigte den Finger, erstaunt über die Schwärze, die sich immer noch herausreiben ließ. Sie spürte einen leichten Widerwillen aufkommen, sie zögerte und wandte sich zu Frau Grant um in der Erwartung, daß das, was sie jetzt so dringend wünschte, sogleich bemerkt werden würde; doch anstatt ein Zeichen zur Unterbrechung zu geben, nickte Frau Grant ihr mutmachend zu, lehnte sich zurück und schloß schon die Augen. Und als glaubte sie Nora entschädigen zu müssen, bot sie ihr auf einmal eine Erinnerung an, ließ sich überraschend einfallen, daß sie auch schon an einer Großen Stadtrundfahrt teilgenommen hatte, gemeinsam mit süddeutschen Kollegen, in dem Bus, in dem Herr Martens die Stadt vorstellte. So angeregt, so erheitert seien die Passagiere gewesen, daß sie die Fahrt gern noch einmal gemacht hätten. Zuerst habe sie sich zwar dagegen aufgelehnt, daß Herr Martens den Besuchern vornehmlich die traurige, die unansehnliche Seite der Stadt zeigte, ein lichtloses Gängeviertel, eine Abwrackwerft, historische Waisen- und Invalidenhäuser, die schnell ergrauten Waben eines modernen Wohnsilos und die Hinterhöfe von Draht- und Essigfabriken; später allerdings habe sie das Gefühl gehabt, der Stadt noch nie so nahegekommen zu sein. Die Müllhalde an einem toten Hafenbecken sei ihr zum nachwirkenden Erlebnis geworden, vor den verfallenden Speichern am unbewegten Fleet habe sie kaum sprechen können vor Ergriffenheit. Daß die Schattenseite der Stadt allen zum Ereignis wurde, lag ausschließlich an Herrn Martens, an seiner einmaligen Art, die Blicke zu lenken und jedes Bild nicht nur für sich, sondern auch für die Stadt sprechen zu lassen.

Nora gab plötzlich auf, einige Dornen wollten und wollten sich nicht bewegen, einige sehr feine Splitter, die so elastisch waren, daß sie jedem Druck auswichen oder vor ihm nachgaben. Die Pinzette konnte sie nicht fassen. Selbst ein Kniff, dem erst der Knochen Widerstand setzte, hob sie nicht heraus. Es tut mir leid, sagte Nora und schob den Finger langsam zurück, es tut mir sehr leid, einige lassen sich nicht fassen. Frau Grant begutachtete den Finger, drückte prüfend an ihm herum, schien den Schmerz erträglich zu finden und dankte Nora mit einem Handschlag, dankte ihr und lächelte und berief sich auf ältere Erfahrung, als sie feststellte: den Rest wird die Zeit besorgen, wie immer. Auf den Schreibtisch, auf die Karteikarten hinabblikkend, fragte sie unvermutet, ob Nora nicht einmal Lust hätte, zum Kaffee zu kommen, mit Herrn Martens selbstverständlich, vielleicht am Sonntagnachmittag? Gern, sagte Nora, und rasch und gegen ihre Absicht: sehr gern. Frau Grant nickte freundlich, das war also beschlossen, und nach einem langen taxierenden Blick auf das gerahmte Bild ging sie zur Gartentür und stieg aufrecht die wenigen Stufen hinab, sammelte sich, schritt auf den Metalltisch unter dem Kirschbaum zu, wo sie gegen Noras Erwartung den bebänderten Strohhut aufsetzte, den Stuhl verrückte und mit ruckhaftem Entschluß Platz nahm. Es gelang ihr offenbar, jede Versuchung zu unterdrücken, noch einmal zu Nora hinzuschauen. Wie von neunzehnhundertzehn, dachte Nora, wie ein Bild von neunzehnhundertzehn.

Sie trug die leichten Hilfsmittel ins Badezimmer, hielt den Korken der Alkoholflasche, an dem sie die gezogenen Dornen abgestreift hatte, unter den scharfen Wasserstrahl, kühlte ihre Handgelenke. Diesmal blickte sie forschender in den Spiegel als bei ihrer Heimkehr, betupfte mit angefeuchtetem Handtuch die Augenwinkel und kämmte den Mittelscheitel nach.

Fern, am Ende der Straße, begann jetzt wieder die Maschine zu arbeiten, bebend, mit explosionsartigem Fauchen, eine Maschine, die sich auf gefetteten Stahlfüßen torkelnd hob und senkte und einen schweren, kantigen Hinterleib drehte. Nora schloß das Fenster; sie ging über den Korridor zur Küche, als die Türglokke zweimal läutete; es war Ulrich Martens.

Er trat auf sie zu mit einer Geste der Entschuldigung, küßte sie wie immer, nahm ihre Hand und zog sie wortlos ins Wohnzimmer und gleich zu dem giftgrünen Sofa, auf das er sich nicht wie sonst entspannt fallen ließ, sondern so vorsichtig setzte, als befürchtete er ein Mißgeschick. Ich hab's einfach nicht geschafft, sagte er bekümmert, ich hab's einfach nicht geschafft bis nach Hause, darum bin ich hier vorbeigekommen; entschuldige. Was ist passiert? fragte Nora. Ich weiß nicht, sagte Uli, ich konnte die Fahrt nicht zu Ende bringen, am kleinen Fährhaus mußte ich aussteigen. Migräne? Das Mikrophon, sagte Uli, ich konnte das Mikrophon nicht mehr halten; die Hand zuckte und schlug aus wie eine Wünschelrute. In dem kleinen Gesicht, das sich über ihn beugte, konnte er die Entstehung von Unruhe beobachten; er sah, wie die Lippen sich öffneten, wie ein suchender Blick über ihn hinglitt, besorgt darauf aus, Anzeichen oder Symptome für etwas zu finden, das außerhalb eigener Erfahrung lag. Es geht vorüber, sagte Uli, ich hoffe doch, daß es vorübergeht. Nora wischte ihm übers Haar, knotete das Halstuch auf und hängte es über die Lehne, und immer noch beunruhigt, bat sie ihn, sich auszustrecken und die Beine hochzulegen.

Auf dem gekachelten Tisch lagen Finnland-Prospekte; ein alter Schlepper, verloren in dekorativer Einsamkeit, zog riesige, birnenförmige Holzflöße über einen waldgesäumten See, immer neuen, nur erahnbaren Seen entgegen; kurzbeinige Lappenkinder in Lappentracht liefen um ein geschmücktes Lappenzelt. Ja, so muß man reisen, vorbereitet, eingestimmt, so wie du es machst, muß man aufbrechen: mit kleinem Wissen belastet.

Nora wollte einen Gesundheitstee kochen, doch er bat sie, zu bleiben und sich zu ihm zu setzen, einen Augenblick nur, und er schloß die Augen und sagte leise: Du hättest Walter sehen müssen, als ich ihm das Mikrophon übergab, du hättest ihn erleben müssen, als er gezwungen war, meine Rolle zu übernehmen. Schaffte er es? fragte Nora, und Uli darauf belustigt: Insgeheim hatte er es sich wohl gewünscht; er hat sich davor gefürchtet und es zugleich gewünscht. Jedenfalls, er machte ein Gesicht wie dein Vater im Ruderboot. Ach, Uli, sagte Nora, du bleibst der alte. Sie stand lächelnd auf, sie schloß, um die Arbeitsgeräusche der Maschine zu mildern, das Fenster zum Garten, zog die Vorhänge zur Hälfte zu. Frau Grant schien sie nicht zu bemerken. Weißt du, was ich glaube, sagte Uli, mir geht's schon etwas besser, wirklich, je länger ich hier sitze, desto besser geht es mir. Er sagte das, als er erkannte, daß sie sich bemühte, leise zu gehen, nicht einmal angestrengt und übermäßig besorgt, sondern einfach nur selbstverständlich, so als sei behutsames Auftreten eine notwendige Reaktion auf seinen Zustand, und er mußte daran denken, daß sie sich einst monatelang so bewegt hatte, huschend durch ein dämmriges Krankenzimmer. Vielleicht hat sie es daher, keiner tritt so leise auf wie sie, so zaghaft, vielleicht fürchtet sie, überall zu stören.

Ich weiß, was du jetzt denkst, sagte Uli, ich sehe es dir an. Nora blieb stehen, hob ihr »Ja« zur Frage an und hatte nur ein belobigendes Nicken übrig, als Uli sagte: Ich gehe zu Weber, heute abend noch gehe ich in seine Sprechstunde, sei ganz ruhig. Sie legte eine Hand auf seine Stirn, sie ließ sie unbeweglich liegen, ohne ihn dabei anzusehen; konzentriert der Tapete zugekehrt, auf der winzige, spindelförmige Phantasiefische durch lichtblaue Helligkeit schwammen, fühlte und lauschte sie und richtete sich nach einer Weile ruhig auf und ging ins Badezimmer. Sie drehte den Hahn auf, hielt einen Finger in den Strahl, wartete, bis das Wasser kühler wurde, dann tränkte sie einen Waschlappen und bettete ihn auf ein Handtuch. Sie blies mit vorgeschobener Unterlippe Luft über ihr Gesicht und blickte auf das Handtuch, dessen Stoff sich eindunkelte, als sie im Wohnzimmer ein Poltern hörte, das so klang, als hätte Uli seine Schuhe abgestreift und sie aus Sofahöhe auf den Fußboden fallen lassen; und schon in das Poltern hinein mischte sich ein kloßiger, gepreßter Laut, ein Laut der Not und der vergeblichen Anstrengung, der in ein kehliges Flattern überging.

Bereits von der Tür sah sie, daß Uli sich erbrochen

hatte, er lag jetzt mit dem Hinterkopf auf der Sofaleh-
ne, seine Pupillen waren starr und geweitet, und sein
linker Arm zitterte im Streckkrampf. Da war sie schon
bei ihm. Kniend säuberte sie sein Hemd, den Ärmel,
das Kinn, an dem Reste von Erbrochenem klebten,
und während sie rieb und wischte, sprach sie immer
zwanghafter vor sich hin, sprach stammelnd gegen das
zunehmende Dröhnen der Angst an, nannte das, was
geschehen war, eine fällige Erleichterung, erklärte beschwichtigend, daß der Druck nun von ihm genommen sei und die Benommenheit bald vorüber sein
werde.

Nicht die Stellung, in der er vor ihr lag, nicht sein
Blick und auch nicht sein krampfig zitternder Arm
riefen ihre Angst hervor, sondern – und sie spürte es
bei jedem Hinschauen – sein offener Mund, der ihr, in
wehrloser Qual geweitet und verzerrt, viereckig vorkam. Ein tonloses Gurgeln, das immer wieder
abgeschnürt wurde, drang aus dem Mund, mitunter
ein mattes gaumiges Klopfen. Winkend versuchte sie,
seinen Blick auf sich zu ziehen; er folgte ihr nicht,
wandte ihr auch nicht das Gesicht zu, als sie ihn anrief
und nur wissen wollte: Hörst du mich, hörst du mich,
Uli? Sie mußte etwas tun, Nora wußte, daß sie sich
jetzt keine Unschlüssigkeit leisten durfte, nur Tätigkeit
bot ihr Schutz und konnte sie den Anblick dieses verzogenen, aufgeworfenen Mundes ertragen lassen.
Schon schlenkerte sie ein Kissen, das sie geschäftig unter seinen Nacken brachte, zog ihm die Schuhe aus,
knöpfte das Leinenhemd über der Brust auf, alles mit
verzweifeltem Eifer und unentwegt auf ihn hinabsprechend. Gelegentlich hielt sie erschrocken inne und bat:
Sag etwas, Uli, mein Gott, sag etwas, um ihm gleich
darauf, als müßte sie einen Fehler wettmachen, beruhigend zuzureden.

Sein Atem ging unregelmäßig, er verringerte sich zu

hauchigen Stößen, schien auszusetzen, kündigte sich mit einem schnurgelnden Laut an, entlud sich nahezu in pfeifender Höhe und wurde plötzlich gestopft. Noch hatte Ulrich keinen Einfluß auf seinen Atem, noch war er benommen von den Ausläufern des Schmerzes, den er sowohl als umgreifend empfand – ein Klemmschmerz, der seinen ganzen Körper festhielt –, als auch klar lokalisiert und begrenzt auf den Augenhintergrund. Er glaubte wahrnehmen zu können, wie der kleine und genauere Schmerz sich vom umfassenden trennte oder entlassen wurde – nicht lange nach dem Augenblick, in dem eine heiße Flut in sein Gesicht geschossen war und sich bei dem Versuch, die farbigen Finnland-Prospekte aufzuheben, so schnell lähmend über seine linke Seite ausgebreitet hatte, daß er sich gerade noch zurückwerfen konnte, um nicht auf den Fußboden zu stürzen. Obwohl der Druck nachgelassen hatte, erhielt sich immer noch eine würgende Übelkeit. Die Sinnestäuschung, die nur Sekunden gedauert hatte, war vorbei: er lag nicht mehr unter freiem Himmel, auf einem abgeplatteten Hügel, um den, einen eigenen Sturm hervorrufend, der ihnen ihr Laub wegriß, alte schrundige Bäume toll rotierten; er war bereits wieder in das Zimmer zurückgekehrt, das er kannte; er hörte, wenn auch undeutlich, die Stimme Noras; allerdings konnte er nicht bestimmen, aus welcher Richtung sie kam.

Wo bist du, Nora, komm näher heran, ich weiß nicht, was mit mir los ist, ich liege im Schraubstock, ich kann mich nicht bewegen, die Zunge ist hart und steif, die Zunge.

Als seine Lippen zu zucken begannen, kniete Nora sich abermals vor ihn hin und zwang sich, den Mund anzusehen, voller Erwartung, das erste verständliche Wort abzunehmen oder auch nur zu erraten, was er ihr sagen wollte, doch alle Laute, die er rasselnd hervorbrachte, platzten und sprangen, lösten sich zischend auf. Ihr entging nicht die gesammelte Anstrengung, mit der er sich mitzuteilen versuchte, die furchtbare Mühsal, unter der er suchte, sortierte, kombinierte, um dann mit sichtbarem Aufwand an Kraft hervorzustöhnen, was ihr offenbar an Nachricht zugedacht war und was dann schon fauchig zerfetzt wurde und verlorenging, bevor es ihm über die Lippen kam. Er zeigte weder Enttäuschung noch Erbitterung, er war auch nicht in der Lage, ihr zu bestätigen, daß er sie verstand. Selbst wenn sie sich in sein Blickfeld schob und ihr Gesicht nah auf ihn herabsenkte, hatte sie das Empfinden, daß er an ihr vorbeisah; dennoch, trotz dieser Unerreichbarkeit, war sie sicher, daß er ihre Gegenwart spürte und sich mit den Möglichkeiten, die ihm verblieben waren, zu ihr hinarbeitete.

Und er tat es, versuchte es in immer neuen Anläufen, denn obwohl ihn der Klemmschmerz festhielt und ihm nicht erlaubte, auch nur ein Zeichen zu geben, konnte er sich zu ihr hindenken, konnte denkend ein Bild von sich selbst gewinnen, ja, als ob der Schmerz sein Denken schärfte, klärte sich der tiefe Wirrwarr so weit, daß er sich ein Ziel setzte: er mußte verstanden werden.

Komm, Nora, leg dein Ohr an meinen Mund, du mußt doch, mußt doch verstehen, was ich sage, bring mir, wie heißt es, bring Wasser, gib mir eine Migränetablette aus meiner Jackentasche, ich sprech jetzt noch langsamer, langsamer, warum begreifst du nicht? Du mußt den Arzt holen, Weber oder den Notarzt, ich höre dich immer besser, deine Worte, deine Schritte, nur sehen kann ich schlecht, du bist hinter Milchglas, versuch es noch einmal.

Während Nora gebeugt am Tisch stand und ihn nur furchtsam ansah, erbebte sein Körper, der Adamsapfel glitt auf und nieder, scheppernd lösten sich Laute aus seinem Hals, überstürzten sich und gingen in einem

Glucksen unter. Nora schrie auf und preßte ihre Hände auf die Ohren, und wie in verspätetem Erschrecken über ihren Schrei kehrte sie hastig zum Sofa zurück, von neuer Hoffnung erfüllt, daß sie unbeabsichtigt eine Reaktion ausgelöst haben könnte, ein winziges Echo, das eine geglückte Verbindung bestätigte. Eine Blickwendung hätte ihr genügt, ein Heben der Hand hätte sie aufleben lassen, doch so begierig sie auch forschte: er lag nur da in der Unerreichbarkeit seines Unglücks, getrennt und losgeschnitten von ihrer Gegenwart und nicht fähig, sich von dorther, wo er war, bemerkbar zu machen.

Dein Schrei, Nora, was bedeutet dein Schrei, siehst du denn nicht, welche Mühe ich mir gebe, um dir das Nötige zu sagen, das Dringende, das getan werden muß, warum siehst du mich so entsetzt an, ich sehe schon klarer, ich erkenne das Entsetzen und die Angst auf deinem Gesicht, du mußt meinen Kopf von der Lehne herunterheben, der Schmerz sammelt sich jetzt im Hinterkopf, das ist mir bewußt, lös die Migränetablette in Wasser auf, auch daß ich mich nicht bewegen kann, ist mir bewußt, wenn ich nur wüßte, was geschehen ist, wohin läufst du denn jetzt?

Nora riß die Tür zum Garten auf, schwankte, zögerte, sie schien verlegen um das Wort, das gesagt werden mußte, sie blickte nur hilfesuchend zu Frau Grant hinüber, die sich langsam in ihrem herausfordernden Weiß erhob, erhob und reglos wartete. Schnell, rief Nora, bitte, schnell. Frau Grant beschwerte nicht einmal ihre Papiere, wollte keine Erklärung, war, da sie genug zu sehen glaubte, mit wenigen raumgreifenden Schritten bei ihr, schob sie zur Seite und blieb in der Mitte des Zimmers stehen, so abrupt, als hätte ein Sperrseil sie aufgefangen. Plötzlich, sagte Nora, brach ab und flüsterte: Er kann nicht sprechen, Uli kann nicht sprechen. Sie müssen den Krankenwagen rufen, sagte Frau Grant. Ihr war Scheu anzusehen, als sie an das Sofa trat und sich über den Mann beugte in erzwungener Wißbegier, sie wagte nicht, ihn zu berühren oder ein Wort zu ihm selbst zu sagen, betrachtete ihn lediglich ausdauernd und schloß auf einmal, heimgesucht von Erinnerung, die Augen und richtete sich auf. Sie müssen den Krankenwagen rufen, sagte sie entschieden. Nora hielt sich am Tisch fest, keuchte, machte wimmernd verneinende Kopfbewegungen, murmelte: Plötzlich, wie konnte es geschehen, so plötzlich? Ein Schlag, sagte Frau Grant leise, ich glaube, ein Hirnschlag, wie bei meinem Vater. Sie müssen jetzt telephonieren.

Frau Grant nickte ihr auffordernd zu, faßte sie am Arm und versuchte sie zur Diele zu ziehen – erfolglos, denn Nora klammerte sich an den Tisch und setzte ihr einen stummen beharrlichen Widerstand entgegen, der weniger ihre Weigerung ausdrücken sollte als das Eingeständnis, daß sie selbst sich außerstande fühlte, jetzt zu handeln. Durch ihre Haltung gab sie aber auch zu verstehen, daß sie mit allem einverstanden war, was Frau Grant beschloß oder sogar einleitete, und sie nickte dankbar, als ihre Vermieterin sie losließ und ohne ein weiteres Wort zum Telephon in der Diele ging.

Wie schnell die Verbindung zustande kam! Nora wollte nicht mithören, stieß sich vom Tisch ab und ging zum Sofa hinüber, Entschuldigungen flüsternd: Es muß sein, Uli; du kannst hier nicht bleiben; du brauchst Hilfe. Unwillkürlich nahm sie seine rechte Hand, das heißt, in dem Moment, als sie seine rechte Hand ergreifen wollte, hob sie sich ihr entgegen, selbständig und befreit von der Starre, hob sich, konnte aber den Druck nicht erwidern. Obwohl Uli immer noch mit geweiteten Pupillen an ihr vorbeiblickte, gelang es ihm, das Zeichen mit neuer Sprachanstrengung zu koordinieren, er entließ nach pumpender Vorbereitung einen Lautstrudel, so heftig und vergeblich, daß Nora aufschluchzte.

Wenn sie mich holen, Nora, mußt du zu mir gehn, die Dinge holen, die ich brauche, Rasierzeug, Schlafanzug, Hausschuhe, du mußt das Fremdenverkehrsbüro benachrichtigen, und sag auch Walter Bescheid, alle Schlüssel sind in der Jackentasche, warum legst du dein Ohr nicht auf meine Brust, du könntest mich dann verstehen, so gut, wie ich dich nun verstehe und Frau . . . – Frau . . . ich komme nicht auf ihren Namen, wenn ihr nur laut genug sprecht.

Von der Diele her rief Frau Grant: Der Krankenwagen wird gleich hier sein, suchen Sie seine Sachen zusammen; und näherkommend fragte sie: Werden Sie mitfahren? Und gleich noch einmal, als müßte sie den Zweifel in ihrer Frage tilgen: Sie werden doch mitfahren? Ungläubig sah Nora zu ihr auf, ihr Gesicht nahm einen einzigen bittenden Ausdruck an. Gequält von einem Bild, das sie längst vergessen zu haben glaubte und das sich nun heraufhob – der nackte Raum der Aufnahme, die verkniffene befehlsgewohnte Frau, die kalten geschäftsmäßigen Fragen, die Nora zum Teil nicht beantworten konnte, was die Frau jedesmal mit einem abschätzigen Blick quittierte –, der Vorstellung ausgeliefert, daß sich das, was sie damals erfahren hatte, wiederholen könnte, flüsterte sie: Ich kann nicht. Bitte. Ich kann nicht. Dann müssen wir die Angehörigen verständigen, sagte Frau Grant. Herr Martens hat doch Angehörige? Ja, sagte Nora, ja, ich glaube, und schaute einfach nur zu, wie Frau Grant Ulis Schuhe aufhob und sein Jackett von der Stuhllehne nahm und es achtsam über den angewinkelten Unterarm hängte.

3

Auch das alte Ehepaar wollte in den elften Stock. Beide waren sonntäglich gekleidet, beide empfingen Nora mit bedrückten Spanielgesichtern und überließen es ihr, den Knopf zu drücken, doch als der Fahrstuhl sich mit ruckhaftem Schlingern in Bewegung setzte, machten sie sich mit ihren Blicken über sie her. Mit freimütiger Neugierde betrachtete der Mann das verpackte Bild, schätzte, mutmaßte, prüfte wohl auch die Verschnürung, während die alte Frau mißtrauisch ausschließlich Noras Gesicht erkundete, geradeso, als müßte sie es sich für eine spätere Personalbeschreibung einprägen. Die Alten schienen sich wie abgesprochen in die Beobachtungsaufgabe zu teilen – er Sachen, sie Personen –, um in leeren Augenblicken das Erfahrene auszutauschen oder miteinander zu verknüpfen.

Nora litt unter der Nähe, litt aber auch unter ihrer Unfähigkeit, fremde Nähe zu ertragen – im Unterschied zu Uli, der ihr oft genug gezeigt hatte, daß bedrängende Enge im Fahrstuhl auch eine Gelegenheit zu heiteren Erfahrungen sein konnte. Sie fühlte eine Hitze aufsteigen und ein Ziehen in den Schläfen. Dort, wo sie das Bild unterfangen hatte, dunkelte schon sacht das Papier ein von ihrer heißen Hand; das Bild drückte gegen Ulis Schlüsselbund, das sie in der Hüfttasche trug.

Im elften Stock hielt sie sich zurück, ließ zunächst das Ehepaar aussteigen und schüttelte den Kopf, als der Mann ihr die Tür aufhielt; durch einen Augenaufschlag gab sie zu verstehen, daß sie noch höher hinauf müßte, ins letzte Stockwerk. Sie drückte noch einmal den Knopf und erschauerte bei dem zischenden Geräusch, mit dem der Fahrstuhl sie zur Endstation hinaufhob. Beidhändig faßte sie das Bild, ging leise zur Treppe und lauschte hinab, ungewiß, ob das Ehepaar nicht seinerseits stillstand und zu ihr hinauflauschte, auf das Geräusch des Schlüssels wartend. Dann hörte sie übergangslos das Öffnen einer Tür, eine ungestüme Begrüßung mit quiekenden Freudenschreien und Doppelküssen, Tuscheln, das klackende Einschnappen eines Türschlosses. Nora vermutete, daß es Ulrichs Nachbarn waren, die Besuch bekommen hatten, ein junges Paar, beide Friseurmeister, die sich und ihre Kinder mit unausstehlicher Sorgfalt kleideten. Zweimal war sie ihnen begegnet, immer allein, und immer dann, wenn sie die Nacht über bei Uli geblieben war.

Die teppichlosen Räume, sie sah sich auf Strümpfen durch die hellen teppichlosen Räume gehen, weil sie den Hall ihrer Schritte nicht mehr aushalten konnte, sie sah sich zaghaft die von Uli bemalten Rollos herunterziehen – exotische Vogelwelt im Flug – und dachte sich vor die im Korridor hängende, vielfach vergrößerte Photographie einer trübseligen Netzfabrik, von der Uli sie bei ihrem ersten Besuch mit den Worten wegzog: Da bin ich zur Welt gekommen, zwischen Reusen und Schleppnetzen, meine Familie lebte durch drei Generationen von erfolgversprechenden Maschen. Sie brauchte sich nichts angestrengt zu vergegenwärtigen, alles war nah, war verläßlich eingegangen in ihren Vorrat an bildhaften Augenblicken. Rasierzeug, Bademantel, Hausschuhe: sie wußte, wo sie alles finden würde, und sie war auch bereits entschlossen, das Bild nicht einfach ins Wohnzimmer zu stellen, sondern an seinem alten Platz aufzuhängen, überm Eßtisch, wo es die Versöhnlichkeit feierte, die von gemeinsamem Essen ausging. Nur dies hatte sie sich vorgenommen: sie wollte sich nicht länger als nötig in der Wohnung aufhalten, nichts ordnen, berühren oder gar beseitigen, was mit ihrer Aufgabe nichts zu tun hatte; das Schlafzimmer, das stand fest, würde sie erst gar nicht betreten. Wenn Frau Grant sie nicht genötigt hätte, diesen Weg zu übernehmen, wenn ihre Versuche, Ulrichs Bruder telefonisch zu erreichen, nicht fehlgeschlagen wären: Nora – und das gestand sie sich ein – wäre von allein nicht hierher zurückgekehrt.

Sie setzte einen Fuß auf die Treppe, lauschte, sie überwand mit zähen, gleitenden Bewegungen ein paar Stufen, lauschte, sie gewann den Treppenabsatz und fingerte nach dem Schlüsselbund in ihrer Hüfttasche. Obwohl sie auf ihre Hand blickte, übersah sie das Zittern; etwas floß ineinander über, tauschte sich aus, und sie hatte plötzlich das Empfinden, sich nicht Ulis, sondern Roberts Wohnung zu nähern, seinem geschmackvollen Heim, seinem geblümten Sterbelager, zu dem sie mehr als elf Monate lang hinaufgestiegen war, Tag für Tag. Unwillkürlich probierte sie ein vorwurfsvolles Gesicht aus, den Ausdruck einer lächelnden Zurechtweisung, die Robert gleich erhalten mußte, weil er schon wieder Bücher ausgepackt und zu seinem Lager geschleppt hatte, Spezialbücher in mehreren Sprachen, die er sich schicken ließ, um aus ihnen den letzten Erkenntnisstand über seine Krankheit zu erfahren.

Aus der Tiefe der Friseurmeisterwohnung hörte sie Triumphgeheul. Nora drückte sich an das Geländer und stieg langsam hinab, so weit, bis sie das Sicherheitsschloß in Ulrichs Tür sehen konnte. Noch einmal blieb sie stehen, schien die Entfernung abzuschätzen, sich für die letzte Etappe zu sammeln; sie mußte handeln, bevor ihr Arm noch fühlloser wurde.

Der Schlüssel funktionierte nicht. Als sie Ulrichs Türschlüssel – sie war sicher, daß es sein Türschlüssel war – ins Schloß einführen wollte, spürte sie auf halbem Weg einen endgültigen Widerstand, etwas blokkierte, klemmte, wies sie zurück, worauf sie es von neuem versuchte, weicher, zögernder – zumindest nahm sie sich das vor –, doch auch so konnte sie den Schlüssel nicht vollständig einführen, eine harte Sperre hielt ihn auf. Hastig, ohne das Bild abzusetzen, ließ sie die vier oder fünf flachen Schlüssel durch die Finger gleiten, verglich sie miteinander, wählte, unsicher geworden, einen aus, der dem Türschlüssel am ähnlichsten war, und zwängte ihn ins Schlüsselloch. Der Schlüssel paßte, er fuhr, wenn auch etwas schleifig, ganz hinein, doch er gehorchte keinem Druck, ließ sich nicht drehen. Er ließ sich weder drehen noch herausziehen. Jetzt setzte Nora das Bild ab, stemmte und zog zugleich, drückte das Knie gegen die Tür und ruckte und hielt erschrocken inne, von Furcht ergriffen, ihr Keuchen könnte gehört werden und ihr gepreßter Atem. Der Zugriff, nun wollte ihr auch der Zugriff nicht mehr gelingen, der Schlüssel schien zu schrumpfen zwischen Daumen und Zeigefinger oder unter der Hitze der Fingerkuppen seine Kontur einzubüßen. Sie zog einen Finger durch den Schlüsselring. Sie erwog, den Schlüssel stecken zu lassen und sich zu entfernen, als bei einer unbeabsichtigten Bewegung der Schlüssel aus dem Schloß glitt und sich pendelnd neben die anderen legte, mit kleinem, echolosem Klikken. Erleichtert schob sie das Schlüsselbund in ihre Hüfttasche, nahm das Bild auf und ging nicht zum Fahrstuhl, sondern stieg – müheloser, als sie es gedacht hatte – zum zehnten Stockwerk hinab; hier erst drückte sie auf den Knopf.

Schon von der Schwingtür aus sah sie die dampfenden Schleier vom Asphalt aufsteigen, ein kurzer, überfallartiger Regen war niedergegangen, während sie mit ihrer Aufgabe an Ulis Wohnungstür gescheitert war, und als sie das Hochhaus verließ, spürte sie sogleich, wie sich die Feuchtigkeit deckend auf die Lunge legte. Nora ertrug die Enttäuschung. Sie fühlte sich gerechtfertigt. Zwei Burschen, deren Haar vor Nässe glänzte, deren Hemden am Körper kleine luftgefüllte Wülste warfen, stellten sich ihr in den Weg und fragten sie aufgeräumt nach der Hochhausnummer; Nora wies stumm auf das weißblaue Nummernschild hoch überm Eingang und lächelte, als die beiden sich mit zeremonieller Verbeugung bedankten. Beim Springbrunnen beschleunigte sie ihre Schritte, sie blickte nicht auf die aufgerissenen Froschmäuler, die ihre Strahlen so berechnet in die Luft spien, daß sie sich funkelnd vereinigten; das Bild gegen die Hüfte gepreßt, lief sie auf die beiden wartenden Taxis zu, von deren Dächern sich ebenfalls feiner Dampf löste. War das eine Husche, sagte der Taxichauffeur zur Begrüßung, und Nora darauf, schnellatmend: Museum, Rückseite, Kellereingang.

Sie wollte nicht zuhören, wollte sich nicht einmal für einen der beiden Wege entscheiden, die der Taxichauffeur ihr vorschlug; sie überließ es ihm, seinen Weg zu bestimmen, und hob nach einer Weile das Bild auf den Schoß, als wollte sie eine Trennwand aufrichten. Es war ihr nicht gelungen, Ulrichs Wohnung zu betreten, sie würde sagen können, daß sie es versucht hätte, ausdauernd und mit der Bereitschaft, die man von ihr erwartete. Daß der Mißerfolg sie erleichterte, brauchte sie nicht zuzugeben. Gekrümmt hinter dem Bild betupfte sie mit dem Taschentuch ihre Schläfen und die Mundwinkel, sammelte Speichel auf der Zunge, schluckte angestrengt. Der Taxichauffeur sprach unablässig zu anderen Verkehrsteilnehmern, warnte sie, ermunterte sie – gerade, als sei er über einen geheimen Kanal mit ihnen verbunden –, und wenn sie sich verhielten, wie er es wünschte, belobigte er sie leise und kumpelhaft. Nora vermied es, in seinen Rückspiegel zu blicken; in peinlich saubere Polster geschmiegt, sah sie durch das Seitenfenster auf das schmutziggrüne Gestänge der alten Eisenbahnbrücke und auf die festungsartigen Bahnhofstürme, die von Rußzungen geschwärzt waren. Dort auf dem Bahnhofsplatz, neben dem Denkmal des Admirals, der sein Fernrohr auf einen wulstigen Oberschenkel gesenkt hatte und aus leicht vorquellenden Augen auf die Hotelfassaden starrte, dort war sie Ulrich zum ersten Mal begegnet, im vergangenen Winter erst, ja, es war ein unentschiedener Morgen im letzten Winter.

Nora hätte den Platz mit Kreide bezeichnen können, den Winkel zwischen Denkmal und U-Bahn-Eingang, in dem damals fünfzehn oder zwanzig Leute standen, zufällige Passanten, die sich zusammengeklumpt hatten, um einem ungeheuer frohgestimmten Rundfunkreporter zuzuhören. Es war eine Live-Sendung. Bekenntnishaft sollten sich Bürger zu der Frage äußern, ob Denkmäler noch zeitgemäß seien. Sie war dazugetreten, verblüfft über die Schroffheit, mit der sämtliche Denkmäler für überflüssig erklärt wurden, ja, es hatte nicht nur ihren Unwillen hervorgerufen, es hatte sie auch geschmerzt, daß anscheinend alle Befragten die einheimischen Denkmäler gestürzt sehen wollten, bis dann auf einmal eine angerauhte, sympathische Stimme den Ansichten der Mehrheit widersprach. Glücklich stimmte Nora der Meinung zu, daß Denkmäler uns auch die Irrtümer der Geschichte vor Augen führten – fatale Tatsachen, prekäre Verdienste, und sie hätte fast geklatscht bei dem Vorschlag, noch mehr Denkmäler zu setzen, regelrechte Denkmalsgärten, in denen jede Epoche in Stein ausdrücken sollte, was sie inspirierte und auszeichnete und handeln ließ.

Während sie noch zuhörte, folgte sie bereits dem Impuls, den Mann zu sehen, der da sprach; sie erhob sich auf die Fußspitzen, zwängte sich in eine Lücke, da schwebte ihr plötzlich das Mikrophon entgegen, sie wurde eingeladen, zu sprechen, nur drei, vier Sätze, und wenn's geht, zum Thema, und bitte sagen Sie uns auch Ihren Beruf. Diese prompte, unfaßbare Leere, diese Sprechnot – Nora erinnerte sich noch daran, sie dachte an die belustigte Neugierde der anderen Zuhörer und an den Augenblick, als sie Ulis Gesicht zum ersten Mal sah, sein schmales, lächelndes Gesicht, das sie zu ermuntern schien, und nicht zum Reporter, sondern zu Uli hinüber sagte sie leise: Bibliothekarin; ich bin für die Erhaltung von Denkmälern und im übrigen der Ansicht, die hier gerade geäußert wurde. Darauf wandte sie sich ab, besorgt, daß ihre Äußerung als Zeichen ausgelegt werden könnte, sie löste sich von der Traube, ging langsam mit niedergeschlagenem Blick auf den U-Bahn-Eingang zu und beobachtete aus den Augenwinkeln, wie ein fremder Schritt ihren Schritt anzunehmen versuchte und schließlich in ihn einfiel. Bevor sie den Kopf hob, hatte sie nicht nur sein Lächeln, sondern auch die erste Berührung vorausgenommen wie eine verfrühte Erfahrung.

Der Taxifahrer, unaufhörlich brabbelnd und Zensuren verteilend, legte sich auf seiner Privatwelle mit dem Fahrer eines Kühltransporters an, der vergessen hatte, das Blinklicht abzustellen; der Laster hatte Fleisch geladen, Nordfleisch, wie die Reklameaufschrift besagte, er schien es darauf abgesehen zu haben, die Taxe nicht vorbeizulassen, doch vor einer Ampel gerieten sie endlich nebeneinander, und der Taxichauffeur rief zum Fahrerhaus hinauf: Auftauen, ihr Gefrierköppe aus dem Norden solltet euch auftauen lassen, bevor ihr in die Stadt kommt. Er wandte sich zu Nora um, wollte wohl belobigt, zumindest aber bestätigt werden in seinem Groll; Nora schwieg und sah zur neuen Schleusenbrücke hinunter, über die sich ein zweifarbiges Band spannte. Eine Umleitung zwang sie zur alten Brücke hinab, dort staute sich der Verkehr, die Hitze schlug auf das vibrierende Metall ein, erzeugte ein einziges trockenes Keuchen, alles büßte seine genaue

Kontur ein und verflimmerte an den Rändern, verwarf sich wie unter dem Anlauf kleiner Wellen, auch die festlich gekleidete Gesellschaft, die, zur Ausstellung von Würde verpflichtet, schleppfüßig und um Verzögerung bemüht, zur Brückenmitte hinwandelte, zu dem zweifarbigen Band, das ein zuckender Wind bewegte. Nora sah den asketischen Mann mit der Amtskette, dem der Ausdruck von Gravität nur schwer gelingen wollte, der sich bewegte, als machten ihm erfrorene Füße zu schaffen, und der unmittelbar vor dem Band erkennbar aufatmete. Eine Schere wurde ihm auf schwarzem Samtkissen gereicht, er nahm sie feierlich entgegen, zeigte sie den Photographen, lachend, wie einen gewonnenen Pokal, dann faßte und sammelte er sich, hob sein Gesicht und sprach, vermutlich Konjunktive häufend, die gängigen Eröffnungsformeln. Er zog das Band zwischen die geöffneten Backen der Schere; als ein Teil des durchschnittenen Bandes fiel und girlandenwerfend über den Brückenbelag flatterte, wandte Nora sich ab und legte ihren Handrücken auf die Lippen.

Sie mußten warten, bis die Eröffnungszeremonie vorüber war und die dunklen Regierungslimousinen die eingeweihte Brücke überquert hatten. Nun spornten zwei Polizisten die Kolonne an, ließen ihre Stöcke spielen, los, schneller, schneller, und der Taxichauffeur belferte: Macht schon, ihr Säcke, vorwärts. Jenseits des Binnensees war bereits das Museum zu erkennen, bald konnten sie ausscheren, auf unbelebter Straße zu dem lastenden Ziegelbau hinauffahren. Rückseite, nicht? fragte der Chauffeur, und Nora, aufgeschreckt: Da soll eine Werkstatt sein.

Allein vor der braunen Tür, die keinen Drücker hatte, wünschte sie sich plötzlich, daß auf ihr Klingeln nichts geschähe, daß keine Schritte sich von weither näherten, kein Gesicht sie durch das mit Stahldraht gesicherte Fenster musterte, doch es war schon zu spät: ein verwilderter, nikotinfarbener Bart hob sich ans Fenster, graue Augen fragten ihre Erscheinung ab, die Tür wurde geöffnet. Ja? Ein noch junger Mann mit nacktem Oberkörper, eine fleckige Arbeitsschürze vor dem Bauch, stand unmittelbar vor ihr, betrachtete sie mit Freundlichkeit. Nora fragte leise, ob Herr Martens zu sprechen sei, in einer privaten Angelegenheit. Der Chef ist da, sagte der Mann, wir haben ihn vor einer Stunde wiederbekommen. Er schlurfte zur Seite, um sie eintreten zu lassen, schloß hinter ihr ab und trottete ihr voraus in seinen Schlappsandalen, führte sie wortlos schwach erleuchtete Gänge hinab zu mehreren Werkstatträumen, die ineinander übergingen. Ein Mädchen, das einem Landschaftsbild Firnis auftrug, erwiderte knapp ihren Gruß, es blickte nicht einmal auf, als der Mann mit der Schürze ihm im Vorübergehen einen Finger durch die Nackenmulde zog. Dort ist der Chef, im Kampf mit Sir Joshua Reynolds.

Nora sah Ulis Bruder zum ersten Mal, sah ihn im Halbprofil: eine massige Schulter unter Kittelstoff, fleischiger Hals, langes, grauschimmerndes Haar, eine Nickelstahlbrille vor den Augen. Die Haltung seines Körpers drückte Überraschung aus, eine plötzliche Erkenntnis. Er hatte seine Arbeit unterbrochen, die rechte Hand, die einen sehr feinen Pinsel hielt, schwebte unentschlossen über dem Bild, einem Kinderbildnis, wie Nora trotz ungünstigen Lichteinfalls erkannte. Er wiegte den Kopf, produzierte einen langgezogenen Zischlaut. Er schien etwas entdeckt zu haben und überlegte offenbar, wie er das Entdeckte mitteilen könnte. Besuch, Chef, rief der Mann mit der Schürze aus dem Hintergrund, und Ulis Bruder brauchte eine Zeit, um sich von seiner Wahrnehmung zu lösen und Nora zuzuwenden. Sie schätzte sogleich, daß er zehn oder zwölf Jahre älter war als Uli, ein behäbiger Mann, der zur Korpulenz neigte. Seine Art, Nora anzusehen, hatte etwas Bereites, Erbötiges, und das stetige, kaum merkliche Nicken, mit dem er auf sie zuging, wirkte wie eine übereilte Zustimmung zu allem, was sie an ihn heranbringen könnte. Ja, bitteschön, sagte er und streckte schon beflissen die Hände aus, um Nora das Bild abzunehmen.

Nora Fechner. Martens; womit kann ich Ihnen dienen?

Verwundert nahm er Noras suchenden, besorgten Blick auf, verstand aber sofort, was sie wünschte, und bat sie durch eine Geste in die Tiefe seines Arbeitsraums, wo er ihr einen gepolsterten Hocker anbot. Die Tür blieb offen. Er wollte die Entschuldigung für Noras unangemeldetes Erscheinen nicht zu Ende hören, gutmütig winkte er ab, ließ erkennen, daß er an Überraschungsbesuche gewohnt sei, und was seine Arbeit angehe, so komme ihr eine gelegentliche Unterbrechung nur zugute. Wieviel Zeit er außerdem übrig hatte, glaubte er dadurch beweisen zu müssen, daß er seinen Arbeitsschemel herantrug und sich setzte, bereit, sich seinem Besuch uneingeschränkt zu widmen. Also, was kann ich für Sie tun?

In ihrem überstürzten Entwurf für diese Begegnung hatte Nora dies vorgesehen: zuerst wollte sie Ulis Bruder sagen, was geschehen war, dann wollte sie ihm das Bild übergeben, dessen Besitz sie jetzt noch mehr beschwerte als vorher, schließlich wollte sie ihm die Wohnungsschlüssel aushändigen mit der Bitte, die Aufsicht über Ulis Eigentum zu übernehmen und ihm in die Klinik zu bringen, was er dort am nötigsten brauchte.

Nun aber, vor diesem geduldigen, vertrauenerweckenden Gesicht löste sich ihr Entwurf auf, alles geriet durcheinander, weil sich einfach kein erster Satz ergab – oder weil sie das, was geschehen war, noch kein

48

einziges Mal mit Worten wiederholt und beschrieben hatte –, und anstatt sich an die beschlossene Reihenfolge zu halten, lieferte sie zunächst Ulis Schlüssel aus, wobei sie nur sagte: Hier, das sind seine Schlüssel, und überreichte dann, nachdem sie die Verpackung eingerissen hatte, das Bild mit der Bemerkung: Uli wollte es mir schenken, aber ich kann es nicht annehmen.

Ulis Bruder sah sie mit wehrlosem Erstaunen an, in einer Hand hielt er das Schlüsselbund, mit der anderen stützte er das Bild, das sie auf seinem Oberschenkel abgesetzt hatte, er saß fast regungslos da, als mache ihm das Gewicht der Dinge zu schaffen. Er schwieg. Er wartete. Er ließ nicht erkennen, wieviel er bereits verstanden hatte. Als Nora zu einer alten Staffelei ging, begleitete er sie nicht blickweise, sondern harrte nur aus in seiner Ergebenheit, und auch als sie zu sprechen begann, wandte er sich ihr nicht zu. Unbewegt, oder doch anscheinend unbewegt nahm er zur Kenntnis, was seinem jüngeren Bruder zugestoßen war. Daß er sie nicht ansah! Daß er nicht nachfragte, nicht nach zusätzlichem Wissen verlangte!

Nora schilderte den Hergang des Unglücks bereits zum zweiten Mal, langsamer, ausführlicher, brachte ein wenig Ordnung in ihre Sätze: Ja, es war ein heißer Nachmittag, und plötzlich stand Uli vor der Tür, plötzlich, er kam herein, weil er es nicht geschafft hatte bis zu seiner Wohnung, kam und legte sich hin, erschöpft, vollkommen erschöpft, wie es den Anschein hatte, und er schien sich bereits wieder erholt zu haben, als es plötzlich in ihrer Abwesenheit geschah, in dem Augenblick, als sie ins Bad gegangen war, um einen kalten Umschlag zu machen. Es mußte ihn überfallen haben: seine linke Seite war plötzlich gelähmt, und er konnte nicht mehr sprechen, er konnte kein einziges Wort mehr sagen nach dem Hirnschlag.

Sie unterbrach sich, dachte an Ulis verzogenen

Mund, hörte wieder die platzenden Laute, das Fauchen und Gurgeln, und wie um sich davon zu befreien, sagte sie in veränderter Tonart: Er ist in der Universitätsklinik. Uli liegt in der Neurologischen Abteilung der Universitätsklinik.

Jetzt stand der Mann auf, legte Bild und Schlüssel auf seinen Arbeitstisch und schloß die Tür – nicht entschieden, sondern zögernd und behutsam, als sollte es in den anderen Räumen unbemerkt bleiben. Er trat hinter seinen Arbeitstisch, seine Finger befummelten die Tischkante. Leben Sie zusammen? fragte er bekümmert. Nora schüttelte den Kopf, sie sagte: Ein Jahr, wir kennen uns erst ein Jahr. Ulis Bruder umrundete den Tisch, wiederholte dabei kleine Gesten der Hilflosigkeit, indem er seine Hände regelmäßig anhob und sie schlapp auf die Oberschenkel fallen ließ. Die Unglücksnachricht traf ihn offenbar so tief, daß er vergaß, sein Mitleid zu äußern; er sagte lediglich: Das nicht, das durfte nicht geschehen, mein Gott. Er überhörte, was Nora nun auch schon zum zweiten Mal feststellte – daß Uli auf seine Sachen angewiesen sei, auf Rasierzeug, Schlafanzug, Hausschuhe, daß die ihm in die Klinik gebracht werden müßten, so rasch wie möglich, daß sie selbst jedoch außerstande sei, dies zu übernehmen.

Auf einmal blieb er stehen, lauschte mit erhobenem Gesicht, als würde er gerufen. Er nickte traurig, nickte gefügig. Er ging zu Nora, nahm ihren Arm und führte sie zum Hocker, drückte sie sanft nieder, ließ eine Weile seine Hand auf ihrer Schulter liegen. Es muß furchtbar gewesen sein, sagte er mit Bedauern, auch für Sie – furchtbar. Nora bestätigte es allein durch ihr Schweigen. Ob er ihr etwas anbieten dürfe? Einen Kaffee? Eine Zigarette? Danke, nein, sagte Nora und wünschte sich in diesem Augenblick nur, daß Ulis Bruder sie weniger forschend betrachtete, aus diesen wäßrigen braunen Augen, auf deren Grund eine kluge Unterwürfigkeit lag. Stockend fragte er, ob Ulrich ihr vielleicht geraten habe, in einem bestimmten Fall, in einem Notfall wie diesem, zu ihm zu kommen. Nein, sagte Nora, Uli weiß nicht, daß ich hier bin; und dann bemerkte sie, wie der Mann zögerte, wie er sich unentschieden abdrehte und sie aus seinem Blick entließ und einen Moment nur dastand mit hängenden Schultern, ehe er sich ihr überraschend wieder zuwandte. Ob sie eingeweiht sei, fragte er resigniert. Ob Ulrich ihr denn nie erzählt habe, was geschehen sei? Was sie vor sechzehn Jahren trennte, vermutlich für immer trennte?

Nora stand auf. Sie machte eine verneinende Kopfbewegung, preßte die Lippen aufeinander, dachte: Nicht mehr, ich will nichts mehr wissen, bitte, ich will nichts mehr erfahren, bitte. Sie sagte: Nicht, Sie werden Uli die Sachen bringen, und Sie werden das Bild an sich nehmen? Liebe Frau Fechner, sagte Ulis Bruder bedrückt nach einer Pause, ich bin bereit, jede Pflicht zu übernehmen, die von mir erwartet wird, doch in diesem Fall ist es mir nicht möglich. Ulrich würde es nicht ertragen. Ich weiß, daß ich gegen seinen Willen handeln würde. Eine Hilfe von mir könnte ihn nur verletzten. Plötzlich entschuldigte er sich und verließ den Arbeitsraum, deutete allerdings von der Tür her an, daß er gleich zurückkehren werde.

Nora überlegte, ob sie seine Abwesenheit benutzen sollte, um grußlos zu gehen und ihm Bild und Schlüssel einfach zu hinterlassen – eine vollendete Tatsache, mit der er fertig zu werden hätte. Da er nun wußte, was mit Uli geschehen war, und da ihm bekannt war, wo er sich befand und was er dringend brauchte, würde er alles Nötige veranlassen müssen, er würde die Aufgabe übernehmen müssen, der sie sich nicht gewachsen fühlte. Sie glaubte sich um so mehr berechtigt, ihm das Erforderliche zu übertragen, als sie fest davon überzeugt war, Uli nicht beistehen zu können. Sie wollte sich nicht lossagen, nicht retten, sie verfolgte keinen Plan, stellte sich keine Fragen; alles, was sie spürte, war ihre Unfähigkeit zur Hilfeleistung. Mehrmals hatte sie versucht, sich dazu zu zwingen, indem sie sich vorsagte, was von ihr erwartet würde – es mißlang. Sie konnte es nicht.

Noch bevor sie eine Entscheidung traf, näherte sich ein schlurfender Schritt, der junge Mann mit der Schürze trat ein, winkte ihr freundlich-verschwörerisch zu – offenbar war er ohne Wissen seines Chefs hergekommen – und beugte sich gespannt über das Kinderbildnis, gespannt und skeptisch zunächst; doch dann, nachdem er sich eine Lupe genommen und die Abstufungen der Farbe untersucht hatte, schnalzte er vor Überraschung mit der Zunge, nickte beipflichtend, ließ sich augenscheinlich überzeugen. Er hat recht, murmelte er, der Chef hat recht; sehn Sie sich das an – es ist der Firnis, es sind die getönten Firnisschichten, die diesen Goldschleier über das Bild legen; die Lokalfarben sprechen für sich, sie sind hell und frisch und auf Kontrastierung aus. Sehn Sie sich das an! Unter feierlichem Braungold ein nüchternes Weiß, wie Reynolds es gegeben hat – und hier: redliches Schwarz unter pompösem Halbdunkel. Sicher, Sir Joshua ist bei Rembrandt in die Schule gegangen, dennoch – sein Bild hat man für künstlich nachgedunkelt gehalten. Das ist ein dicker Hund, glauben Sie mir, ein ganz dicker Hund. Der Chef muß etwas loslassen, einen Artikel oder so. Tief unter dem Firnis der Jahrhunderte, oder: Opfer des goldgelben Scheins. Kommen Sie! Sehn Sie sich das an. Vielleicht werden wir von heute an einige Meister anders betrachten müssen.

Nora rührte sich nicht, und der Mann erwartete wohl auch nicht, daß sie tatsächlich neben ihn trat und sich nach raschem Augenschein von seiner Unruhe anstecken ließ, denn plötzlich brach er seine Untersuchungen unwirsch ab, knallte die Lupe auf den Tisch und latschte verdüstert hinaus, wie verurteilt zu einer Zustimmung, die zu geben er sich vergeblich gewehrt hatte. Draußen hörte sie ihn Susi rufen, und noch einmal: Susi; es klang, als ob er den Namen stöhnte. Schon fürchtete sie, daß sie gleich gemeinsam hereinkommen würden, daß er dem Mädchen die Lupe aufdrängen, sie zum Bild bugsieren und verpflichten würde, selbst zu entdecken und anzuerkennen, was er ihr voraus hatte, als Ulis Bruder im Türrahmen erschien, in jeder Hand eine Kaffeetasse, in der Kitteltasche einen bauchigen Zuckerstreuer. Ich dachte mir, Sie werden es brauchen, sagte er, und stellte die Tassen auf eine Ecke seines Arbeitstisches. Um die Fußbäder auf den Untertassen aufzutunken, benutzte er ein Taschentuch mit gesticktem Monogramm. Er süßte seinen Kaffee und ermunterte sie und trank so, als wollte er ihr vormachen, wie man trinken muß, um sich prompt zu beleben.

Keine Eröffnungen, dachte Nora, jetzt nur kein Anvertrauen, bitte, und um ihm zuvorzukommen, fragte sie, ob er dafür sorgen könnte, daß das Bild in Ulis Wohnung gebracht würde. Er antwortete nicht, er nahm die Schlüssel in die Hand, reihte sie nachdenklich am Ring auf und strich mit dem Zeigefinger über sie hin, schien sie zu zählen und abzupflücken, ja – nein – ja – nein. Werden Sie es veranlassen? fragte Nora. Liebe Frau Fechner, sagte Ulis Bruder, ich von mir aus möchte alles tun, bin zu allem bereit, doch Ulrich wünscht es nicht, ich weiß, daß er sich weigern wird, meine Hilfe anzunehmen. Und nicht nur dies: es ist zu befürchten, daß es sich ungünstig auf seinen Zustand auswirkt, wenn er erfährt, wer ihm geholfen hat. Aber einer muß ihm doch helfen, sagte Nora, und merkte nicht, daß der Mann sie jetzt nur noch schmerzlicher ansah, einer muß es doch übernehmen. Er legte die Schlüssel vor sich hin und stand auf, er nickte zustimmend und wiederholte ihre letzten Worte, wiederholte sie nur, um für sich selbst einen Anfang zu finden und über eine Schwelle zu kommen. Er umrundete mühselig den Tisch. Unbekümmert über die Wirkung seiner Worte, sichtbar unter dem Zwang, sich rechtfertigen zu müssen, begann er, von sich und Uli zu sprechen, gedämpft, geläufig, doch mitunter auch in einem Ton der Selbstanklage.

Er erinnerte sich, daß Uli in ihm selten den älteren Bruder, meist nur den intimsten Rivalen gesehen habe, weshalb er es auch ablehnte, sich unter seinen Schutz zu stellen. Er berichtete von Ulis früher Opposition, doch auch von seiner eigenen Ungeduld gegenüber dem um elf Jahre jüngeren Bruder, von dem er lange geglaubt hatte, daß er mit ihm »nichts anfangen« könne. Was er in späteren Jahren von Uli erwarten konnte, das sei bestenfalls Nachsicht gewesen, ironische Anerkennung für Ausdauer in der Arbeit und bescheidene berufliche Erfolge. Für Uli sei er der Idealtyp des Kleinbürgers gewesen, der seine größte Genugtuung daraus bezog, alles richtig gemacht zu haben; ein Liebhaber des Trotts, konsequenzsüchtig. Weil sie der Wahrheit entsprachen, habe er Ulis Bemerkungen nie zurückgewiesen; andererseits habe er auf jede brüderliche Kritik an Uli verzichtet. Das sei wohl ein Fehler gewesen; vielleicht hätte Uli sich nicht eine so lockere Lebensfassung gegeben, wenn man ihm von Anfang an kritisch begegnet wäre.

Ulis Bruder scherte aus, strebte zur alten Staffelei hinüber und fragte Nora von dort noch einmal, ob Ulrich ihr wirklich nie erzählt habe, was geschehen sei. Nora schüttelte den Kopf, und nun ging er auf sie zu, entschlossen, mit festen Schritten, ging so nah an sie heran, daß sie hinaufblicken mußte, und sagte: Gut, dann müssen Sie es wissen. Sie haben ein Anrecht darauf. Und mit einer Stimme, in der nur Bedauern lag, stellte er fest, daß er seit sechzehn Jahren verheiratet sei, mit der Frau, die sein jüngerer Bruder hatte heiraten wollen. Niemals habe er sie beeinflußt, Uli zu verlassen, vielmehr sei es ihr eigener unabhängiger Entschluß gewesen – vermutlich, nachdem sie eingesehen hatte, daß Ulrich sich zu endgültigen Entscheidungen nicht bereitfinden konnte. Sie habe sich einfach nicht für Provisorien begeistern können: das sei der Grund der Trennung gewesen, ein Grund, den Ulrich nie anerkannt habe. Er, Ulrich, habe immer nur auf seiner eigenen Auslegung der Trennung bestanden, und er sei noch jedesmal zu dem Ergebnis gekommen, daß die Schuld an allem allein der ältere Bruder trage.

Der Mann schwieg und kehrte auf seinen Platz zurück und saß keineswegs da, als ob er eine Antwort erwartete oder gar auf Verständnis hoffe; in diesem Augenblick machte er lediglich den Eindruck, daß er sich mit etwas Unabänderlichem abgefunden hatte und daß die Folgen einer fernen Entscheidung aushaltbar waren, auch wenn er immer noch darunter litt. Erst als Nora sich erhob, wandte er ihr das Gesicht zu, sah sie traurig an, schien sie um Entschuldigung dafür zu bitten, daß er sie in das Verhältnis der Brüder so weitgehend habe einweihen müssen; und er machte keinen Versuch, sie zurückzuhalten – oder sich auch nur durch eine Frage zu versichern, ob sie ihn nunmehr verstehe –, als Nora das Bild aufnahm und mit wortlosem Gruß zur Tür ging. Er folgte ihr, sie hörte seine Schritte, hörte seinen Atem hinter sich, einmal korrigierte er ihren Weg, seufzend, einmal beklagte er sich über das labyrinthische System der Gänge, das war mehr zu sich selbst gesprochen. Eifrig schloß er die braune Außentür auf, fragte, ob er eine Taxe rufen sollte, und war nicht erstaunt, daß Nora sein Angebot

freundlich ablehnte. Nach einem flüchtigen Händedruck reichte er ihr die Schlüssel, die sie vergessen
hatte, zögerte, überwand sich spürbar und sagte: Wenn
Sie einmal Zeit haben, auch nur ein wenig Zeit – ich
würde mich freuen über Ihren Besuch, oder auch nur
über einen Anruf.

Während Nora im Schatten des Museums ohne Eile
davonging, hatte sie das Gefühl, daß er ihr nachblickte,
daß er aus der Ferne erwartete, was die Nähe offenbar
nicht zugelassen hatte – ein Zeichen, ein kurzes Winken –, doch Nora drehte sich nicht um, sie trug beidhändig verbissen das Bild die Sackgasse hinab und weiter über den Säulengang zu der breiten Treppe, die zu
verdorrten Anlagen und zum Binnensee hinabführte.
Kleine ölschimmernde Wellen blitzten im Kippen zu
ihr herauf, einige alte, verankerte Festmachertonnen
dümpelten wie aufgeblähte Tierbäuche auf dem Wasser. Je tiefer sie hinabstieg, desto mehr litt sie unter
dem feuchten, warmen Wind, ihre Unterschenkel verkrampften, wurden fühllos vom Abstemmen der
Schritte, an ihren Schläfen sammelte sich Schweiß, floß
zum Hals hinab, sie wagte es nicht, den Blick zum
oxydierten Kupferdach der beiden Kirchen zu heben,
aus Furcht, von Schwindel ergriffen zu werden. Das
Schlüsselbund drückte in der schmalen Hüfttasche.
Drüben, hinter dem Anlegesteg, das weiße Motorboot
überragend oder wie befremdliche Aufbauten aus dem
Bootskörper emporwachsend, erkannte sie das un-
scheinbare, aber traditionsreiche Hotel – die »Drei
Masten«, wie es sich geheimnisvoll nannte.

Ist doch klar, hatte Uli damals gesagt, als er ihr den
Namen auslegte: Du bist der eine, ich bin der andere
Mast; und der dritte ist für uns und für jedermann der
Wunschmast; wo zwei zusammenfinden, spricht im-
mer ein Dritter mit.

Alle Abwehr, alle Bedenken halfen ihr nicht, Uli bestand darauf, daß sie ihn begleitete an jenem Abend, in die »Drei Masten«, zu einem Klassentreffen von Ulis Schulkameraden. Nachdem sie endgültig beschlossen hatte, das Motorboot zu nehmen, dachte sie an die alten Kellner, die sie mit feiner Herablassung musterten, an knarrende Dielen unter Kokosläufern, an das schlichte Mobiliar, das, wie sie später erfuhr, von abgewrackten Schiffen stammte. Wie Empfindungen sich bewahren können! Noch in der Erinnerung fühlte sie Verlegenheit aufkommen, die gleiche Verlegenheit, die ihr zusetzte, als sie auf Ulis Klassenkameraden zuging, auf diese Versammlung rührender Schausteller, die von dem übereinstimmenden Bedürfnis beherrscht wurden, den Einfluß der Zeit zu übersehen, ihn wenigstens für diesen Abend zu leugnen. Es war das erste Klassentreffen nach mehr als einem Vierteljahrhundert, und Nora erschauerte vor dieser Fröhlichkeit, zuckte immer wieder zusammen bei klatschenden Schulterschlägen, bei Erkennungstumulten. Jeder wollte bemerkt, geschätzt, gewürdigt werden, jeder trat auf als Schmuckprogramm für die Vergangenheit eines andern. Mit unbewegten Gesichtern balancierten die Kellner die Tabletts durch die Wiedersehensfreude, boten Schinkenbrötchen an, Sekt und eisgekühlten Saft. Nora hörte die Rufe: ... überhaupt nicht verändert ..., fabelhaft gehalten ..., Jahre spurlos vorbeigegangen ...; sie hörte die mechanischen Beteuerungen: ... Zeit nichts ausgemacht ... auf ewig der alte ... und fühlte sich plötzlich erfaßt und unaufhaltsam vorwärtsgeschoben, aus dem niedrigen, von Zigarrenrauch verhängten Empfangsraum hinaus in einen Gang, in dem dreimastige Segelschiffsmodelle von der Decke herabhingen. Erholen, sagte Uli, er wollte sich hier nur vom Anblick der Gesichter erholen – und dabei zog er sie schon weiter zur Treppe –, er wollte vorübergehend dem Bühnenlärm entkommen, wie er sagte, der verzweifelten Ausstattungsrevue, der er den Titel gab: Es bleibt alles anders. Doch dann, auf der Straße, auf dem Weg zum Anlegeplatz, merkte Nora, daß dies schon der Abschied war, daß er gar nicht vorhatte, noch einmal ins Hotel zurückzukehren. Nicht die Veränderung der Gesichter, der Erscheinungen habe ihm etwas ausgemacht, sondern die Art, wie diese Veränderungen übergangen, überspielt wurden. Ihm sei kein einziges Gesicht vertraut vorgekommen, in jedem habe er das Werk der Jahre erkannt, für ihn seien es allenfalls bekannte Fremde gewesen, die sich zusammengefunden hatten, und die Vertraulichkeit, zu der sie ihn nötigten, widerte ihn an. Er verachtete sie. Er hielt sie für erniedrigend, weil sie nichts als Schein war. Als Nora fragte, ob denn nicht jeder ein gewisses Maß an Schein brauchte, stimmte Uli ihr sogleich zu: aus Notwehr habe wohl jeder das Recht, Schein zu produzieren; unerträglich aber werde es, wenn der Schein die Herrschaft übernimmt.

Im Vorübergehen warf Nora nur einen raschen Blick auf die »Drei Masten«, die sie seit jenem Abend nicht mehr betreten hatte. Sie ging an Bord des Motorbootes, ungeduldig erwartet vom Steuermann, der, noch bevor sie sich gesetzt hatte, die Leine einholte. Mürrisch kontrollierte er die Fahrausweise der wenigen Passagiere. Nora fand Platz im Heck, sie setzte das Bild neben sich auf die Bank, legte eine Hand auf den Rahmen und spürte, wie sich die Vibrationen des Bootes auf ihren Körper übertrugen. Kaum hatten sie abgedreht und Kurs auf das weiße, von Ruderbooten belagerte Fährhaus genommen, als sich auch schon ein paar Möwen über sie hängten. Lachmöwen, die sich so gut mit dem Wind verständigten, daß sie keinen einzigen Flügelschlag brauchten, um dem Motorboot zu folgen. Leicht benommen vom Öldunst, verstärkte sich der Eindruck, daß die Ufer ihre Konkretheit einbüßten und die Farben, auch die Farbe des Wassers, an Bestimmtheit verloren: nichts Reines mehr, nur noch Mischungen.

Sie nahm sich vor, Frau Grant um Hilfe zu bitten, Frau Grant, die sie gedrängt hatte, diese selbstverständliche Aufgabe zu übernehmen, und während sie dies beschloß, erinnerte sie sich, daß sie mit dieser Notwendigkeit bereits gerechnet hatte, als sie sich, nach mehreren instinktiven Verzögerungen, auf den Weg machte. Sie würde gar nicht erst die eigene Wohnung betreten, sie würde gleich zu ihr gehen, zu dieser überlegenen Frau, die jeder Lage gewachsen schien, und wenn sie selbst wohl auch kaum würde einspringen können, so würde sie doch einen Rat wissen.

Nora mußte zu einem alten Mann hinübersehen, der mit zeremonieller Umständlichkeit ein Brotpaket auspackte, nur mit Daumen und Zeigefinger kleine Brokken herauskniff, die er zu einem Teil den Möwen zuwarf, zum anderen selbst in den Mund steckte, immer abwechselnd. Ihm gegenüber saß eine Mutter mit ihrem Kind, es war ein gestörtes Mädchen, das jedesmal, wenn eine Möwe den Brotbrocken im Fluge schnappte, erregt schnaufte und trampelte und ungenau in die Hände klatschte. Der alte Mann lächelte dem Kind zu, er kullerte ihm ein paar Brotbrocken hinüber, ermunterte es, forderte es durch Gesten auf, die Möwen zu bedienen: So, siehst du, so; und er machte es ihr mehrmals vor. Das Mädchen musterte das Brot, griff plötzlich zu und verzog den Wurf derart, daß der Brocken zwischen die Bänke flog, worauf die Möwen, die bereits auf den Wurfansatz reagiert hatten, wieder abstrichen. Beim zweiten Versuch hielt es den Brotbrocken außenbords und öffnete nur die Hand, und die Möwen winkelten die Flügel an und stürzten aufs Wasser. Schnaufend wandte sich das Mädchen seiner Mutter zu, stieß einen gellenden Begeisterungsruf aus, zerrte an der Mutter, suchte ihre Aufmerksamkeit auf das zu lenken, was gerade gelungen war, doch als es sich umdrehte, hatten die Möwen sich längst wieder erhoben, das Bild der hinabstürzenden Vögel existierte nicht mehr. Diese Enttäuschung, diese Ratlosigkeit! Schnaufend forderte das Mädchen den entschwundenen Augenblick zurück, machte ein paar pflückende Bewegungen gegen die Möwen, duckte sich auf einmal und behämmerte die Hüfte der Mutter.

Nora nahm das Bild auf und ging zum Bug des Bootes, setzte sich neben die Treppe, stand aber sofort wieder auf, als müßte sie zu erkennen geben, daß ihr daran gelegen war, nach dem Anlegen als erste auszusteigen. Von einigen Ruderbooten winkte man ihr zu. Nora beantwortete das Winken mit einem Nicken, manchmal tat sie auch so, als habe sie sich an fernen Zielen festgesehen, an einem gläsernen Büroturm, an dem Klein-Luftschiff, das seit Tagen einen unbezwingbaren Autoreifen empfahl. Sie würde Frau Grant einen Vorschlag machen. Wenn man ihr die Dinge brachte, die Uli nötig hatte, dann würde sie zur Klinik hinausfahren, sie würde sich anbieten, seinen Koffer allein zu transportieren, und wenn sich herausstellen sollte, daß sie ihn nicht Uli selbst würde bringen können, würde sie ihn im Pförtnerhaus abgeben; damit hätte sie zumindest einen Teil der Aufgabe erfüllt, die von ihr erwartet wurde. Sie bedachte den Vorschlag. Die begrenzte Aufgabe erfüllte sie mit Zutrauen. Der neue Vorsatz erleichterte den Gedanken an die bevorstehende Begegnung. Als das Boot die beiden Fender knirschend gegen den Anlegesteg drückte, sah sie zum Heck zurück; das Kind stand auf einer Bank, unsicher, fohlenbeinig, und lauschte ernst in den schwarzen Mund eines Entlüftungsrohrs.

Sie stieg als erste aus, ging eilig die abkürzende Uferpromenade hinab, entschloß sich dann aber zu einem

Umweg, um nicht an der gelben Maschine, an dem fauchenden Ungetüm vorbeizumüssen, das am Ende ihrer Straße tätig war. Sie hatte vorgehabt, die Außenklingel zu drücken, hielt aber schon den Schlüssel bereit, stand schon im Treppenhaus, hatte sich schon mit Hilfe des schüchtern klingenden Läutwerks angemeldet. In Erwartung von Frau Grant kam bereits die alte Unsicherheit auf: Nora wußte, daß es ihr nur selten gelang, Gefühle angemessen zu erwidern. Frau Grant war nicht überrascht; sie nickte Nora herein, forsch, etwas abwesend, ging ihr durch den Korridor voraus zu einem engen Arbeitszimmer, in dem das Fensterbrett, hängende Borde und sogar Bücherregale von bizarren Baumwurzelstücken besetzt waren. Hier deutete sie auf einen Besuchersessel, ging zum Telephon und nahm den neben dem Apparat liegenden Hörer auf, wobei sie das Gesicht der tapezierten Wand zudrehte. Mit belegter Stimme teilte sie ihrem Gesprächspartner mit, daß sie gerade Besuch bekommen habe, daß im übrigen ja alles abgemacht sei – sie werde sich zunächst mit Huberts Klassenkameraden einzeln unterhalten, danach Huberts Eltern aufsuchen und schließlich, falls das noch notwendig sein sollte, mit der Polizei sprechen. Eine Weile hörte sie regungslos zu, mit geschlossenen Augen, und schien auf einmal überrascht über das abrupte Ende des Gesprächs. Nachdem sie aufgelegt hatte, ließ sie ihre Hand noch einen Augenblick auf dem Hörer liegen.

Ich sollte gehen, dachte Nora, ich sollte mich entschuldigen und gehen; doch da löste sich Frau Grant aus ihrer Nachdenklichkeit, kam langsam auf sie zu und gab ihr die Hand und ließ den Händedruck dauern. Ich sehe, Sie haben nichts ausrichten können, sagte sie, und bevor Nora antworten konnte: Ich werde uns einen Tee machen, extra stark, mit Kandis. Ruhen Sie sich ein wenig aus.

4

Der Pförtner fragte nicht nach ihrem Wunsch, er sah sie nur schweigend an, und nachdem sie Ulis Namen genannt hatte, zog er mehrere Listen zu sich heran, die in Cellophanhüllen steckten, fischte den Buchstaben »M« heraus, setzte den Zeigefinger auf die Liste und hatte den Namen schon gefunden: Martens, ja. Er nannte die Nummer eines Pavillons und fügte leiser hinzu: geradeaus, zweite rechts; und als die Frau sich vor seiner Sprechluke aufrichtete, deutete er mit erhobenem Arm die gepflasterte Lindenallee hinab und ließ seine Hand zweimal nach rechts ausschlagen: die zweite rechts. Frau Grant dankte ihm, nahm den Koffer auf und ging den abschüssigen Gehsteig hinab an Bänken vorbei, auf denen Patienten in Bademänteln saßen und sich sonnten und ihre Krankheiten durchkauten und bewerteten, vorbei an der Wäscherei, in deren Keller schmutzige Bettlaken und Bezüge hügelweise herumlagen. Unter kleinem Gewitter rumpelten zwei Karren vorüber, an denen metallene Behälter baumelten; die beiden weißgekleideten Männer trugen heiter ein privates Rennen aus. Sie bogen in einen Sandweg ein, und plötzlich herrschte Stille, eine bedrückende Stille, wie vor einem unabsehbaren Ereignis. Alles schien in der Bewegung innezuhalten und auf ein Zeichen zu warten.

Frau Grant hatte das Gefühl, daß der Koffer an Gewicht zunähme; sie ging langsamer, bedankte sich mit einem Lächeln bei den jungen Leuten, die ihr auswichen, automatisch auswichen, ohne ihr Fachgespräch zu unterbrechen. Die zweite rechts: dort, von verankerten jungen Birken flankiert, lag der Pavillon, ein Ziegelbau, Oldenburger Klinker, alle Fenster im

Hochparterre hatten Milchglasscheiben. Erstaunt sah sie die ausgetretene Mulde in der Steintreppe, die fußbreiten, herausgelaufenen Vertiefungen. Den Koffer als Rammbock benutzend, zwang sie die Schwingtür auf, trat in einen hellen gefliesten Korridor und blieb sogleich stehen und blickte der Silhouette eines Mannes entgegen; es war ein alter gebückter Mann, der sich, mit einem verschossenen Morgenmantel bekleidet, trippelnd auf sie zu bewegte, gerade so, als ob er sie erwartet hätte, sie jedoch nicht ansprach, sondern wie blind an ihr vorbeistreifte, wobei sein Unterkiefer unaufhörlich sanfte Schnapplaute produzierte. Frau Grant mußte ihm nachsehen, sie beobachtete, wie er vor einem offenen Zimmer stehenblieb, sich aufrichtete und sammelte und dann, offenbar als er bemerkt wurde, mit einer steifen Verbeugung ins Zimmer hineingrüßte und darauf sonderbar erleichtert einer Sitzecke zustrebte. Dort also, wo der Korridor Seitenlicht erhielt, war das Schwesternzimmer.

Vor einem schmalen weißen Tisch saß eine Frau in Schwesterntracht, der Tisch war bedeckt mit einer Doppelreihe winziger Glasschälchen: gleichgroße, an Puppengeschirr erinnernde Behältnisse, in die die Schwester Tabletten hineinzählte, blasse, dotterfarbene, auch blaue Tabletten, die sie, eine Tabelle und ein Namensregister befragend, aufeinander abstimmte. Angestrengt auf ihre Beschäftigung konzentriert, die schriftlichen Empfehlungen unhörbar nachsprechend, bemerkte sie dennoch, daß ein Besucher vor der offenen Tür stand: Gleich, sagte sie, ohne sich umzuwenden, ich komme gleich, worauf Frau Grant in einem Ton der Entschuldigung sagte: Es hat keine Eile, ich kann warten. Frau Grant setzte den Koffer ab und wartete, bis die Schwester die Medizin ausgezählt und zusammengestellt hatte, und in dem Wunsch, ihr jede Mühe abzunehmen, fragte sie nur: Zu Herrn Martens, darf ich ihm den Koffer bringen? Statt eine Zimmernummer zu nennen, wie Frau Grant es angenommen hatte, stand die Schwester auf und blickte sie unsicher an, trat auf einmal an ihr vorbei auf den Korridor und sagte: Bitte, darf ich Sie bitten, und ging ihr schon voraus mit festen Schritten, eine zierliche, grauhaarige Frau. Sie klopfte flüchtig an eine Tür und öffnete sie, ohne auf eine Antwort zu warten, vermutlich hatte sie das Recht, jeden Raum auch ohne anzuklopfen zu betreten und tat es diesmal nur wegen der fremden Begleiterin. Besuch für Herrn Martens, rief sie halblaut ins Zimmer hinein und hielt Frau Grant mit unbewegtem Gesicht die Tür auf, bereit, sie gleich hinter ihr wieder zu schließen.

Auf dem Fensterbrett saß ein sehr junger Mann, der über Cordhose und buntem Sporthemd einen offenen, weißen Kittel trug, seine Füße steckten in blauweißen Basketballschuhen.

Beim Eintritt der Frau rutschte er vom Fensterbrett herunter, ließ ein kalenderartiges Notizbuch, in dem er geschrieben hatte, in eine Kitteltasche gleiten und zeigte mit einer Geste an, daß er empfangsbereit sei. Gewohnt, jede sich anbietende Hand zu schütteln, reichte Frau Grant auch ihm erstmal die Hand und nannte ihren Namen. Der junge Mann, dessen rötliches Haar sich fliehend über dem Wirbel erhob, hieß Nicolai; er war weder Krankenpfleger noch Student, wie Frau Grant im ersten Augenblick gedacht hatte, sondern der behandelnde Arzt. Nicolai? wiederholte sie leise; gab es hier nicht auch einen Chirurgen namens Nicolai? Mein Vater, sagte der junge Mann beiläufig und bat sie freundlich, sich zu setzen. Er wischte sich über die Augen, er sah erschöpft aus, er schien die Frage nach dem Befinden von Herrn Martens überhört zu haben.

Frau Grant mußte sich eingestehen, daß sie etwas an diesem Arzt mißbilligte, und wenn nicht dies, daß er zumindest ihren Vorstellungen nicht genügte – wobei sie nicht einmal hätte sagen können, was es im einzelnen war, das sie an ihm vermißte oder bemängelte. Er blickte auf den Koffer, als wollte er ihn begutachten, und fragte: Sind Sie verwandt mit Herrn Martens? Nein, sagte Frau Grant, ich bin eine Nachbarin, ich habe es lediglich übernommen, die Sachen hierher zu bringen, die Dinge, die er dringend braucht. Der Arzt blickte sie anerkennend an, griff sich aus einem Schrank eine geschwungene Pfeife, drückte den Tabak mit dem kleinen Finger zusammen und begann kalt rauchend auf und ab zu gehen, nur das Sauggeräusch seiner Gummisohlen war zu hören. Plötzlich blieb er am Fenster stehen, plötzlich fragte er: Kennen Sie Frau Fechner? Ja, sagte Frau Grant verblüfft, selbstverständlich, sie wohnt bei mir, in meinem Haus. Herr Martens hat sie erwartet, sagte der Arzt, er hoffte, daß sie ihm den Koffer bringen würde, er hat mir ihre Adresse aufgeschrieben. Frau Grant zögerte, sie wagte nicht zu sagen, was sie wußte, aus Furcht vor unübersehbaren Folgen, da aber der Arzt nicht aufhörte, sie abwartend anzusehen, erwähnte sie, daß Frau Fechner den Versuch gemacht habe, den Koffer selbst zu bringen, allerdings sei es ihr nicht geglückt. Wie er das verstehen dürfe – nicht geglückt, wollte der Arzt wissen, und Frau Grant darauf, nach ihrer Meinung so unbestimmt wie möglich: Es war ihr verwehrt, einfach verwehrt, vermutlich, weil sie zu sehr unter dem Eindruck des Ereignisses stand. Der Arzt nickte, als ob er diese Antwort erwartet hatte, zog dann aus seinem Notizbuch einen losen Zettel heraus und reichte ihn Frau Grant, die die zittrigen, groß geratenen Buchstaben musterte, Buchstaben, die ihr wie entgleist vorkamen und zu kippen drohten: Ja, das ist unsere Adresse, sagte sie, und aufblickend glaubte sie zu erkennen, daß sie mit ihrer Auskunft das Bild bestätigte, das sich der

Arzt von den bestehenden Beziehungen gemacht hatte, denn er lächelte ihr dankbar zu, abschließend.

Jetzt fragte sie noch einmal nach dem Befinden von Herrn Martens, fragte genauer, ob es ein Hirninfarkt oder eine Hirnblutung sei, doch der Arzt antwortete ihr nicht direkt; er stellte nur fest, daß nicht alle Komponenten der Sprache betroffen seien – so habe sich das Verständnis uneingeschränkt erhalten – und daß der paretische Arm bereits stimuliert und bewegt werde, von ihm selbst, von Herrn Martens selbst, und zwar mit Hilfe des gesunden Arms. Es sei nicht die schwerste Form der Aphasie: das jedenfalls könne er mit Sicherheit sagen. Mit einem leichten Heben der Schulter deutete er an, daß ihm die Dürftigkeit des Befundes bewußt sei. Zu jung, dachte Frau Grant, er ist zu jung für einen Fall wie diesen. Sie bemerkte, daß sich eines seiner überlangen Schuhbänder gelöst hatte, es war unter die Sohle geraten, es gefährdete ihn, und ohne ein Wort zu sagen, deutete sie mit ausgestrecktem Arm auf seinen Fuß: Da, sehn Sie mal, da.

Er senkte den Blick, machte eine vergnügte Schleuderbewegung, die Schuhbänder peitschten um seine Fessel, und mit einem flankenähnlichen Satz hob er seinen Körper auf das Fensterbrett hinauf und machte dem verdreckten Band eine doppelte Schleife. Noch während er die Bänder straff zog, fragte Frau Grant: Hat er Schmerzen? und der Arzt bestätigte es: Schmerzen, ja, allerdings sei es eine neue, jedenfalls ungewohnte Art von Schmerz: nicht die übliche Reizempfindung, die über sensible Nervenbahnen und das Rückenmark ins Gehirn geleitet wird, sondern ein Schmerzerlebnis, das aus unbestimmter Tiefe kommt, ein seelisch bedingtes Schmerzgefühl. Jeder Sprachausfall habe Angst und Depressionen zur Folge, und der Verlust werde als um so stärker empfunden, je höher die Intelligenz des Betroffenen sei. Frau Grant dachte an ihren Vater, an die polternde Telegrammsprache, die ihm nach seiner Entlassung aus der Klinik geblieben war, sie dachte an seine Trauer und Verstörtheit, wenn es ihm nicht gelingen wollte, die Dinge, die er sah oder berührte, bei ihrem Namen zu nennen. Sie sagte: Ich war schon einmal dabei; ich hab einmal einen Hirnschlag aus der Nähe erlebt, bei meinem Vater, das war, als ob ein Seil riß – ein kleiner Tod.

Kommen Sie, sagte der Arzt, wir wollen Herrn Martens den Koffer bringen. Er ging voraus, öffnete die Doppeltür und schien aufzugehen in dem harten hellen Lichtstreifen, der aus dem Krankenzimmer fiel; Frau Grant blieb auf dem Korridor stehen. Kein Laut, sie hörte keinen Laut, und nach einer Weile winkte ihr der Arzt, und sie betrat das Zimmer. Uli Martens saß im Bett, eine Hand am schwenkbaren Galgen, beide Beine fest gewickelt; er wandte ihr das Gesicht zu, die wäßrig blinkenden Augen, den zuckenden Mund, er erwiderte nicht ihr Lächeln und hob auch nicht die Hand, als sie auf ihn zuging, vielmehr sah er sie nur an mit zunehmender Ungeduld, beherrscht von einer einzigen Frage, und nachdem sie den Koffer vor dem Bett abgesetzt und Ulis Schulter zum Gruß berührt hatte, verlagerte er das Gewicht seines Körpers zur Seite und starrte an ihr vorbei auf den Türspalt, schnaufend, sehnsüchtig, unbekümmert um die Anwesenheit des Arztes und der Frau. Der Arzt trat in sein Blickfeld und schloß die Tür, doch auch das bewog ihn nicht, seine Erwartung aufzugeben; unwillig warf er den Kopf, wollte freie Sicht, wollte die Tür im Auge behalten.

Nora, warum kommt Nora nicht, was ist denn geschehen, daß sie mir nicht die Sachen bringt, es war doch alles besprochen oder stillschweigend ausgemacht, sie kennt die Verhältnisse, ist vertraut mit der Wohnung, warum schickt sie diese Frau, deren Name mir nicht einfällt, jetzt nicht einfällt, warum spürt sie nicht, daß ich eine Nachricht für sie habe, Nora, die doch das mindeste spürte, die doch immer das Unausgesprochene aufnahm.

Frau Grant glaubte zu erkennen, was ihn so sehr beunruhigte, daß er seinen Besuch vergaß, sie rückte einen Holzstuhl ans Bett, neigte sich in sein Blickfeld und begann leise auf ihn einzusprechen, das heißt, sie wiederholte und variierte nur dieselben knappen Feststellungssätze: daß Nora verhindert sei; daß sie bald erscheinen werde; daß sie grüßen lasse. Trotz aller Nähe – sie fühlte den warmen Hauch seiner Atemzüge auf ihrem Gesicht – hatte sie die Empfindung, ihn nicht zu erreichen, ihre Blicke fielen durch ihn hindurch, kamen auf keinen Grund; wie in Eigensinn konzentrierte er sich auf die Tür, als könnte seine Erwartung doch noch zuwege bringen, was er nach den Worten der Frau nicht mehr hoffen durfte.

Der Arzt gab ihr vom Kopfende her ein Zeichen, sie schwieg und richtete sich auf und hatte auf einmal, von steigender Unruhe erfaßt, das Bedürfnis, den Raum zu verlassen – nicht aus Furcht oder bedrückender Ahnung, sondern weil sie gewahr wurde, daß ihre eigene Sprache sich verringerte, wegtrocknete, und ihr nicht einmal das übrigließ, was sie zu Trost und Aufmunterung brauchte. Seine erregte Stummheit schien auf sie überzugreifen, und sie stand auf und bot dem Arzt den Stuhl an; der winkte ab, setzte sich aufs Bett und riß aus einem Notizblock ein leeres Blatt heraus und hob es vor Ulis Gesicht. Hier, sagte er, versuchen Sie es, Herr Martens, schreiben Sie auf, was Sie uns mitteilen wollen; er hielt ihm einen Bleistift und das Notizbuch als Schreibunterlage hin, im Vertrauen darauf, daß Uli sich mit der gleichen Dringlichkeit schriftlich äußern würde, mit der er sich schon einmal vor wenigen Stunden geäußert hatte. Nun? Wollen Sie es nicht versuchen?

Uli nahm den Bleistift in die gesunde Hand, stieß ihn so schroff aufs Papier, daß die Spitze abbrach, bedachte sich, wollte und wollte keinen Anfang finden, ein glucksendes Geräusch drang aus seinem Hals, das Kinn fiel herab, aus seinem Mund troff Speichel, der sich zu dünnen Fäden auszog, bis er das Papier näßte.

Es geht nicht, ihr seht doch, daß es nicht gelingt, daß es nicht glückt wie beim ersten Mal, vielleicht schaffe ich es, wenn einer meinen Arm hält, die Hand ein wenig führt, warum wartet ihr denn noch, warum ist es denn so schwer, meinen Wunsch zu erkennen, ihn aufzunehmen, spürt ihr denn nicht, worauf es mir ankommt, sagt euch mein Blick denn nicht genug?

Kommen Sie, sagte der Arzt, ich werde Ihnen helfen, und er reichte Uli einen Kugelschreiber, stützte seinen Arm, sah ihn aufmunternd an und tippte wiederholt auf das leere Blatt, geradeso, als bezeichne er ein Ziel, das Uli nicht verfehlen dürfe, und allmählich fühlte er, wie der Kranke sich sammelte, wie er sich konzentrierte bei gewaltsamer Suche nach dem ersten Wort, mehrmals nahe daran, den Kugelschreiber aufs Papier zu setzen, mehrmals deutlich im Besitz des gefundenen Worts, das aber wieder verlorenging auf dem Weg zur Hand. Uli schien die Blockierung, die unmögliche Übermittlung als Schmerz zu empfinden, denn er blickte den Arzt ratlos und verzweifelt an und verzog gequält die Lippen, und als ihn ein kurzer Krampf schüttelte, ließ er den Kugelschreiber los und hängte die Hand in den schwenkbaren Galgen ein, resigniert, als sei er sich hoffnungslos unverständlich geworden.

Der Arzt machte eine bagatellisierende Handbewegung, er maß dem Mißlingen keine Bedeutung bei. Ruhig nahm er die Schreibsachen an sich, rückte näher an Uli heran, und so, daß dieser ihm zusehen und mitlesen konnte, brachte er sorgfältig ausgezogene Blockbuchstaben aufs Papier, formulierte beinahe wörtlich die Bitte, die Uli hatte äußern wollen. Nicht wahr, das ist es doch, das wollten Sie sagen? Frau Grant, die mit vorgeneigtem Oberkörper dasaß und die Entstehung des Textes beobachtete, war keineswegs verblüfft; sie hatte längst erkannt, was Uli sich mehr als alles andere wünschte, woran ihm ausschließlich gelegen war, auch sie hätte geschrieben, was der Arzt in Ulis Namen notierte: daß ein Besuch von Frau Fechner dringend erwartet wurde. Gespannt auf die Reaktion, blickte sie Uli an; keine Zustimmung, kein Zeichen von Genugtuung; aus halbgeschlossenen Augen sah er an ihr vorbei zur Tür, nicht mehr verlangend, sondern nur ergeben in seine begriffene Einsamkeit. Der Arzt faltete das Papier und reichte es Frau Grant mit verlangsamter Bewegung, offensichtlich darauf aus, den Blick des Kranken hinabzuziehen. Da ihm dies nicht gelang, wiederholte er mündlich, mehr zu Uli als zur Frau hingesprochen, die Bitte in seinen eigenen Worten und sagte abschließend: Sie haben ja selbst gesehen, wie wichtig der Besuch von Frau Fechner ist.

Es klopfte, die Schwester öffnete die Tür, nur, um einen Besucher anzukündigen – sie sagte nicht mehr als dies eine Wort: Besuch, sprach es aber so aus, daß eine skeptische Anfrage unüberhörbar war –, und zur Seite tretend, gab sie auch schon die Ansicht eines massigen Mannes frei, der in beiden Händen eine Blumenschale hielt, ein Gesteck, das er dem Kranken mit zagem Lächeln entgegenhob. Alle wandten sich dem Besucher zu, der nicht einzutreten wagte, dessen Erregung so groß war, daß die Blumenschale zitterte. Er sagte nichts, blickte nur unverwandt auf Uli, hoffnungsvoll und furchtsam zugleich, ein Mann, dem sich noch ansehen ließ, was seinem Erscheinen vorausgegangen war an Widerstreit und zwanghaften Erwägungen, und der nun wie in Erwartung eines Urteils dastand.

Wie langsam Uli zu ihm hinfand, wie lange er

brauchte, um ihn aufzunehmen in seinen Blick, und auch nachdem sie sich gefunden hatten, dauerte und dauerte das stumme Gewahren, das Ergründen und Befragen von Erfahrungen, die tief in ihnen steckengeblieben waren. An der Art, wie sie sich musterten, wurde erkennbar, daß da etwas abgeschätzt und verbunden und verknüpft werden mußte, mühsam, nach langer Zeit. Und plötzlich bäumte sich Uli leicht auf, fuchtelte, suchte anscheinend nach einem höhergelegenen Schwenkgalgen, fing die Bewegung ab und warf in heftigem Protest beide Arme nach vorn. Gepreßt ging sein Atem, mancher Stoß verdünnte sich zu pfeifender Höhe. Er mußte schlucken. In dem Augenblick, als der Arzt nach seiner Schulter fassen wollte, um ihn zu stützen, kippte sein Oberkörper zur Wandseite weg, schnell, als wollte er sich dem Zugriff entziehen. Im Fallen glückte ihm eine schwache Drehung, so daß er mit dem Gesicht aufs Kissen kam; ruckweise zog er die Beine an, suchte die Krümmung, hielt auf einmal inne und begann zu schluchzen.

Frau Grant und der Arzt wandten sich gleichzeitig zur Tür, der Besucher war verschwunden, ratlos hielt die Schwester die Blumenschale und sagte nur: Sein Bruder, was sollte ich denn machen, sein Bruder. Der Arzt nickte ihr zu und bat sie, die Schale fortzubringen, in den allgemeinen Aufenthaltsraum, nicht ins Schwesternzimmer. Er setzte sich wieder auf den Rand des Bettes und berührte Uli an der Schulter und sprach beruhigend auf ihn ein; durch Zeichen rief er Frau Grant von der Tür zurück – sie brauche nicht zu gehen, Herr Martens werde gleich zur Ruhe kommen, das Weinen löse die Spannung, es sei eine typische, zur Krankheit gehörende Reaktion, schließlich müsse der Patient mit der Erkenntnis fertig werden, daß er plötzlich ohne Verbindung zur Welt sei, abgeschnitten durch Sprachausfall, unfähig, sich selbst zu offenbaren

71

– das sei ein eigener Schmerz. Zögernd kehrte Frau Grant zurück, setzte sich aber nicht, stand nur und beobachtete die Bemühungen des Arztes, Uli zu beschwichtigen und ihn in die Rückenlage zu bringen.

Sie dachte an den scheuen, unsicheren Mann mit der Nickelstahlbrille, der einfach verschwunden war, der auf den ersten stummen Protest hin die Blumenschale an die Schwester weitergegeben hatte ohne jede Bemerkung, vermutlich auch ohne allzu große Überraschung. Ulis Bruder. Er war auf beide Möglichkeiten eingestellt gewesen, auf das Ja und das Nein, er war augenscheinlich in der Bereitschaft hergekommen, jede Entscheidung zu akzeptieren und sie als unabänderlich hinzunehmen. Frau Grant war nicht einverstanden mit seinem lakonischen Fortgang; sie wünschte sich, daß er hiergeblieben wäre und die erste, die voraussehbare Reaktion ausgehalten hätte. Zu leicht, dachte sie, er hat es sich zu leicht gemacht, wenigstens zuletzt.

Uli gehorchte der Aufforderung des Arztes, er stemmte sich ein wenig ab, drehte sich auf den Rücken und lag anscheinend teilnahmslos und wie verkapselt da, mit geweiteten Augen. Aufsetzen sollte er sich nicht, noch nicht. Seine Lippen waren in mümmelnder Bewegung, gleich den Lippen eines alten Mannes, der unaufhörlich die Bildung von Wörtern ausprobiert.

Warum nur, was bewog ihn, hierher zu kommen, ohne Anmeldung, dieser bedächtige Familienvater, dieser pflichtbewußte, planende Hausherr, warum ließ er sich hier blicken, es war doch wohl, war doch wohl kein – wie heißt es nur? – Mitleid, ja ... war doch wohl kein Mitleid mit dem jüngeren Bruder, steigt einfach über alles hinweg, was sich zwischen uns angesammelt, abgelagert hat, warum nur, und warum nicht Nora, von der er es erfahren haben muß, was geschehen ist, kommt her und will einfach angenommen werden, dieses Oberhaupt seiner Lieben, Händedruck, Umarmung, ich will nicht, daß er noch einmal hier erscheint, bitte, verstehen Sie, nicht noch einmal, denn wir haben uns nichts zu sagen, wir sind auseinandergeschert für immer.

Die Frau drängte zur Tür, bereit zu einer Abschiedsgeste, falls Ulis Blick sie noch einmal treffen sollte, doch Uli schien sie gar nicht zu bemerken; sie trat auf den Korridor hinaus und wartete auf den Arzt, wartete auf- und abgehend in einer Stille, die sie zunehmend beunruhigte und sie auf etwas gefaßt werden ließ, von dem sie selbst nicht wußte, was es sein könnte. Als sie die Stimme des Arztes hörte, blieb sie stehen, der Arzt sprach in kurzen Sätzen auf Uli ein, es waren leichte, faßliche Sätze, Anregungen, sich aufzusetzen, unter dem Bettgalgen Balanceübungen zu machen, oder Empfehlungen, mißglückte Korrekturen nicht allzu ernst zu nehmen und das Sitzen auf der Bettkante als erstes großes Ziel anzusehen. Er sprach von einer gemeinsamen Aufgabe: das Boot, das sich losgerissen hatte, das unberechenbare Kräfte entführt hatten auf ein Meer des Schweigens, zum belebten Strand zurückzubringen, durch die Brandung, gegen alle Strömungen. Was den gewünschten Besuch angehe, so werde er sich selbst darum kümmern, gleich.

Der Arzt brachte Frau Grant zur Treppe, ohne ein Wort, wohl im Vertrauen darauf, daß sie genug erfahren hatte, nur beim Abschied wies er auf eine besondere Verfassung des Kranken hin, nachdenklich, als sei er sich über deren letzten erkennbaren Wert nicht im klaren. Herr Martens leide offenbar unter der Not, etwas loswerden zu müssen, ein Bekenntnis, eine Nachricht von entscheidender Bedeutung, dies Bedürfnis sei so stark, daß es zunächst erfüllt werden müsse, vor allen therapeutischen Mobilisierungsversuchen, und da die Nachricht allein Frau Fechner zugedacht sei, messe er ihrem Besuch größte Wichtigkeit bei. Bitte, sagte der

Arzt, bitte erzählen Sie Frau Fechner, wie dringend sie erwartet wird. Ein knapper Händedruck, und er wandte sich um und ging eilig zum Krankenzimmer zurück, ein Mann, der auf einmal etwas grundsätzlich Hoffnungsvolles an sich hatte.

Obwohl sie verabredet war, strebte Frau Grant nicht auf kürzestem Weg der gepflasterten Lindenallee und dem Pförtnerhaus zu, sie schlenderte zu einer exotischen Baumgruppe hinüber, begutachtete im Vorübergehen ein halbmondförmiges Rosenbeet und mußte einfach bei verlangsamtem Schritt den Keller der Krankenhausküche erkunden. Zwei athletische Patienten in Bademänteln linsten durch die nur angelehnten Fenster, schäkerten mit dem Küchenpersonal, das den neuen Speisezettel nicht bekanntgeben wollte. Ein krummwüchsiger Mann forderte Platz für seinen dreckkigen, bauchigen Karren, der hoch mit verwelkten, an den Stengeln fauligen Blumen beladen war. Sie schloß zu einer Gruppe von weißen Mänteln auf, in ihrer Mitte ging ein stämmiger Mann mit brutalen Zügen und kahlem Schädel, alle lauschten seinen knurrenden Worten. Frau Grant überholte die gleitende, auch im Gleiten Lektionen empfangende Gruppe und grüßte aufs Geratewohl in das Pförtnerhaus hinein, auf dem harter Sonnenglast lag. Rasch durchschritt sie die mickrigen Grünanlagen, die augenscheinlich den Hunden der Gegend gehörten, denn überall apportierten und balgten sich Hunde, und in der Mulde unten preßten gleich mehrere mit seltsam verlorenem Blick Würste aus sich heraus.

Während sie an einem aufgelassenen Wasserturm vorbeiging, zu einer belebten Einkaufsstraße hinüber, dachte sie an Nora mit einem Gefühl besorgter Zuneigung; vom ersten Augenblick an, als Nora zu ihr gekommen war, um sich als neue Mieterin vorzustellen, hatte sie ein Bedürfnis gespürt, sich um sie zu kümmern, um diese nicht mehr junge Frau, die gar nichts sein wollte, die schon um Entschuldigung bat für ihr Erscheinen, und die, wenn überhaupt, über sich selbst nur in Andeutungen sprach. Alles an ihr schien endgültig und vorgegeben: die Bescheidenheit, die Sanftheit, diese Bereitschaft, sich zurückzunehmen, zurückzuschmelzen in sich selbst, nie hätte sie Nora zugetraut, sich zu verändern oder sie mit einer verborgenen Eigenschaft zu überraschen. Vermutungen kamen erst gar nicht auf bei ihr, und mit jeder Erfahrung gab sie zugleich die Herkunft dieser Erfahrung preis; Nora war ausschließlich das, was sie war. Nie hatte Frau Grant den Wunsch gehabt, Nora eingehender zu verstehen, einfach, weil sie ihr von Anfang an bis auf den Grund verständlich erschienen war – sogar in ihrer Neigung verständlich erschienen war, alle festgestellten Merkmale, die zu einem deutlichen Selbstgefühl Anlaß gaben, zu entwerten und in Frage zu stellen. Sie verstand auch, warum Nora außerstande gewesen war, Herrn Martens im Krankenwagen zu begleiten; desgleichen wußte sie, woran es lag, daß Nora bei dem Versuch, das Bild zurückzubringen, bereits am Sicherheitsschloß der Wohnung gescheitert war – bis dahin kam ihr alles einsehbar und verständlich vor, so sehr, daß sie Noras Rechtfertigungsversuche unterbrochen hatte: nicht weiter, ich weiß, ich weiß. Jetzt spürte sie, daß es für ihr Verständnis eine Grenze gab.

Sie überquerte eine Brücke, blickte auf das schimmernde, stehende Wasser eines Kanals hinab, auf dem Inseln von Kistenhölzern schwammen und Blechdosen und aufgeweichte Brotstücke, ging an mehreren nebeneinanderliegenden Glasergeschäften vorbei und bog in eine Einkaufsstraße ein, die erfüllt war von Musik und Motorengeräusch. Dort, neben einem Kino, lag das Café, in dem sie verabredet war; weithin waren im Schaufenster die Attrappen von weißgrauen und schokoladefarbenen Torten zu erkennen, radgroße Verheißungen, mit künstlichen Kirschen besetzt. Ein bewimpelter Lautsprecherwagen fuhr in Schrittgeschwindigkeit neben ihr her, eine klare, befehlsgewohnte Stimme forderte zum Besuch eines soeben eröffneten Kaufhauses auf, in dem den Kunden Einweihungspreise erwarteten; zum Vergleich nannte die Stimme Preise für Gänseklein, Photoapparate, mehrfarbige Blusen, Ceylon-Tee und Rote Beete im Glas. Für einen Augenblick hatte Frau Grant das Gefühl, erwähltes Opfer zu sein; sie scherte aus dem Strom aus, flüchtete sich an das Fenster eines Uhrengeschäfts und fixierte so lange die ruckenden Zeiger ausgestellter Wecker, Wand- und Schreibtischuhren, bis die Stimme im Lautsprecherwagen straßenabwärts verebbte.

Als sie das Café betrat, gab Nora ihr aus dämmrigem Hintergrund ein Zeichen. Nora saß für sich in einer Ecke, unter einem sehr großen, in die Wand eingelassenen Aquarium, das aus versteckten Quellen Licht empfing und es hellgrün weitergab an Gesichter und Hände. Vor ihr stand eine Tasse Tee, unangerührt, der vollgesogene Beutel hing noch in der Flüssigkeit; neben ihrer Handtasche lag ein Band mit Carson McCullers' Erzählungen. Frau Grant erwehrte sich des dringlich befragenden Blicks, indem sie einem jungen Kellner winkte, dem Kellner zusah bei seiner trägen Annäherung und ein Kännchen Kaffee und einen Apfelstrudel bestellte. Echt gut, sagte der Kellner, unser Apfelstrudel heute ist echt gut. Sie saßen so still nebeneinander, daß sie das Arbeiten der elektrischen Pumpe in der Wand hörten. Die wenigen Gäste des Cafés, einzelne Frauen zumeist, hatten sich weit auseinander gesetzt, jeder wollte für sich sein. Das bedächtige Arbeiten der Kuchengabeln, leises Klirren des Geschirrs. Bemühtes Wegsehen. Betäubte, durch Genuß betäubte Einsamkeiten.

Nora hielt es nicht mehr aus, sie mußte etwas bekennen, gleich, bevor sie erfahren würde, wie alles stand, sie mußte etwas beichten. Nein, sie hatte nicht die ganze Zeit hier gewartet, sie war Frau Grant nachgegangen, gerade noch in Sichtweite, sie war ihr in der Absicht gefolgt, den Weg bis zum Ende zu gehen und dann ins Krankenzimmer zu treten und einfach da zu sein, doch kurz vor dem Pförtnerhaus überfiel sie eine Lähmung, nein, keine Lähmung, es war Angst, die sie plötzlich zurückhielt, ein unerwarteter Anfall von Erkenntnis, daß alles nur in neue Ausweglosigkeit führte; ein verfrühter Schmerz der Leere, ein Aufbruch ins Hoffnungslose. Sie konnte nicht weitergehen. Ein Rest des Verlangens, bis zum Krankenzimmer vorzudringen, war immer noch vorhanden, doch er reichte nicht aus, um ihre Schritte vorwärts zu lenken. Sie kehrte in die Anlage zurück und setzte sich auf eine Bank; hier überdachte sie den mißglückten Versuch und mußte sich eingestehen, daß sie sich nicht mehr in allem verstand. Eine Zeitlang war ich ganz atemlos, sagte Nora.

Ja, sagte Frau Grant, ja, ich kann es mir vorstellen.

Der Kellner brachte Kaffee und Apfelstrudel und sagte ermunternd: Probieren Sie mal – Spitze! Und nach einem Blick auf Noras unberührtes Teeglas: Wie wär's, nicht das gleiche? Nora dankte mit einem Kopfschütteln und wandte sich Frau Grant zu, unsicher, schuldbewußt und dennoch auf Freispruch hoffend, auf Nachsicht, auf Verständnis, doch die Frau, die ihr so viel abgenommen hatte, ging auf ihr Bekenntnis nicht ein, trank einen Schluck Kaffee und saß angespannt da, in bedrückender Unentschiedenheit. Sie probierte den Kuchen und blickte kauend an Nora vorbei in die lichtgrüne Tiefe des Aquariums, wo der Scheibenbarsch über Quellmoos und Laichkraut strich und eine Schule von Kardinalfischen belauerte, während der Schlammpeizker, namensgerecht, im Grund wühlte und kleine Wolken von Mulm aufschweben ließ.

War es schwer, fragte Nora leise. Es kam ein Besucher, mit dem keiner gerechnet hatte, sagte Frau Grant, er stand auf einmal in der Tür. Ulis Bruder? fragte Nora. Herr Martens hatte keine Worte, sagte Frau Grant, er war sehr erregt, er war außer sich, er weinte. Nur das blieb ihm noch – zu weinen. Es lag ihr nicht daran, zu erfahren, welchen Eindruck ihr Bericht auf Nora machte; über die emporgehaltene Kaffeetasse hinweg verfolgte sie die Bewegungen im Aquarium und sprach in verändertem Ton weiter, in einem Ton mitfühlender Bestimmtheit jetzt: Nora müsse sich nun zwingen, sie werde dringend erwartet, augenscheinlich habe Herr Martens ihr eine wichtige Entscheidung mitzuteilen, schriftlich, außerdem werde ihr Besuch stimulierende Folgen haben, heilende Wirkung sogar, wenn sie alle Kraft zusammennähme, werde sie sich von den hinderlichen Gewichten befreien, werde sie durch den trennenden Vorhang treten können. Sie wissen nicht, wieviel jetzt bei Ihnen liegt, sagte Frau Grant und fügte nach einer Pause hinzu: Ich helfe Ihnen, wir gehen gemeinsam, wenn Sie es wollen. Ich stehe Ihnen immer zur Verfügung; wann wollen wir es versuchen?

Der Kellner kam auf sie zu, schnalzte, warb um Aufmerksamkeit; er öffnete eine Klappe in der Wand, hängte ein Futtersieb ins Aquarium und schüttete aus verschiedenen Gläsern Insekten, Würmer, Larven, Echyträen hinein. Ein lautloser Aufruhr entstand, es zuckte und blitzte durcheinander, funkelte in befreiter Gier. Mit heftigem Flossenschlag schossen die Fische auf das Futtersieb zu, fuhren mit geöffneten Mäulern hinein, rissen sich die Beute heraus und schossen hinab zu ihren Krautverstecken. Der Kellner sah die Frauen an, als erwarte er ein Lob. Irre, nicht, sagte er, also ich finde es jedesmal irre.

5

Das Haus war noch still, und Nora stand schon an der Tür, um ihre Wohnung – früher als sonst – zu verlassen, als sie an einer Schrankseite Ulis Leinenjacke entdeckte, die er wohl vergessen oder einfach dagelassen hatte. Sie kehrte zurück und schloß die Jacke weg – das heißt, sie hängte sie zwischen ihre eigenen Kleider und Blusen und schob die Bügel so eng zusammen, daß von dem fremden Kleidungsstück nur ein schmaler Schulterstreifen zu sehen war. Sie lauschte, wandte suchend den Kopf und erkannte im halbdunklen Winkel der Truhe Ulis knittrige Aktentasche; hastig nahm sie sie auf, trug sie in die Abstellkammer und begrub sie unter Lederkoffern und Reisetaschen. Von steigender Unruhe erfaßt, begann sie darauf, alle Räume der Wohnung abzusuchen, fahndete, als ob sie Beweisspuren tilgen müßte, nach der geringsten Hinterlassenschaft, ohne daß der Schmerz sie zögern ließ, den sie mitunter schon bei leichten Berührungen empfand. Seine Schottenkrawatte, sein Badezeug, eine Korrespondenz, die er mit den Städtischen Verkehrsbetrieben geführt hatte, und zuletzt noch sein olivfarbener Pullover: alles, was sichtbar an Uli erinnerte, wurde fortgeräumt, in Schubladen verwahrt oder, sorgfältig zusammengelegt, zwischen ihre eigenen Sachen gebettet. Danach hatte sie das erleichternde Gefühl, eine nötige Entscheidung getroffen zu haben.

Als sie das Haus verließ – achtsam und darauf bedacht, jede zufällige Begegnung mit Frau Grant zu vermeiden –, glaubte sie einen Augenblick, sich von außen zusehen zu können, dicht an der dunkelgrünen Kachelwand gleitend, der selbstschließenden Außentür einen stetigen Druck entgegensetzend, um das harte

Geräusch beim Einschnappen des Schlosses zu mildern. Durch den Vorgarten ging sie mit entschlossenen Schritten und überquerte, ohne zurückzublicken, die noch ruhige Straße. Vor der gelben, unförmigen Maschine standen Arbeiter, rauchend, wie im Ungewissen darüber, ob sie das dienstbare Ungetüm wecken sollten. Der Kellerladen wurde gerade geöffnet; sein Besitzer kurbelte eine verwaschene Markise herunter und schrieb mit Kreide die Sonderangebote des Tages auf eine Schiefertafel. Er beobachtete nicht die beiden jungen Photographen, die jede Phase der Ladenöffnung aufs Bild brachten, erregt und mit einem Eifer, als hinge für sie sehr viel davon ab, den Vorgang zu bannen. Vielleicht arbeiteten sie an einem Photoband, dachte Nora, an einer Dokumentation: Die Stadt erwacht.

An diesem Morgen war sie die erste Kundin, die den Laden betrat; sie spürte, wieviel dem Besitzer daran lag, sie auszuzeichnen, indem er von sich aus Roggenbrötchen in einer Tüte sammelte und ohne weiteren Auftrag Briekäse, zwei Joghurtbecher und ein Glas Tannenhonig auf den Ladentisch brachte, geradeso, als mache seine lange Vertrautheit mit ihren Wünschen jedes Wort überflüssig, oder als sei schweigende Bedienung der größte Vorzug, den er einem Kunden einräumen konnte. Nora lächelte dankbar und versuchte erst gar nicht, ihn zu berichtigen; er konnte nicht wissen, daß sie an diesem Morgen allein frühstücken würde im Büroraum. Wie immer, überließ sie es ihm, die Waren in die zusammenfaltbare Einkaufstasche zu legen; bei der Herausgabe des Wechselgeldes wünschte er ihr einen angenehmen Tag. Draußen warteten die Photographen, »schossen« die erste Kundin beim Verlassen des Kellerladens. Nora winkte ab, genug, genug, und hob eine Hand schützend vors Gesicht, floh vor den Geräuschen der automatischen Kameras in die Teichstraße hinab und umrundete den Froschkönigteich, bevor sie zur Bushaltestelle hinaufging.

Ihr Gesicht war heiß, mit einem Papiertaschentuch betupfte sie Stirn und Wangen. Neben ihr wartete eine junge Frau, jung, feist und vergnügt; sie hatte die Haare zu einem Turm hochgekämmt und mit Perlmuttspangen befestigt; summend schlenderte sie auf und ab und schien Nora nicht zu bemerken. Enten strichen in pfeifendem Flug über sie hinweg und fielen, knapp hinter Trauerweiden abwinkelnd, im verkrauteten Teich ein; die zischende Wasserung war bis hierauf zu hören. Fern, über dem Zentrum der Stadt, zitterte die Luft; eine Rauchfahne trieb seewärts. Nora stand so dicht am Bordstein, daß sie den kühlenden Sog vorbeifahrender Autos fühlte; sie fühlte die Kühle auf der brennenden Haut über den Wangen.

Sie dachte an den Augenblick, als sie sich zum ersten und einzigen Mal von einer Bühne herab verneigte, Hand in Hand mit Uli, auf dem großen Kostümfest der Städtischen Polizei, damals, als sie den Preis für das schönste, das wirkungsvollste Kostüm erhielten. Nora wäre nicht zum Fest gegangen, wenn er sie nicht mit den bereitgelegten Kostümen überrumpelt hätte: ein Rock aus Sackleinwand, eine buntlappige Jacke, in der sie wunschgemäß ertrank, dazu ein roter Lederriemen, an dem die größte Schere baumelte, die sie je gesehen hatte; für sich selbst hatte er ein elastisches, sonnengebleichtes Manilaseil ausgesucht, das er sich locker um den Oberkörper wand, derart, daß ein etwa meterlanges Ende, in einer Schlinge auslaufend, von seinem Nacken nach hinten fiel, schlappend bei jedem Schritt. Er ging als Galgenstrick, sie als Beutelschneiderin – gleich bei ihrem Erscheinen belacht und beklatscht von eleganten Ganoven, Schmugglern und allzu sportlichen Landstreichern, und auf dem Höhepunkt des Festes vom Polizeipräsidenten persönlich ausgezeichnet, einem behenden Mann, der in seiner historischen Verkleidung Fouché gleichen wollte.

Ein schweres Auto stoppte vor ihr, ein älteres gepflegtes Modell. Nora begriff augenblicklich, daß sie sich jetzt nicht mehr entziehen konnte, und stieg ein, als die Tür auf ihrer Seite aufgestoßen wurde. Nicht regelmäßig, doch wann immer sie sich am Morgen beim Verlassen des Hauses begegneten, hatte Frau Grant sie eingeladen, mitzufahren; die Öffentliche Bücherhalle lag fast auf dem Weg zur Schule. Nora fühlte sich wehrlos, sie hatte keine Antwort bereit, konnte kein Versprechen geben; sie saß angespannt auf dem Vordersitz, in Erwartung verständnisvoller Mahnungen und Aufforderungen, die sie, wie jedesmal, aufnehmen und einsehen würde; doch Frau Grant erkundigte sich lediglich nach der vergangenen Nacht und musterte sie teilnahmsvoll. Nora erinnerte sich an Ulis Vorwurf, daß sie alles zu rasch einsah, sich allzu widerstandslos überzeugen ließ – und sie hatte ihm prompt recht gegeben, ohne das Bedürfnis zu empfinden, etwas daran zu ändern. Wie sicher Frau Grant fuhr, wie überlegen; stillschweigend nahm sie die Rücksichtslosigkeiten anderer Fahrer zur Kenntnis, erteilte ihnen Lektionen in Besonnenheit. Plötzlich fragte sie: Hat er angerufen, Dr. Nicolai? Nein, sagte Nora, und nach einer Weile: Niemand hat angerufen.

Schweigend fuhren sie in sprühendem Licht, Richtung Zentrum, an den Baustellen funkelte aufgebrochener Asphalt, die Sonne fiel so klar ein, daß das Umspringen der Verkehrsampeln kaum zu erkennen war. Die vielfarbige Kolonne verdünnte und staute sich immer wieder, gab von ihrer gedrängten Fülle an Nebenstraßen ab und nahm an Verkehrsinseln den schubweisen, bemessenen Zustrom einzelner Fahrzeuge auf, die wie verlorene oder gerufene Irrläufer auf-

82

schlossen und die Unerbittlichkeit dieser alltäglichen Bewegung bewiesen. Nora, in Gedanken versunken, merkte auf einmal, daß es nicht der Weg war, den sie sonst nahmen, sie richtete sich auf, blickte Frau Grant fragend von der Seite an, deutete anfragend hinaus. Ich hoffe, Sie sind einverstanden, sagte Frau Grant, es ist nur ein kleiner Umweg, ein kurzer Besuch, danach fahren wir den alten Weg, an der Bücherei vorbei.

Hinter einer grauen, muschelförmigen Schwimmhalle scherten sie aus dem Hauptverkehrsstrom, im Vorbeifahren sah Nora Jungen und Mädchen einer Schulklasse den Sprungturm erklimmen, sah kleine Körper in furchtsamer Starre, ohne die Federkraft eines Brettes zu erproben oder auszunutzen, in die Tiefe springen, plumpe Fontänen aufwerfend, die unter Gekreisch zusammenfielen. Sie fuhren in eine saubere Geschäftsstraße, hielten vor einem lichtdurchfluteten Geschäft, das sich Frucht-Salon nannte: spiegelnde Fenster, die bis zum Boden reichten, Marmorsäulen, an der Stirnwand farbige Mosaiken, auf denen die dekorativsten Früchte zum Stilleben versammelt waren. Verkäuferinnen in weißen Mänteln, weiße Schiffchen auf dem Kopf, lächelten hartnäckig. Aus verborgenen Lautsprechern kam leise Musik.

Nora erfuhr, daß das Geschäft den Eltern von Hubert gehörte, einem Jungen, den Frau Grant zwei Jahre in ihrer Klasse gehabt hatte, bis zu den letzten Zeugnissen, bis zu ihrer Wahl zur Schulleiterin. Dies sei nur ein Trostbesuch, Nora brauche nicht im Auto zu warten, sie dürfe gut und gern mitkommen, ihre Gegenwart sei sogar erwünscht. Gemeinsam betraten sie den kühlen Verkaufsraum, aus dem laufende Ventilatoren jeden eindeutigen Geruch vertrieben hatten, gingen an Auslagen vorbei, in denen selbst Knollenfrüchten bewiesen wurde, daß sie zum Kunstobjekt taugten. Freundlich wehrte Frau Grant mehrere Hilfsangebote ab, fragte nach Herrn oder Frau Beutin, ließ sich weiterschicken, am Gemüsestand vorbei zur Kasse; dort saß, mit beleidigtem Froschmund, Huberts Mutter in weißem, gestärktem Mantel, ebenfalls ein Schiffchen auf dem Kopf.

Nach sachlicher Begrüßung wurde der Besuch in die Privatwohnung gebeten, die über dem Geschäft lag, aus dem Fruchtkeller wurde telephonisch Herr Beutin herbeigerufen, ein krummer, bescheidener Mann, dessen leicht hervorstehende Augen seinem Blick etwas beständig Fragendes gaben. Bevor sie sich auf den schweren Möbeln einer Sitzecke niederließen, entdeckte Frau Grant unter mehreren gerahmten Photographien auf einem Buffet das Bild ihres Schülers; sie nahm es in die Hand, zeigte es Nora, das Bild eines dicklichen, träumerischen Jungen, der, auf die erste Stufe einer einschüchternden Freitreppe gestellt, nur darum zu bitten schien, in Ruhe gelassen zu werden. Es wurde Fruchtsaft angeboten. In das unbewegte Gesicht von Huberts Mutter hineinsprechend, drückte Frau Grant die Teilnahme der Schulleitung aus, zog alte Erfahrung zum Vergleich heran, entsann sich, daß schon zweimal Schüler ihrer Schule abhanden gekommen waren, immer am Tag der Zeugnis-Übergabe, doch jedesmal hatte es noch eine glückliche Heimkehr gegeben. Sie sei voller Hoffnung, sie sei auch in diesem Fall überzeugt von einem guten Ausgang; dazu kenne sie Hubert zu genau, ihren Hubert.

Daß er uns das antun mußte, sagte Frau Beutin zu ihrem Mann hinüber; der saß angestrengt aufrecht und preßte seine Hände zusammen und sah zur Seite, als könne er sich so der Pflicht entziehen, ihr beizustimmen. Noch, sagte Frau Grant, sei doch nicht mehr geschehen, als daß Hubert nicht nach Hause gekommen sei, aus Enttäuschung vermutlich, aus Scham oder Furcht; noch sei doch kein Unglück geschehen. Ob man denn schon beim Onkel, bei der Lieblingstante angefragt habe, oder, noch naheliegender, bei der Großmutter; Großmütter halten die wärmsten Verstecke bereit, allemal. Statt direkt zu antworten, sagte Frau Beutin: Er hatte alles bei uns, alles, was er sich wünschte. Nora blickte in das weiche, konturlose Gesicht, dem keine Erschütterung anzumerken war, und plötzlich hörte sie sich fragen: Seine Klassenkameraden – in seinem Alter tut man doch nichts, ohne seine Klassenkameraden einzuweihen?

Wieder überging Huberts Mutter die Frage, sie schien nichts anzunehmen, nichts zu bedenken; allein ihrer Enttäuschung hingegeben, sagte sie tonlos: Er wußte, was wir von ihm erwarteten, es war nicht zuviel, für alles, was wir ihm gaben, war es nicht zuviel.

Frau Grant nannte Huberts Verwirrung eine unschuldige Verwirrung. Sie sagte, sie sei sicher, daß Hubert in kurzer Zeit heimkehren werde; trotz seines Kurzschlusses halte sie ihn für ungemein vernünftig, ja, von allen gleichaltrigen Schülern, die sie in Geographie und Biologie hatte, sei er zweifellos der vernünftigste gewesen – falls sie einmal Vernunft für Bedachtsamkeit setzen dürfe. Eine Erklärung für sein Fortbleiben könne sie nicht geben, sie sei aber ziemlich sicher, daß Hubert einem Wunsch nachgab, der sich von Zeit zu Zeit in vielen Kindern regt, nämlich die zu strafen, die augenscheinlich das Recht zu strafen besitzen, also die Erziehungsberechtigten. Und eine der beliebtesten Strafen, die Kinder sich für Erwachsene ausdenken, bestehe nun einmal darin, sie in Sorge zu versetzen, in Unruhe, in Angst, und zwar in der Hoffnung, daß dieser Zustand zu mildesten Vorsätzen führt, zu gewissen Wiederentdeckungen.

Nur ein bißchen Dankbarkeit, sagte Frau Beutin, mehr haben wir von Hubert doch nicht erwartet. Vorwurfsvoll wandte sie sich an ihren Mann, forderte ihn durch eine Geste auf, ihre Feststellung zu bestätigen, und der Mann nickte in widerwilligem Gehorsam und rieb seine Hände, als ob er sie von Erdresten reinigte. Plötzlich sagte er stockend: Morgen, wenn wir bis morgen nichts gehört haben, verständige ich die Polizei.

Vor dem Abschied nahm Frau Grant noch einmal Huberts Photographie in die Hand, hielt sie ein wenig von sich ab, um sie gleichzeitig mit Nora zu betrachten, lächelte zuversichtlich, kniff dem dicklichen Jungen ein Auge, wiegte, ihn heiter verwarnend, den Kopf und sagte nicht mehr als: Sachen machst du. Noras Blick glitt über die Photographie, sie registrierte die breiten Hüften des Jungen, den Ansatz zum Doppelkinn und einen, wie sie glaubte, lethargisch leidenden Ausdruck, und ohne daß sie es hätte begründen können, hatte sie auf einmal das Gefühl, Hubert etwas zutrauen zu müssen, womit niemand rechnete. Beklommen ging sie voraus zur Tür, wartete mit abgewandtem Gesicht, während Frau Grant den Eltern noch einmal persönliche Erfahrungen auftischte, um ihre Hoffnungen zu begründen. Ins Geschäft hinab begleitete sie nur Frau Beutin, ihr Mann verabschiedete sich wortlos, schlurfte den trüben Korridor hinab, wie gebeugt von einem Wissen, das die Ereignisse längst entwertet hatten.

Im Auto drehte Nora das Fenster herunter, strich sich durchs Haar, berührte tupfend die brennende Haut über den Wangen. Sie spürte, wie ein Sengen und Prickeln sich ausweitete, zum Hals hinabwanderte, es war ein Gefühl, als ob trockene Nadeln, feine Eisnadeln ihr Gesicht trafen, es war die vertraute Reaktion ihrer Haut auf Konflikte, denen sie sich plötzlich ausgesetzt fand. Jeder Konflikt war für sie eine Nötigung zum Stillhalten, verurteilte sie zu anfänglicher Gelähmtheit. Nora wehrte sich gegen die Empfindung und brach das Schweigen, sie fragte leise: Hubert – war er Ihr Lieblingsschüler? Nein, sagte Frau Grant, und nach einer Weile: Ich hatte nie einen Lieblingsschüler, ich verbot mir, einen zu haben. Mehr sagte sie nicht. Sie fuhren die Geschäftsstraße hinab, behindert von Lieferfahrzeugen und dem Wagen der Städtischen Müllabfuhr, dessen Trommelbehälter bei gewaltsamem Mischen des Abfalls knirschend rotierte, hängten sich an ein Polizeiauto und folgten ihm bis zu einer Schnellstraße, die an Laubenkolonien vorbeiführte und an Fabrikhöfen und an einem Friedhof mit hohem Eisenzaun.

Auf einmal hatte die Stadt sie wieder eingeholt, sie bogen ab, sie durchquerten eine Unterführung und fuhren auf einen asphaltierten, von Hochhäusern begrenzten Platz, an dem, wie angeklebt an ein Einkaufszentrum, die Öffentliche Bücherhalle lag. Sie hielten vor dem Aufgang zur gläsernen Doppeltür, Frau Grant wandte sich Nora zu und machte sie auf zwei kleine Kinder aufmerksam, Geschwister vielleicht, die Hand in Hand den weiten Platz überquerten, beide mit Brottaschen ausgerüstet, beide unschlüssig und lustlos und oft besorgt zurückblickend, als müßten sie sich, nach ihrem Aufbruch in ein ungewisses Abenteuer, die Richtung für die Heimkehr merken. Nora fragte Frau Grant, ob sie wirklich so sicher sei, daß Hubert bald wieder zu Hause erscheinen werde. Ganz sicher, sagte ihre Wirtin, und hatte augenscheinlich vor, noch mehr zu sagen, doch Nora reichte ihr schon die Hand. Nicht, weil sie es vorgehabt hatte, sondern weil der Händedruck länger als üblich dauerte, empfand Nora das Bedürfnis, etwas über sich selbst zu sagen, rasch, als eine Art von Dank, und ohne daß sie es mit sich selbst abgestimmt hätte, teilte sie mit, daß sie nach Dienstschluß ins Krankenhaus fahren werde, gleich von der Bücherei aus, das habe sie nun endgültig be-

schlossen. Ihre Ankündigung klang wie ein Versprechen, klang aber auch wie ein Zugeständnis. Der aus-
gesprochene Entschluß jedenfalls schien sogleich ihren
Zustand zu beeinflussen: die Spannung ließ nach, jetzt
hatte sie den Wunsch, über ihren Plan mehr zu sagen;
doch Frau Grant nickte ihr lächelnd zu und hob ihre
Einkaufstasche auf und berührte sie zum Abschied mit
ausgestreckten Fingern an der Schulter. Sie tun etwas
Gutes, sagte sie, bevor Nora die Tür zuwarf.

Das Auto umrundete den Platz, Nora winkte noch
einmal hinüber und stieg dann die Stufen aus gegosse-
nen Zementplatten hinauf und gelangte unbemerkt in
das kümmerliche, mit Karteien und Zeitschriften voll-
gestopfte Nebengelaß, das sie sich angewöhnt hatten,
das kleine Büro zu nennen. Sie schaltete den elektrischen Sieder an, und während es in dem Gerät heftig
knisterte und knackte wie springendes Holz im Ka-
min, setzte sie sich auf ihren Drehschemel und bedachte die bekanntgegebene Entscheidung, mit der sie sich
festgelegt hatte. Wie leicht ihr der Vorsatz gefallen
war, endlich zu handeln, und welche Beschwichtigung
schon in dem Augenblick fühlbar wurde, als sie Frau
Grant über ihre Absicht unterrichtete! Mehr als vieles
andere verstand sie, was sie Uli und Frau Grant und
auch sich selbst schuldete; dennoch begann sie zu ahnen, daß Verständnis allein nicht ausreichen würde,
um ihren Entschluß auszuführen. Schon machte sich
die alte Spannung bemerkbar, schon spürte sie das Ziehen in den Schläfen. Ratlos blickte sie auf den Ausziehtisch, auf dem Robert so oft gesessen hatte, damals, als er ihr Chef gewesen war; hier hatten sie beschlossen, eines Tages zusammenzuziehen, hier, im
kleinen Büro, hatte er ihr gesagt, daß er einen längeren
Krankenurlaub nehmen müsse. Sie sah ihn dort sitzen,
hager, nachlässig gekämmt und immer bereit, jeman-
den zu imitieren, die beiden Kolleginnen ebenso wie

die Besucher, und in der Erinnerung hörte sie ihn reden, vergnügt und geläufig und ohne Furcht, alles auszusprechen, was er dachte, alles. Während des langen Krankenlagers, während all der Monate, in denen sie ihn gepflegt hatte, hatte sich seine Stimme verändert, hatte einen Fistelton angenommen.

Auf der Schreibtischunterlage breitete Nora ihr Frühstück aus. Da es ihr nicht gelang, den Verschluß des Honigglases aufzudrehen, drückte sie Briekäse auf die aufgeschnittenen Roggenbrötchen. Den Tee süßte sie mit Würfelzucker, den eine Kollegin aus dem Wartesaal mitgebracht hatte – alle Mitarbeiter der Bücherei hatten sich stillschweigend verpflichtet, unterwegs Würfelzucker zu sammeln. Eine angelaufene Zitronenscheibe wollte kaum etwas hergeben, nur einige Spritzer fanden den Tee. Essend sah Nora durchs Fenster, zur Baumschule hinüber, wo zwei Männer durch die rührenden Spaliere junger Gewächse gingen und offensichtlich Urteile aussprachen, die einer der beiden in eine Liste eintrug. In der Ferne brach ein Traktor die schwarze Erde auf. Ein Schwarm von Staren strich über die jungen Bäume, hob sich über das Gewächshaus und verschwand in flirrendem Licht wie zu einer Verabredung. Das kleine Krachen des scharf gebackenen Roggenbrötchens. Der Druck des heißen Getränks in ihrem Innern. Sanfter Pilzgeschmack. Aufmerksamkeit und belebende Wohltat. Nora öffnete das Fenster, ein schwacher, brandiger Geruch strömte herein, aus unbestimmbarem Gesumm waren die klopfenden Geräusche des Traktors deutlich herauszuhören.

Nachdem sie die Frühstücksreste in der Einkaufstasche verwahrt, die Schreibtischunterlage über dem Papierkorb reingewischt hatte, verließ sie den Raum und ging an bergenden Regalen vorbei zur wissenschaftlichen Abteilung, suchte das Stichwort, zog behutsam einige Bände heraus, überflog die Inhaltsverzeichnisse, stapelte, was ihr wichtig erschien, auf dem Fußboden, korrigierte sich mehrmals, tauschte ein Handlexikon gegen ein fast unbenutztes Lehrbuch aus und trug schließlich, soviel sie tragen konnte, ins kleine Büro. Jetzt wünschte sie sich, hinter einer verschlossenen Tür sitzen zu können. Vom festungsartigen Ausgabetisch her hörte sie die Stimmen ihrer Kolleginnen, Ernas rostigen Brummlaut, Sybilles übertrieben hochspringendes Lachen. Zacharias, der kommissarische Leiter der Bücherei, ein gehemmter, wortkarger Mann, war wie immer erst am späten Vormittag zu erwarten.

Nora las, sie las erregt, gehetzt von dem Wunsch nach Gewißheit, sie wollte keine Zusammenhänge erfahren, keine allgemeine Morphologie der Sprechorgane, nichts über den Ursprung der Sprache: nur eine kurze Bestätigung, einen Erkenntnissatz, an den sie sich halten konnte und der ihr Ulis Unglück erklärte. Wie weit alles hergeleitet war und wie zugedeckt von einem Wissen, auf das es ihr jetzt nicht ankam; hart schlug sie die Seiten um, ließ sie schnurrend über den Daumen laufen, las die Stichworte eines Kapitels und blätterte weiter, auf der Suche nach einem Begriff, den sie eher ahnte als im Gedächtnis hatte. Daß das Sprechen keineswegs bloß ein mechanischer Vorgang sei, hatte sie längst gewußt, und ihr war ebenso bekannt, daß Sprache durch feinste Koordination dreier Organsysteme entsteht: durch Atmung, durch Stimmgebung und Lautbildung. Sie erfuhr, daß Sprechen eine seelische Leistung ist unter der Regie des Gehirns, daß folglich die Ursachen von Sprechstörungen nur selten im Mund gefunden werden: nicht die Zunge spricht, sondern das Hirn.

Ulis rasselnder Atem: sie hörte ihn wieder, hörte die Laute von seinen Lippen platzen, den verzerrten Lippen, die ein Viereck zu bilden schienen, einen Schmerzensmund, den Mund erstarrter Qual, den sie zum ersten Mal auf einer alten Abbildung gesehen hatte. Das Hirn spricht, obwohl die Artikulationsmuskulatur im Mund liegt, hundert Muskeln müssen kontrahieren, müssen sich entspannen in einem berechneten Rhythmus, damit Worte entstehen; wieviel ist da nicht beteiligt: Kiefer und Zunge, Lippen und Zähne, harter und weicher Gaumen und der Kehlkopf und die Rachenenge – welch ein Aufwand! –, und doch spricht das Hirn, das all die wortmodulierenden Muskeln nur in seinen Dienst genommen, sie ihrer ursprünglichen Aufgabe entfremdet hat, nämlich der Zerkleinerung und Beförderung der Nahrung. Die hauchigen Stöße seines Atems, als er sich erschöpft hatte, die Schluckbewegungen des Kehlkopfs: Nora las, daß der Kehlkopf so notwendig wurde, als die Lungenfische zur Luftatmung übergingen; die Natur erfand ihn also zum Schutz der Atemwege. Uli entglitten und getrennt, antwortlos, unerreichbar in seinem Unglück: was bedeutet sein Sprachausfall, wird er für immer schweigen müssen?

Immer ungeduldiger suchte Nora nach einer Zustandsbeschreibung, die auf ihn paßte, nach einem Schlüsselbegriff, der ihr seine Lage verständlich machte, sie las nur noch, ohne das Gelesene in sich hineinzunehmen, überflog einen Text, der nichts in ihr zurückließ, was sie hätte wiederholen können, alles wanderte vorbei: die beharrlichen Fragen, ob der Kehlkopf vielleicht nur ein Ergebnis des Zufalls sei und ob deshalb die Sprache selbst ebenfalls ein Produkt des Zufalls sein mußte; die schön gestufte Beweisführung, daß Sprache zunächst nur ein Mittel war, mit dem die Mutter auch ihr Kind verpflichtete, später zu einem Instrument sozialer Bindung wurde und sich erst in unserer Zeit zu einem System von Informationen und Botschaften entwickelte, das wir kalkuliert gebrauchen, um andere zu beeinflussen.

In einer Stimm- und Sprachheilkunde las sie das Wort »Kopfschuß«, und sie hielt erschrocken in der Bewegung inne. Ein Forscherpaar, Fröschel und Nielsen, gab Bericht von einem älteren Soldaten, der nach einem Kopfschuß die Sprache verloren hatte, Sinn und Bedeutung von Bildern erschlossen sich ihm nicht mehr, offenbar hatte er auch die Fähigkeit verloren, die innere Sprache zur Verständigung mit sich selbst zu verwenden. Nora erfuhr, daß der Soldat im Zivilberuf Dolmetscher war, an Gerichten zugelassen für fünf Sprachen. Nach langwieriger Behandlung und nach Überwindung der Phase dysarthrischen Stotterns erwarb er die Sprache zurück, und nicht nur dies: einmal im Wiederbesitz der Muttersprache, eignete er sich im Verlauf der Genesung auch die Kenntnis der fünf anderen Sprachen an, die er vor seiner Verwundung beherrschte, und zwar in der Reihenfolge, in der er sie einst gelernt hatte. Bei der Lektüre des knappen Therapieberichts dachte sie wie von selbst an Uli: hatte man ihm ein ähnliches Programm gemacht? Ermunterte man auch ihn zum Lallen? Wurde er belobigt für die geglückte Nachahmung eines Tierlauts? Stand auch er vor dem Apparat, um mit seiner guten Hand eine Karte nach der anderen in einen Schlitz zu stecken und dann auf das Wort zu horchen, mit dem der Apparat das Bild benannte? Ließ man auch ihn blaue und rote Buchstabenbilder zusammensetzen, um seine Empfindung für Assoziationen zu wecken? Er ist am Anfang, dachte sie, er muß beginnen, wo alle beginnen, erst wenn er die Wörter besitzt, wird er auch die Dinge besitzen, die Erlebnisse, das übermächtige Außen, solange er ihnen nicht beikommen kann mit dem Wort, werden sie vor ihm fliehen, ihm nicht gehören.

Als sie plötzlich Schritte hinter sich hörte, klappte sie das Buch zu und schob es von sich wie eine verbotene Lektüre, hatte schon die Kaffeetasse vom Fensterbrett herübergehoben, war schon dabei, den Stecker des Sieders anzuschließen: Guten Morgen, Erna, trinkst du noch einen Kaffee? Die ältere Kollegin begrüßte sie mit vorsichtiger Neugierde, sie wollte keinen Kaffee, sie wollte nur nachsehen, ob Nora schon gekommen war; da seien zwei Anrufe für sie gewesen, sehr früh und dringend. Vom Krankenhaus? Deine Mutter, sagte Erna, und Nora darauf, sichtlich erleichtert: Das wird wohl Zeit haben. Kaum, sagte die Kollegin, ich glaube, du wirst sehr gebraucht, wenn du willst, kannst du von meinem Apparat aus anrufen. Ob sie etwas bestellt habe, ihre Mutter, wollte Nora wissen, ob sie vielleicht eine Nachricht hinterlassen habe? Das nicht; sie sei so außer sich gewesen, daß sie vermutlich deshalb vergessen habe, ihr etwas aufzutragen. Außer sich? So verzweifelt, sagte Erna und zögerte, als wollte sie das Wort noch einmal abwägen, und bestätigte dann leise: verzweifelt, ja.

Nora legte die Bücher aufeinander, lüftete den Stapel und sah, wie die Kollegin mit schräg gelegtem Kopf die Titel überflog, und um ihrer Frage zuvorzukommen, sagte sie: Ich muß etwas nachlesen, zur Sicherheit. Dein neues Spezialgebiet, fragte Erna und sah Nora besorgt an und war einverstanden mit ihrem Schweigen. Erst als sie gemeinsam die Bücher einordneten, als ihre Arme sich berührten und Nora ihrer Kollegin mit einem Blick dankte, fragte Erna weiter: Mußt du etwas wissen, ist etwas passiert? Sie wartete die Antwort nicht ab, sondern wiederholte ein offenbar altes Hilfsangebot. Sie habe selbst in Problemen gesteckt, sie wisse, wie das ist, wenn man sich nirgends mehr festhalten könne, wenn man sich selbst unerklärlich geworden sei: Nora solle nur wissen, daß sie jederzeit auf sie zukommen könne – zukommen, so nannte sie es.

Auf dem Weg zum Ausgabetisch sprachen sie über die Sünderkartei der Bibliothek, die nach einer ersten

Prüfung geringfügig angewachsen war; übers Wochenende, glaubte Nora, würde sie die Verlustliste vervollständigen können.

Die Nummer ihrer Eltern war besetzt; sie legte den
Hörer auf und sah in den kargen Leseraum hinüber, in
dem ein einziger Mann saß, den sie nicht kannte, ein
dunkel gekleideter Mann, der seine Blicke vom Text
hob und sie ungewiß anlächelte – so lange, bis sie sein
Lächeln erwiderte; da senkte er sofort wieder sein Gesicht und las weiter, mißmutig, verstimmt, als hätte sie
ihn aus einer lebenswichtigen Inspiration gerissen. Sie
drehte sich um, wählte noch einmal, ihr Vater meldete
sich mit ruhiger Stimme, mit seiner eigenen Zuvor-
kommenheit, er sagte: Endlich, Nolla, endlich, gut,
daß du anrufst – wie immer nannte er sie so, wie sie
selbst sich als Kind genannt hatte. Er wollte ihre Fragen nicht am Telephon beantworten, bat sie, gleich
nach Hause zu kommen – du mußt diesen Tag für uns
übrig haben –, und als sie schwankte, um Aufschub bis
zum Abend bat, ließ er durchblicken, daß etwas geschehen sei, dem sich Mutter nicht gewachsen fühle.
Sie braucht dich, sagte er, jetzt; sie steht es nicht
durch; und nach einer Pause: Ich weiß nicht mehr, was
ich tun soll. Nora bat um einen Hinweis, um flüchtige
Einweihung zumindest – vielleicht kann ich mir unterwegs schon was überlegen –, doch ihr Vater bedankte
sich bereits für ihre Zusage und versprach, sie an der
Bushaltestelle zu erwarten.

Ganz versteift neben dem Apparat, der Stimme
nachlauschend, die noch zuvorkommend klang, wenn
sie forderte, merkte Nora nicht, wie Erna sich näherte,
hörte nicht, wie sie sich flüsternd erkundigte: Etwas
Schlimmes? Unangenehmes? Erna nahm ihren Arm
und drückte ihn fest an sich und fragte noch einmal:
Etwas Schlimmes – sag doch? Sachlich, als spräche sie
zu einem Dritten, stellte Nora fest, daß es ihr unmög-

lich sei, den Arbeitsplatz zu verlassen, jetzt, während der Dienststunden, sie könne die Kollegen doch nicht allein lassen im Publikumsverkehr; was geregelt werden muß, könne auch nach Feierabend geregelt werden.

Nun mal nicht so selbstlos, sagte Erna und sah Nora ins Gesicht; wenn du fort mußt, dann springen wir für dich ein, so wie du für uns eingesprungen bist in der vergangenen Zeit ... Ist etwas passiert? Nora hob die Schultern; irgend etwas müsse draußen geschehen sein, etwas Ernstes, etwas Schwerwiegendes; doch sie habe nicht erfahren, was es sei, nach Feierabend werde sie es wissen. Komm, sagte Erna, mach dich fertig, und sagte damit laut etwas, was Nora insgeheim zu hören wünschte; der Widerstand, den sie dem Drängen der Kollegin entgegensetzte, wurde rasch schwächer und hörte ganz auf, als Erna sie ins kleine Büro zog und sie blickweise aufforderte, Handtasche und Einkaufsnetz mitzunehmen, für alle Fälle. Für alle Fälle: Nora erschrak bei diesem Wort, plötzlich glaubte sie zu erkennen, daß sich in allem Geschehen etwas tief eingenistet und verpuppt hatte, das in einem unberechenbaren Augenblick zum Vorschein kam. Für alle Fälle, das hieß doch: für die schlimmste Möglichkeit. Ich rufe dich an, sagte Nora, als Erna sie fürsorglich antrieb, ich rufe dich bestimmt an, später, sobald ich mehr weiß. So bestimmt sie das auch versicherte: über den weiten, asphaltierten Platz ging sie eher nachdenklich davon, unbekümmert um die Rollschuhläufer, die sie als wandernde Achse nahmen, um die herum sie ihre mutwilligen Figuren liefen.

Der Bus war fast leer. Sie fuhren an alten Kasernen vorbei, die noch ihre Tarnanstriche aus dem letzten Krieg trugen, scharfe, olivgrüne Zungen und erdfarbene Rhomboide, passierten ein Viertel, das aus ehemaligen Bauernhäusern bestand, und durchquerten hinter einer Wiese, auf der zwischen locker verstreuten Schrottautos Schafe gingen, die sogenannte Birkensiedlung. Dort, auf der unebenen Böschung eines energischen, schmutzigen Baches hatte sie an einem Sonntagnachmittag mit Uli gesessen – sie waren an der Wohnung ihrer Eltern vorbeigestrichen, ohne sie zu besuchen – und hatten den Kindern zugesehen, die – Hosen aufgekrempelt, Röcke hochgebunden – durch das schenkeltiefe Wasser wateten, um mit ihren Leinwandkeschern Tiere zu fangen unter dick verschleimten, nur an ihren grünen Spitzen erkennbaren Pflanzen. Die Wasserkäfer im Marmeladenglas. Die naßdunklen Ränder der Schlüpfer. Aufgerührter zerstobener Modder, der auf braunen Schenkeln zurückblieb, sie sprenkelte. Nora dachte daran, wie sie damals die Stimmung lobte und ihren ältesten, aber ungenauesten Wunsch beschrieb: einmal auf dem Land zu leben, dort, wo man mit sich übereinstimmt, wo man sich um Gefühle nicht zu bemühen braucht, einfach, weil sie von selbst entstehen, in unversehrter Landschaft, die einen nicht abweist, sondern annimmt. Sie glaubte sicher zu sein, daß es sich deutlicher leben ließe in freier Landschaft, gesteigerter; jedenfalls brauchte man da nicht die andern, um sich selbst zu erfahren; sogar die Angst sei auf dem Lande reeller. Eine Weile hatte Uli sie nur verblüfft angesehen, hatte ihr dann eine Hand auf die Schulter gelegt und mit vorgegebener Trauer festgestellt, daß ihn leider nichts aufs Land ziehe und daß es ihn leider auch gar nicht danach verlange, deutlicher zu leben – in einer Landschaft womöglich, die ihm seine Empfindungen vorschreibe. Gereimtes Dasein sei das Letzte, wonach es ihn verlange. Landleben: das habe etwas Endgültiges für ihn, etwas Unwiderrufbares und Geregeltes, er aber brauche ab und zu eine Existenzform, für die Regeln jeweils noch erfunden werden müßten. Jedes Angebot von Übereinstimmung mache ihn nun einmal skeptisch; er könne einfach nichts dem Rhythmus abgewinnen, zum Beispiel nur deshalb Obst und Gemüse einzumachen, weil gerade Einmachzeit sei. Er könne nun mal alles nur unter Vorbehalt tun. Nein, hatte er gesagt, ich sehe es nicht, das reparaturbedürftige Fachwerkhaus neben windgeschüttelten Pappeln, in dem wir beide unter ländlichem Zudeck liegen.

Der Bus fuhr langsamer, näherte sich der Kehre am Ende der Birkensiedlung. Nora blickte nach vorn und erkannte ihren Vater, wie er aus dem Schatten der überdachten Haltestelle heraustrat, ein untersetzter Mann, der mit zunehmendem Alter fettleibig wurde, einen Spitzkübel bekam – so nannte er es selbst. Prüfend blickte er dem Bus entgegen, mit dem unvermeidlichen Kontrollblick, mit dem er, der einstige Chefbeleuchter der größten einheimischen Ateliergesellschaft, Gesichter und Szenen und unscheinbarste Regungen auf seine Weise ausgefragt und ins Licht gebracht hatte, in das sprechende Licht seiner künstlichen Sonnen, über die er bis zu seiner Pensionierung herrschen durfte. Das haltlose Fleisch seines Halses verlagerte sich, als er Nora beim Ausstieg beide Hände entgegenstreckte und sie stumm umarmte. Stumm nahm er ihr die Einkaufstasche ab, suchte ihre Hand und strebte auf das doppelstöckige Haus zu, augenscheinlich von dem Vorsatz bestimmt, draußen nicht zu sprechen. Den Gruß eines Nachbarn, der ihn aus dichtem Gebüsch anrief, beantwortete er nur mit einem Kopfnikken. Im Treppenhaus bat Nora: Sag doch endlich, was passiert ist; doch er ging nicht darauf ein, er schüttelte seine Schlüssel aus dem Lederetui; sperrte auf und drückte die Tür zu und deutete niedergeschlagen aufs Wohnzimmer.

Noras Mutter saß in dem rostroten Sessel, den sie zum fünfundsechzigsten Geburtstag bekommen hatte;

sie preßte mit einer Hand ein Taschentuch zusammen, die andere Hand lag flach auf der eingefallenen Brust. Erschöpft von überstandenen Erregungen, hob sie langsam das Gesicht; kein Ausdruck von Wiedersehensfreude. Auf einem Beistelltisch stand ein Glas Wasser, daneben, aus einer geöffneten Schachtel herausguckend, das vertraute Fläschchen mit den Tropfen. Nora setzte sich auf die Sessellehne, nahm die Hand ihrer Mutter und hatte auf einmal das Gefühl, daß ihre Unruhe geringer wurde. Sie hätte nicht sagen können, woran es lag, daß sie in diesem Augenblick sogar Erleichterung verspürte, schließlich hatte sie immer noch nicht erfahren, warum sie gerufen worden war. Ihr entging nicht, wie die Alten einen Blick tauschten, Vergewisserung und Aufforderung, sie gewahrte, daß dieses knappste System der Verständigung immer noch funktionierte, selbst in dieser Situation, nach allem Aufruhr, den sie offenbar hinter sich gebracht hatten als Verlierer. Also nun redet doch.

Die alte Frau wandte abrupt ihr Gesicht ab, das war das Zeichen für Noras Vater, endlich zu sprechen, auch in ihrem Namen zu sprechen; abgewandt, schien die Mutter jetzt ihren Atem anzuhalten, um sich auf die Wiedergabe der Nachricht zu konzentrieren.

Gekündigt also, man hatte ihnen die Wohnung gekündigt, nach mehr als dreißig Jahren, ihnen, den ältesten Mietern der Birkensiedlung. Hier, lies, sagte der Mann und reichte Nora einen länglichen Briefumschlag, lies, damit du siehst, was sie heute mit ihren Pensionären machen. Während Nora das formelle Kündigungsschreiben las, trat ihr Vater hinter den rostroten Sessel, legte seine rechte Hand auf eine Schulter der kraftlosen Frau – wobei er unbeabsichtigt ein Bild stummer Anklage entstehen ließ – und konnte das Ende der Lektüre nicht abwarten; stichwortartig wiederholte er Nora die Auskünfte, die er bei mehreren Anrufen erhalten hatte: daß die Ateliergesellschaft, seine alte Gesellschaft, in Konkurs gegangen sei, daß die einst firmeneigenen Wohnungen, ausschließlich für Mitarbeiter und Pensionäre gebaut, von einer Bank übernommen worden seien; daß jeder in der Siedlung seine Kündigung bekommen habe, ohne Ausnahme. Als Nora aufblickte, sagte er: Ich habe den Arzt angerufen, er kommt gegen Mittag vorbei, so lange muß Mutter noch warten. Dann stand er nur wißbegierig da, wartete auf eine Bestätigung seiner Empörung, wollte, daß seine Empfindungen recht bekamen, zunächst einmal, als erste Reaktion, doch Nora sagte noch nichts, Nora sah auf das Winterbild an der Wand, schien in Gedanken wie so oft dem unabsehbaren Weg zu folgen, der ein Stück an verlassenem Strand hinführte und sich dann in verschneiten Dünen verlor.

Sie brauchte sich nicht lange zu bedenken: zunächst würde sie Erna anrufen, würde ihr sagen, was alles geschehen war, und da sie mit ihrem Verständnis rechnen konnte, würde sie zum ersten Mal die ihr angebotene Hilfe annehmen und die Kollegin bitten, gegen Abend Frau Grant zu benachrichtigen. Sie würde Frau Grant bestellen lassen, daß familiäre Umstände sie daran gehindert hätten, heute nach Hause zu kommen.

6

Zuerst wischte Uli die bekritzelten Papiere auf den Boden, dann hob er mehrmals hintereinander die gute Hand und ließ sie rasch auf die Schreibunterlage fallen, und als Doktor Nicolai sich auf die Bettkante setzte und ihn an der Schulter berührte, schloß er die Augen und drehte sich mit einer heftigen Bewegung zur Wand – weniger, weil er die Berührung nicht ertrug, als vielmehr um Weigerung oder Ungläubigkeit auszudrükken. Ruhig sprach der Arzt auf ihn ein, wiederholte mit leichten Variationen das Ergebnis seiner eigenen Erkundungen, er erzählte von seinen erfolglosen Anrufen zu verschiedenen Zeiten und von seinem abendlichen Besuch bei Frau Grant, von der er erfahren hatte, daß Frau Fechner vorübergehend zu ihren Eltern gezogen war; und je länger er sprach – ausführlich und in festen, einfachen Sätzen –, desto gleichmäßiger ging Ulis Atem, die Spannung seines Körpers löste sich, und nach einer Weile sammelte er die nötige Kraft und warf sich auf den Rücken. Er blickte auf den Mund des Arztes, nicht nur, um ihn besser zu verstehen, sondern um die Bewegungen der Lippen zu beobachten, er begann unwillkürlich, einige Bewegungen zu imitieren, das Auseinanderziehen, das Aufwerfen, den schnappenden Verschluß, doch kaum eine Wiederholung gelang, jeder Versuch ging in einer schwachen Grimasse auf. Dies eifrige, lautlose Nachsprechen hörte auch nicht auf, als Doktor Nicolai wiederum versprach, selbst Frau Fechner aufzusuchen und alles zu regeln, und als er vielversprechend lächelte, hatte er das Gefühl, daß sein Lächeln erwidert wurde aus einer fernen Tiefe.

So, sagte der Arzt, nun wollen wir mit der Eroberung beginnen. Er sammelte die bekritzelten Papiere vom Boden auf. Er überflog sie, nickte anerkennend und bat um die Erlaubnis, sie später noch einmal lesen zu dürfen, geruhsamer. Aus einer Cellophanhülle zog er ein paar leere Papierbögen heraus und legte sie auf die Schreibunterlage und hielt sie dort fest, während Uli sich aufsetzte mit Hilfe des schwenkbaren Galgens, ohne Aufforderung, als wüßte er, daß dies jetzt von ihm erwartet wurde. Und ohne sich um ein Stichwort zu kümmern, setzte er sogleich den Kugelschreiber an, verhielt einen Augenblick, schien sich zu erinnern und zog plötzlich einen Buchstaben aus, schroff und verbissen, zog den eckigen Bauch eines G bis zum unteren Rand des Blattes hinab, glitt dann aber leichter hinauf und schrieb mit befreiter Hand ein einziges, großgeratenes Wort auf, das er den Arzt zu lesen bat: *Geschangenfaft.* Sehr gut, sagte der Arzt und las laut das Wort Gefangenschaft, ohne die Schreibweise zu korrigieren.

Mit fächelnder Hand lenkte er Ulis Blick auf sich und ging zu einem kleinen Tisch am Fenster; der trug eine Vase mit kurzstieligen Tulpen, trug eine erdfarbene Obstschale und eine Teetasse, alles weit genug auseinander gerückt und für sich erkennbar. Der Arzt bat Uli, aufzuschreiben, was er sah, in der Reihenfolge, in der er auf die Dinge zeigte. Lassen Sie sich Zeit, Herr Martens. Und dann hob er sich auf eine Tischecke hinauf und nickte einladend und senkte einen Zeigefinger auf die anstaltseigene Vase aus Steingut.

Also gut, spielen wir das Spiel, wenn es sein muß, machen wir uns an die Eroberung, wie Sie es nennen, an die Wiedereroberung der Namen, die verlorengingen und von denen alles abhängen soll, das Verstehen und das Verstandenwerden, ja, Sie haben recht: nichts wünschen wir sehnsüchtiger, als richtig verstanden zu werden, das ist ja, ist ja die für alles, die Voraussetzung für alles, richtig verstanden zu werden, darum gehen wir hausieren mit unseren Merkmalen, wollen um jeden Preis ausgelegt werden, wollen, daß man es gut mit uns meint, und nun dürfen Sie sich überzeugen: *Wase*, hier auf meinem Blatt steht das Wort Wase.

Uli zog das Blatt von der hölzernen Schreibunterlage, hielt es dem Arzt entgegen, schwenkte es unduldsam, doch der Arzt winkte nur einmal vertröstend und zielte dann mit seinem Zeigefinger auf die Obstschale, das heißt, er ließ den Finger mehrmals zielgerecht pikkend hinabfahren und hielt inne, als er bemerkte, daß Uli wieder zu schreiben begann. Er schrieb nur einen einzigen Buchstaben, zögerte auf einmal und ließ den Kopf hängen und sah aus, als ob er sitzend schliefe unter dem Schwenkgalgen, oder als ob er entrückt geheimnisvollen Botschaften lauschte. Einfall, dachte Doktor Nicolai, welch ein Wort, welch ein Vorgang: Einfall. Sehen Sie zu mir her, Herr Martens: erkennen Sie, was ich jetzt hochhebe? Fällt Ihnen der Name ein? Uli erschauerte, seine Haut rauhte sich für einen Augenblick fiebrig auf, und ohne zum Tisch hinzublikken, schrieb er das gewünschte Wort nieder, fehlerfrei und mit einer Kraft, daß es, durchgedrückt, auf allen Bogen lesbar war. Weiter, rief der Arzt, machen wir gleich weiter, Herr Martens, schreiben Sie auf, was Sie umgibt, nennen Sie die Dinge bei ihrem Namen. Und er wies auf die Teetasse, sammelte mit einer Hand den gewürfelten Gardinenstoff, hob seinen Blick zu dem gerahmten Farbdruck ›Fischerfrauen in Erwartung heimkehrender Boote‹; er trat vom Fenster zum Stuhl, von der Tür unter die Lampe, er berührte die Bettdekke, strich über den Heizkörper, pochte an den Schrank – alles, was sich einen Namen verdient hatte und »Umgebung« darstellte, wurde bezeichnet und aufgenommen, wurde einzeln dingfest gemacht. Manchmal lag das Wort bereit, manchmal mußte es aus der Vergangenheit herangedacht werden. Einmal schienen sich zwei Worte anzubieten; die Not der Wahl ließ einen flüchtigen Unwillen entstehen. Es geschah auch, daß Uli nach unsicherer Niederschrift das abgerufene Wort ein zweitesmal hinschrieb, entschlossen und mit dem kleinen Triumph endgültiger Inbesitznahme. Je länger sie sich bemühten, alles, was sie umgab, mit Namen zu belegen und zu sichern, desto spürbarer wurde Ulis Neigung, keine Pausen entstehen zu lassen; offenbar schämte er sich für jede Unschlüssigkeit und überspielte seine Verlegenheit, indem er Blindworte gebrauchte, die er, sobald er auf den geforderten Namen gekommen war, energisch wieder ausstrich. Wir machen Fortschritte, sagte Doktor Nicolai.

Aber sicher mache ich Fortschritte, macht er Fortschritte, der neben mir liegt, und den ich sehen kann wie einen anderen, der mit dem verschlossenen Mund, der gehört werden möchte aus Furcht, unerkennbar zu werden; aber das Schlimmste, Herr Doktor Nicolai, besteht wohl darin, daß man sich auf nichts mehr berufen kann, auf keine Erfahrung, Einsicht und das andere, ich komme nicht drauf, es ist auf einmal weg, unverfügbar, es schmilzt und versintert, ich meine, die Vergangenheit ist plötzlich bedroht, das, was wir zum Erklären brauchen und was uns erklärt, doch nun prüfen Sie mal, wie Ihr Schüler die Aufgabe gelöst hat, denn mir eilt es, ich muß Ihnen etwas, einen Auftrag, muß Ihnen etwas anvertrauen.

Der Arzt nahm die beschriebenen Blätter an sich und lobte Ulis Konzentration und Ausdauer. Er rückte den Stuhl so ans Bett heran, daß beide gleichzeitig das Geschriebene lesen konnten, all die aufgegebenen Wörter, die von verschiedenen Autoren notiert zu sein schienen, denn während einige klar und ebenmäßig geraten waren, zeigten sich andere zittrig und wirr verschlungen. Uli fiel es nicht auf, er betrachtete das Geschriebene als einheitliche Leistung, was für ihn zählte, war die Zahl der aufgefundenen Namen. Aufmerksam beobachtete er, wie der Kugelschreiber des Arztes von Wort zu Wort ruckte, hier einen Buchstaben einfügte, dort etwas verdeutlichte oder wegstrich, und als der Arzt ihn zu gemeinsamem Sprechen aufforderte, blickte er auf die fremden Lippen und auf das angegebene Wort und gleich wieder auf die Lippen und versuchte, die Bewegungen nachzuahmen, lautlos.

Vase, sagte der Arzt, Vase, und dann leicht skandierend Obst-scha-le, und er erkannte, mit welch vergeblichem Eifer Uli sich bemühte, das Geschriebene in Lautsprache umzusetzen. Das Wort Teetasse war ihm nicht eingefallen, er hatte sich mit einem anderen Ausdruck beholfen, hatte einfach, um das Gefäß zu bezeichnen, *trinken* notiert; der Arzt korrigierte den Fehler und sprach das gewünschte Wort mehrmals vor.

Sie rückten immer näher zusammen, manchmal berührten sich ihre Schultern. Nur ein sanftes Gurgeln drang aus Ulis Mund, wenn er versuchte, sich akustisch verständlich zu machen. Erregung befiel ihn, als der Arzt bei dem unvollendeten Satz verharrte, der offenbar hastig in einer Pause niedergeschrieben war: Bitte dringend um eine Gelegenheit zur ... Uli wollte oder konnte den Satz nicht vervollständigen, der Kugelschreiber, den der Arzt ihm zwischen die Finger steckte, bewegte sich nicht. Sie sahen sich an, ihre Blicke ruhten ineinander, weniger ergründende als anfragende Blicke, und für einen Moment hatten beide das Gefühl, daß ihre Empfindungen sich glichen, daß die gleiche Resignation sie erfüllte. Sie glaubten, sich wortlos erreicht zu haben, an einem schweigenden Grund, wo ihnen nur noch das Eingeständnis blieb, hoffnungslos voneinander getrennt zu sein. Sie bestätigten sich stumm die Trennung. Sie versicherten einander, daß sie nicht bereit waren, sich damit abzufinden.

Uli dachte an ein Ereignis, das lange zurücklag, er sah den Zug, den Pilgerzug, den er als Reiseleiter nach Lourdes bringen sollte, er sah das knochige Gesicht des alten Mannes, der mit ergriffener Begeisterung schrieb, ein ganzes Schulheft vollschrieb mit detaillierten Klagen, Beschwerden und Bitten, die er an wunderwirkendem Ort vorbringen wollte, langsam vorlesen, damit ja alles zur Kenntnis gebracht würde, gegeneinander abgewogen. Wie deutlich der alte Mann aus der Erinnerung aufstieg, schreibend oder den langen Bleistift nachdenklich im Mund. Und Uli dachte an den Augenblick, als der Zug plötzlich so scharf bremste, daß alle im Abteil übereinander fielen und der alte Mann auf die Kante der Sitzbank stürzte, wobei der Bleistift, den er gerade im Mund gehalten hatte, tief in seinen Gaumen drang. Mehr als ein Jahr war er ohne Sprache.

Das Gemeinte, Herr Doktor Nicolai, die Schwierigkeit ist: das Gemeinte löst sich auf einmal selbst auf, es läßt sich nicht festlegen, es geht einfach verloren, und mit ihm geht das andere verloren, ich meine die Sicherheit, denn was bedeuten einem noch Erlebnisse, wenn man ihrer nicht sicher ist, oder, das ist wohl genauer, wenn man sie nicht benennen kann, zwar besitzt, aber nicht benennen kann; doch ich werde es schaffen, ein Netz werfen, ein Flügelnetz stellen, sobald das nur geregelt ist, Nora, Frau Fechner, mit ihrer Hilfe geregelt ist, sehen Sie, das ist eine Vase und das eine Obstschale und das, daraus kann man trinken.

Wir wollen jetzt kräftig ein- und ausatmen, sagte der Arzt, und dabei nur an ein einziges Wort denken.

Es klopfte, die Schwester trat ein und kündigte einen Besuch an; es mußte ein besonderer Besuch sein, denn die Schwester warf dem Arzt einen bekümmerten

Blick zu und machte eine Geste der Hilflosigkeit. Drei sonntäglich gekleidete Männer erschienen im Türrahmen und hielten Uli wie auf Verabredung drei schlappe Stiefmütterchensträuße entgegen. Uli lächelte, zumindest erkannte der Arzt die Andeutung eines Lächelns. Die Männer kamen ins Zimmer und stellten sich Doktor Nicolai als nächste Berufskollegen von Herrn Martens vor; sie wollten sich nur nach dem Ergehen erkundigen. Der Arzt bat sie um Erlaubnis, im Zimmer bleiben zu dürfen, das war ihnen mehr als recht. Nacheinander legten sie ihre Sträuße auf die Bettdecke und nahmen Ulis gute Hand und schüttelten und beklopften sie, und Walter, sein Teamgefährte, schob ihm ein hölzernes Kästchen mit Marzipan unter das Kopfkissen. Einer, der Johannes genannt wurde, sagte: Mensch, Uli, du machst uns vielleicht Sorgen.

Sie beugten sich über das Bett wie besorgte Eltern, die ein Kind betrachten, waren gleichzeitig bemüht, sich in sein Blickfeld zu bringen, um sowohl Zeichen zu geben als auch aufzufangen. Obwohl Uli keinen von ihnen gesondert ansah, hatte jeder den Eindruck, sich blickweise mit dem Patienten verständigt zu haben; jeder war sicher, erkannt und für sein Kommen bedankt worden zu sein. Sie tätschelten ihn, kniffen ihm ein Auge, sprachen ihm mimisch Mut zu, und Wilhelm, den sie erst vor einem Monat zum Sprecher der Fremdenführer gewählt hatten, versuchte ihn aufzumuntern, indem er alle »Besatzungen« aufzählte, die ihn grüßen ließen. Dein Platz bleibt warm, wird immer warm bleiben, sagte Walter. Worauf du Gift nehmen kannst, fügte Johannes hinzu und bot wie immer eine passende Erfahrung aus seinem unübersehbaren Familienclan an; diesmal fiel ihm ein Cousin seines Großvaters ein, der mit seinen Eltern nach Australien auswanderte und dem es in der neuen Welt vor Verständigungsschwierigkeiten die Sprache verschlug für längere Zeit; dennoch wurde er später Börsenmakler. Eine große hinterhergeschickte Geste sollte Uli wohl andeuten, daß er, wenn er erst wieder gesund wäre, beliebige Aussichten von ähnlicher Art hätte. Sie lachten angestrengt, zogen ihre Heiterkeit in die Länge. Dem Arzt entging nicht, wieviel ihnen daran lag, keine Pausen entstehen zu lassen; er sah auch, wie oft sie nacheinander griffen, Berührungen suchten. Jeder von ihnen stand unter einer Erwartung, jeder versuchte, sie zu verbergen. Ach, Uli, sagten sie, und Mensch, Uli, und du machst Sachen, Uli.

Je länger Uli nur stumm und fast bewegungslos vor ihnen lag – er warf lediglich hin und wieder seinen Kopf zur Seite, abwehrend, wie in Ärger –, desto redseliger wurden sie; als ob von seinem Schweigen der Zwang ausginge, zu sprechen, spickten sie ihn mit letzten Nachrichten aus dem Betrieb und tischten ihm private Erlebnisse auf und kommentierten sich gegenseitig und um gemäßigten Frohsinn bemüht. Walter, der Teamgefährte, gestand ihm, wie sehr er ihn entbehrt hatte bei einer Stadtrundfahrt mit zweiundvierzig Nonnen, und Wilhelm, der Sprecher der einheimischen Fremdenführer, schilderte ein Ereignis, das ihm zu denken gegeben hatte wie kein anderes in zwanzigjähriger Berufspraxis.

Obwohl Wilhelms Kollegen es kannten, stellten sie sich uneingeweiht, hörten vergnügt und kopfschüttelnd noch einmal die Geschichte des Fremden, der unter breitkrempigem schwarzem Hut in den Bus kletterte und nach einer Weile unzufriedenen Zuhörens um das Mikrophon bat – allerdings nicht, um auf gängige Sehenswürdigkeiten hinzuweisen, sondern um den Passagieren die sichersten Verstecke der Stadt zu zeigen, in denen man sich als Verfolgter verborgen halten könnte. Er ließ vor verfallenen Speichern und auf Brücken halten, in die nur selten kontrollierte Spreng-

schächte eingebaut waren, er verwies auf die Besonder-
heit des unterirdischen Abwassersystems und auf die
»natürliche« Geborgenheit im labyrinthischen Armen-
viertel; schließlich erläuterte er auch, welche Chancen
der Keller des Völkerkundemuseums bereithielt sowie
die zum Abwracken bestimmten Schuten beim Schiffs-
friedhof. Als es immer stiller und gespannter im Bus
wurde, als jeder ahnte, daß der Fremde nicht allein
theoretisches Wissen preisgab, ließ er halten, stiftete
der Freizeitkasse der Fremdenführer einen bemerkens-
werten Betrag, stieg aus und verschwand in einem
Kaufhaus. Zuletzt, berichtete Wilhelm, habe der ganz
schön gezittert, ganz lippenlos sei er geworden, und
geredet habe er wie unter Druck.

Plötzlich waren sie still. Dicht zusammenstehend
winkelten sie tiefer übers Bett ab, näher an Uli heran,
der offensichtlich jetzt an der Reihe war, von dem sie
jetzt etwas erwarteten, ein Wort, eine Regung, ein Signal, das ihnen nicht entgehen durfte. Die Schatten
ihrer Körper flossen über dem Bett zusammen; als ob
sie ihre Bewegungen aufeinander abgestimmt hätten,
verhielten sie sich fordernd und aufnahmebereit. Sollte
Uli sie mit einem Wort entschädigen? Konnten sie sich
nicht abfinden mit seiner Stummheit? Der Anspruch,
der in der Art ihres Lauschens lag, war unübersehbar.
Unter ihrer vereinigten Erwartung schien Uli kleiner
zu werden, in sich hineinzuschmelzen, ein schwacher
Ausdruck von Furcht zeigte sich auf seinem Gesicht,
er legte die gute Hand schützend auf die Brust. Und
wie immer, wenn er sich bedrängt fühlte, verschlug es
ihn nach Hause, auf den zugigen Hof der Netzfabrik,
wo an einzementierten Pfosten das imprägnierte Garn
hing sowie Reusen und Stell- und Schleppnetze, durch
die pfeifend der Wind ging, und er fand sich im Zentrum des Bildes, wie an jenem Sonntagabend, als die
Flußbande – Jungen, die mehrere Jahre älter waren als

er – ihn und seine Freunde überfiel und davonjagte bis auf ihn selbst, und um ihn zu fangen, hoben sie die knisternden Flügel neuer Netze von den Pfosten und kamen auf ihn zu, drängten ihn, einen Bogen schlagend, zum Fluß hinab, höhnisch und gemessen und ihres Erfolgs sicher, schnürten sie ihn derart ein, daß ihm nichts anderes übrigblieb, als nach vorn zu stürmen und sich ins Netz zu werfen, das ihn auffing und unter mehreren Lagen gefangensetzte.

Die gute Hand hob sich und sichelte langsam knapp über der Bettdecke. Ulis Lippen zitterten, seine Beine streckten sich, als suchten sie nach einem Widerstand zum Absprung. Nu komm schon, Uli, das kann doch nicht sein, nu sag schon ein Wort. Er spürte ihr Verlangen, er fühlte, daß sie sich nicht zufriedengeben wollten mit seiner Sprachlosigkeit. Noch während er erwog, sich einfach wegzudrehen und so ihren Blicken und Forderungen zu entgehen, fing Johannes seine sichelnde Hand ab, zwang sie zur Ruhe und sagte gutmütig: Wir sind unter uns, Uli, du brauchst dich nicht zu schämen, brauchst dich nicht zu verstecken. Die andern nickten, und Uli sah fragend zu ihnen auf und besann sich da offenbar und suchte nach einer Entscheidung, und auf einmal glaubten die Männer zu erkennen, daß er sich ihnen zuliebe konzentrierte und nur noch von einer einzigen Absicht beherrscht war: von dem Vorsatz, etwas zu sagen. Nun probier doch, Uli, bring mal was rüber. Überraschend griff Uli nach dem Galgen und setzte sich mit einem Schwung auf.

Ah, wie es dröhnt und rauscht, ihr müßt es doch hören, das stürzende Wasser, nein, das meine ich nicht, aber die Freude, damit ihr seht, was Freude fertigbringt, werde ich eure Namen hersagen, jeden einzeln, auch wenn es so ist, als ob ich einen Stein von ihnen wälzen müßte, denn das könnt ihr euch nicht vorstellen, diese Schwere, dieses Gewicht, unter dem jedes

Wort ruht, aber ich schaffe es, kommen Sie ruhig näher, Doktor, Ihr Sohn, nein, wie heißt es, Ihr Schüler wird gleich beweisen, was er leisten kann, Ihr williger Schüler. Er holte Atem. Seine Lippen öffneten sich. Ein leiser Zischlaut wurde hörbar, schwoll an und endete abrupt. Wieder holte er tief Atem, verharrte – geradeso, als befürchtete er etwas, eine mögliche Panne, einen Fehllaut –, doch dann hob er ein wenig sein Gesicht und setzte an und stieß ein dunkles Gurgeln aus, das immer gepreßter wurde, sich zu einem rauhen Brummen milderte und unvermutet abriß. Ratlos sah Uli auf die Wand, ratlos und in schmerzhaftem Staunen, und während die Männer einen Blick tauschten, begann er zu schluchzen, sanft zunächst und dann so heftig, daß es seinen Oberkörper schüttelte.

Die Fremdenführer richteten sich auf und traten zurück, sie wandten sich jetzt gleichzeitig dem Arzt zu, und einer von ihnen sagte: Wie ist das bloß möglich, und etwas leiser: Das ist ja zum Fürchten. Der Arzt tat nicht, was sie wohl erhofften, er gab keine Erklärungen, durch ein Zeichen bat er sie, den Besuch zu beenden, und ging ihnen voraus zur Tür.

Nur Walter, der Teamgefährte, berührte Uli zum Abschied, scheu, fast ergriffen, danach suchte er eilig die Nähe der anderen, die sich, bevor sie das Zimmer verließen, in merkwürdiger Verlegenheit verbeugten. Ihr Aufbruch war so überstürzt, daß nichts mehr gesagt wurde: keiner äußerte einen Besserungswunsch, keiner stellte einen erneuten Besuch in Aussicht; sie schwiegen noch draußen auf dem Korridor, und der Arzt, der ihnen hinterhersah, merkte, wie sehr sie bestrebt waren, leise aufzutreten.

Nachdem Uli sich ausgestreckt und zur Wand gedreht hatte, beruhigte er sich, das Schluchzen hörte auf, nur in unregelmäßigen Abständen stieß er noch einen schwachen Klagelaut aus – ein unfreiwilliges

Echo, das er nicht verhindern konnte. Der Arzt zog die Bettdecke über Ulis Schulter, öffnete die Fensterklappe, stand einen Augenblick regungslos und blickte über den eisernen Krankenhauszaun hinweg auf eine Straßenkreuzung, auf der zwei Firmenwagen zusammengestoßen waren; die beiden Fahrer drohten, fuchtelten, bezichtigten einander. Kein Laut war zu hören, während sie die Schäden taxierten und gestenreich bemüht waren, sich gegenseitig die Schuld zu geben. Plötzlich bot einer dem anderen eine Zigarette an, worauf sie noch einmal die Schäden zu taxieren begannen.

Doktor Nicolai trat vom Fenster zurück und verließ das Zimmer, er überquerte den Korridor und horchte an einer Tür, hinter der eine Stimme in hoher Lage dringende Ratschläge zu geben schien, und der Arzt nickte wie im Einverständnis: er wußte, daß er selbst dieses Bedürfnis geweckt hatte und daß die Worte des Sprechenden für ihn bestimmt waren und ihm allein galten, jetzt noch, nach mehr als einer Stunde. Er zweifelte nicht, daß der »kleine Professor«, wie sie den Patienten nannten, auf das Gesagte so selbstverständlich zurückkommen würde, als hätte er es in Gegenwart des Arztes geäußert, einfach, weil er in seiner Lage davon ausging, daß alles Gesprochene den Empfänger erreichte, selbst, wenn es ihm hinterhergeschickt oder in einem Raum deponiert werden mußte. Worte, einmal gesprochene, konnten nicht verlorengehen.

Während er der Rede hinter der Tür lauschte, sah er die Schwester aus ihrem Raum kommen und sogleich wieder zurücktreten, einen weißen Gegenstand in der Hand. Er war sicher, daß sie ihn hatte aufsuchen wollen und sich nur deshalb anders entschieden hatte, weil sie ihn nicht in dieser Haltung des Lauschenden überraschen wollte; doch es war bereits geschehen, und in dem Wunsch, ihr seine Erkenntnis über partnerloses Sprechen zu erläutern, schlenderte er zum Schwesternzimmer. Obwohl die Frau verbissene Tätigkeit vor dem offenen Glasschrank vorführte, dort hantierte und umstellte und Metall auf Glas klirren ließ, wartete er nicht, bis sie aufblickte, sondern sprach sie vertraulich an, nannte sie Schwester Ruth und zeigte sich zufrieden über den Redestrom des »kleinen Professors«. Er erinnerte sich, gelesen zu haben, daß Angehörige eines gewissen Indianerstammes auch dann noch weitersprachen, wenn der Partner längst gegangen war, bestimmt, mit kalkulierten Pausen und in der Gewißheit, das Zwiegespräch auch über Entfernungen fortführen zu können; offenbar, sagte der Arzt, erprobe der »kleine Professor« gerade diese Praxis.

Nachdenklich wiederholte er einige Bruchstücke der Rede, die er aufgefangen hatte, bot sie der Schwester zur Bewertung an, hob sich auf den Tisch hinauf und sprach weiter gegen ihren Rücken: ob sie nicht auch den Eindruck habe, daß der Herr Martens früher als erhofft um Spracherwerb bemüht sei; ob sie schon entdeckt habe, wie eifrig er eben gewonnene Kenntnisse anwende, funktionslos mitunter, aber doch in dem planvollen Verlangen, sie durch häufigen Gebrauch in endgültigen Besitz zu nehmen? Er schwieg, er wartete. Plötzlich wandte die Schwester sich um, in jeder Hand ein Fläschchen. Das straffe, graue Gesicht. Der abschätzende Blick. Die knapp beherrschte Erregung. Er spürte, daß sie Sätze bereit hatte, die für einen Augenblick wie diesen zurechtgelegt waren, daß sie sich aber entschloß – veranlaßt vielleicht durch spontane Bedenken –, ihnen eine andere Fassung zu geben, und statt schnell und bestimmt sprach sie stockend und mit leiser Stimme: sie könne sich nicht vorstellen, daß Doktor Nicolai im Ernst an ihren Meinungen gelegen sei; er habe ihr täglich bewiesen – durch Nachfrage und letzte Kontrolle –, daß er nichts aus der Hand geben möchte; die Selbständigkeit jedenfalls, mit der sie zu arbeiten gewohnt gewesen sei, werde ihr offenbar bestritten. Und flüsternd stellte sie fest: Es ist wohl das beste, wenn ich die Abteilung wechsle.

Ein trippelnder Schritt näherte sich auf dem Korridor, sie wußten, daß es der alte Mann in dem verschossenen Morgenmantel war, der mehrmals am Tag aufbrach, um sie zu grüßen, und nach einer Weile tauchte er auf, feierlich sammelte er sich und machte eine steife Verbeugung gegen sie und zog zur Besucherbank.

Schwester Ruth, sagte der Arzt bekümmert, und noch einmal: Schwester Ruth. Er rutschte vom Tisch, er ging auf sie zu, blieb kopfschüttelnd stehen, noch bevor er sie erreichte, und sagte: Mein Vater – er hat mir von Ihnen erzählt, er hat sich vollkommen auf Sie verlassen. Warum sprechen Sie sich nicht aus? Warum geben Sie mir nicht ein Zeichen? Sie kennen mich doch. – Wenn ich Ihnen nicht ausreiche, sagte die Schwester, wenn meine Arbeit Ihnen nicht genügt: in anderen Abteilungen hat man angemessene Verwendung für mich; das hat man mir zu verstehen gegeben. Ich brauche Sie nötiger als jeder andere, sagte der Arzt ruhig, Sie sind hier unentbehrlich, unabkömmlich. Sie sahen sich an, lange, jeder ertrug den Blick des anderen, und mit einer jähen Wendung stellte die Frau die Fläschchen in den Schrank zurück, fischte aus ihrer Kitteltasche einen Brief heraus. Frank Martens ist der Bruder, sagte sie, als Doktor Nicolai den Absender las und den Umschlag öffnete. Nachdem beide den Brief gelesen hatten, hoben sie wie ratsuchend den Blick und machten fast gleichzeitig eine langsam verneinende Bewegung, wobei sie keineswegs zufrieden wirkten angesichts der Übereinstimmung, zu der sie gefunden hatten, sondern eher traurig darüber, daß die Lektüre nur eine einzige Entscheidung zuließ. Es ist zu riskant, sagte der Arzt, nach den letzten Erfahrungen können wir nur Besuche zulassen, die der Patient sich selbst wünscht; jede Erregung wirft uns zurück. Hier scheint etwas Besonderes auf dem Spiel zu stehen, sagte die Schwester. Ja, sagte der Arzt, das habe ich auch so verstanden; doch für Ulrich Martens steht ebenfalls etwas auf dem Spiel.

7

An der Bushaltestelle setzte Noras Vater den altmodischen Koffer ab und die Tragetasche, die schwer war von Holundersaftflaschen und den Gläsern mit selbstgekochtem Apfelgelee. Der kurze Weg hatte ihn erschöpft. Um seine Erschöpfung zu verbergen, stellte er sich vor den ausgehängten Fahrplan und las und murmelte und kontrollierte mehrmals argwöhnisch seine Uhr, und erst, nachdem sich sein Atem beruhigt hatte, trat er zu Nora, legte ihr einen Arm um die Schulter und lächelte leidvoll. Es roch nach verbranntem Gummi. Auf der Wiese, jenseits des schmutzigen Baches, hatten Kinder unter einem Turm von Autoreifen Feuer gelegt, der Qualm trieb durch die Birken und stieg verdünnt in den Abendhimmel. Gut, daß du hier warst, sagte der Mann, und Nora darauf: Jedenfalls habt ihr zwei Jahre Mieterschutz, in dieser Zeit kann viel passieren.

Es war alles gesagt zwischen ihnen, alles war mehrmals erörtert und erwogen und mühselig eingeträufelt in diese langsam reagierenden Sinne, Nora wünschte jetzt nur noch den Bus herbei, ungeduldig, um nicht von neuem widerlegen zu müssen, was sich eigensinnige Selbstbeunruhigung in letzter Minute erfand. Dieses tagelange Zureden, Besänftigen, dieses Wegreden von Befürchtungen mit immer den gleichen Worten – aber im Vertrag steht doch; der Schutz gilt für jeden; »gleichwertiger Ersatz« heißt auch mit Keller –, diese unendlichen Wiederholungen hatten sie so ermüdet, daß sie nach einiger Zeit mitunter unwirsch antwortete, mit sanfter Zurechtweisung. Gelegentlich hatte sie glauben müssen, daß ihre Eltern insgeheim hofften, mit ihrer Furcht recht zu bekommen – so versessen hatten sie die schlimmsten Möglicheiten durchgespielt. Die Gefaßtheit, die sie hergestellt hatte, würde nur ein vorübergehender Zustand sein, das wußte sie.

Plötzlich, als ob er etwas nachzuholen hätte, zeigte er Interesse für Noras Umgang, er fragte unvermittelt: Diese Frau Grant, die vorhin angerufen hat, deine Wirtin: kommt ihr gut miteinander aus? Ja, sagte Nora. Sie ist Schulleiterin, nicht? Ja, sagte Nora, sie gibt Geographie und Biologie. Nicht verheiratet? Nein – muß sie das sein? Ihm entging nicht die vorsichtige Zurechtweisung, die in der Gegenfrage lag, und harmloser fragte er, ob es auch private Berührungspunkte gäbe zwischen Nora und ihrer Wirtin. Nora bestätigte es; sie sei froh, bei Frau Grant zu wohnen, man könne sich gegenseitig manches abnehmen, und da man aus beruflichen Gründen lesen müsse, stellten sich Beziehungen von selbst her. Ob Frau Grant sie eingeladen habe, vorhin, wollte der Mann wissen, und Nora sagte, nicht ausdrücklich, nicht offiziell, man habe lediglich etwas zu beratschlagen. Wie prompt er sich zufriedengab mit dieser Auskunft, offenbar wollte er nicht mehr erfahren, als unbedingt nötig war, als ihm angemessen erschien, um der Höflichkeit zu genügen; solange Nora zurückdenken konnte, hatte er nie das Bedürfnis gezeigt, sich tiefer hineinzufragen in ihr Befinden; ihm, dem Chefbeleuchter, reichte allemal die Außenansicht. Er konnte das Äußere mit Hilfe des Lichts so zur Wirkung bringen, daß es sich verformte und eine vorgetäuschte Tiefe erhielt, und Nora war längst dahintergekommen, daß ihm dies nur deshalb gelang, weil er, was immer er sah, gleichsam stellvertretend und im Auftrag der Zuschauer sah; vermutlich war er gar nicht mehr imstande, für sich selbst zu sehen.

Als der Bus kam, mußte sie ihm noch einmal versprechen, Saft und Gelee gleich zu probieren, und dann reichte er ihr das Gepäck nach und bestand darauf, ihr die Fahrkarte zu kaufen. Komm bald wieder, sagte er, hier passiert nur wenig. Sie nickte. Nach einem schnellen Kuß sprang er so vom Trittbrett, als müßte er ihr zeigen, wie er noch vom Trittbrett springen konnte, und als er zu winken begann, elegisch und schweren Flügelschlag imitierend, hatte Nora den Verdacht, daß er es gern gehabt hätte, daß auch andere ihn bei der Produktion dieses Winkens beobachteten.

Noch bevor der Bus die Hauptstraße erreicht hatte, drehte er sich um und ging zum Haus zurück, und sofort wischte sich für Nora das letzte Bild aus; übergangslos sah sie ihren Vater in der braunen Sofaecke, vor seiner Erinnerungswand, die mit Schauspielerporträts bepflastert war, Glanzpostkarten, die ausnahmslos schwelgerische Widmungen an den Meister der Lampen trugen.

Der Bus war nur schwach besetzt, die wenigen Passagiere schienen Wert darauf zu legen, während der Fahrt für sich zu sitzen, in abweisendem Schweigen, nur ein altes, schwarzgekleidetes Paar zankte verhalten miteinander, einer versuchte dem andern die Schuld dafür aufzuhalsen, daß man den »richtigen«, den früheren Bus versäumt hatte. Die Silhouette der Stadt glühte und flammte auf unter der letzten Sonne, krümmte sich an den Rändern. Nora sah ihr entgegen ohne fühlbare Bedrückung, sie versuchte nicht einmal, sich auf die Begegnung vorzubereiten, zu der Frau Grant sie gerufen hatte. Was für sie verabredet worden war, empfand sie als etwas Unvermeidliches, gegen das sie nichts aufbieten mochte; sie war entschlossen, alles dem Augenblick zu überlassen; so brauchte sie sich nicht vorzeitig zu wehren gegen sich selbst. Wenn sie überhaupt etwas wünschte, dann nur dies: daß Frau Grant sie nicht allein ließe bei dem Gespräch mit Ulis Arzt.

An einer Haltestelle, an der der Bus nur auf Verlangen stoppte, stieg ein hellhäutiger Bursche im Trainingsanzug ein; schon vom Eingang her lächelte er Nora zu, und nachdem er eine Fahrkarte gelöst und zwischen die Zähne genommen hatte, kam er den Mittelgang herab, aufgeräumt, in jeder Hand eine Segeltuchtasche. Er setzte sich neben Nora und gab ihr die Hand und stellte sich als ehemaliger Besucher der Öffentlichen Bücherhalle vor. Ob sie sich zufällig an ihn erinnere? Leider nicht, sagte Nora, und er wieder grinsend: Macht nix, ich hab auch die meisten Titel vergessen, die Sie mir empfohlen haben. Unvermittelt fragte er, ob sie ihn nicht begleiten wolle, auf den Sportplatz, zu seinem abendlichen Intervalltraining. Erstaunt blickte Nora in sein offenes argloses Gesicht: Auf den Sportplatz? Wozu? Oh, sagte er, Sie könnten zum Beispiel meinen Lauf kontrollieren, mit der Stoppuhr in der Hand; ich ernenne Sie zu meinem persönlichen Zeitnehmer. Wenn Sie mir die Zwischenzeiten zurufen, laufe ich inoffiziellen Rekord. Na? Es geht nicht, sagte Nora, ich bedaure, aber es geht nicht.

Er war nicht enttäuscht, er nötigte ihr einen Erfrischungsdrops auf und empfahl ihr, am nächsten Sonntag ins Stadion zu kommen, zu einem Städtevergleichskampf, von dem sehr viel abhing, und Nora versprach, es sich zu überlegen. Und dann vertraute er ihr an, daß er schon zweimal durchs Abitur gefallen sei, daß er sich vornehmlich von Haferflocken und gebackenen Bananen ernähre und daß er sich immer dann am wohlsten fühle, wenn nach einem alles fordernden Lauf die Kräfte allmählich zurückkehrten. Beim Stadion stieg er aus und ging sofort auf eine Gruppe von Halbwüchsigen zu und sprach sie an; Nora sah, daß sie gemeinsam lachten und zum Trainingsplatz hinter der Tribüne zogen.

In der Bücherhalle war ihr das Gesicht des Läufers noch niemals aufgefallen, so ausdauernd sie auch zurückdachte, sie konnte sich nicht daran erinnern, ihn im Leseraum oder vor ihrem Tisch gesehen zu haben. Wie leicht es ihr fiel, sich die Gesichter und die Stimmen ihrer Kunden zu vergegenwärtigen, ihrer regelmäßigen Gäste, die, wie es ihr manchmal vorkam, unter einer eigentümlichen Unzufriedenheit litten; mitunter mußte sie glauben, daß jede hingebungsvolle Lektüre am Ende eine Enttäuschung bereithält, einfach, weil die Höhe der Empfindung, zu der man im Buch gelangt, im sogenannten wirklichen Leben nicht zu erreichen ist.

Und wieder sah sie Uli vor ihrem Tisch stehen, so wie damals, als er zum ersten Mal unangemeldet in die Bücherei gekommen war, um sie abzuholen, kurz vor Dienstschluß. Sie konnte nicht mit ihm gehen, da an diesem Abend ein Vortrag stattfinden sollte, Stühle mußten geschleppt und in Reihen aufgestellt werden, auch war es nötig, die offenen Regale unauffällig zu bewachen, und sie sah Uli wie selbstverständlich Stühle tragen und das Vortragspult probeweise besteigen, geradeso, als gehöre er zu ihnen. Uli verstand sich gleich mit ihren Kolleginnen, am besten mit Erna, die ihm beibrachte, daß der Redner, Professor Hahn-Castelli, ein naher Freund des Chefs der Öffentlichen Bücherhallen war, weshalb jede Zweigstelle jährlich zumindest einen seiner Vorträge anzukündigen und zu ertragen hatte.

Zierfisch, flüsterte Uli ihr zu, als der Redner – schlohendes Silberhaar, rosige Haut, gelbe Krawatte zu schwarzem Hemd – das Pult geläufig in Besitz nahm und, den entlassenen Sätzen pausenreich hinterhersinnend, der Literatur ihre nobelste Aufgabe zuwies: also einen Beitrag zu leisten zur restlosen Erkennbarkeit des Menschen in seiner Welt. Während des Vortrags strömte ein Hauch von Kölnischwasser ins Auditorium. Obwohl Uli nicht stillsitzen konnte, ständig murmelte, seufzte und schnupperte – so vernehmbar, daß es Nora peinlich wurde –, hörte er sehr aufmerksam zu, und als Hahn-Castelli mit warnendem Unterton zur Diskussion einlud, war er der erste, der sich meldete. Er sitze zufällig unter sieben Bänden Proust, stellte er fest, und wenn er zum Beispiel diesen Autor recht verstanden habe, dann vermittle Literatur die Einsicht, daß der Mensch schließlich unerkennbar bleibt. Wenn's hoch kommt: vorläufige Gewißheiten. Gerade meint man frohlockend, daß eine Person sich dem Gedächtnis eingeprägt habe, da zwinge sie schon, durch wechselnde Eigenschaften, zur Korrektur. Alles Charakteristische sei doch nur begrenzt haltbar. Wenn aber jedes Wesen sich fortwährend ändert und zerfällt, dann könne es keine endgültige Identität erhalten. Er, Uli, sei der Ansicht, daß Literatur auch dies als Aufgabe anzusehen habe: die Unerkennbarkeit des Menschen zu bestätigen. Nach diesen Einwänden sah der Redner Uli so dringend an, als wollte er ihn gleich nach seinen Personalien fragen. Nora dachte daran, und sie dachte an Uli als Leser, der – und das hatte sie so oft erstaunt – meist nur das aus einem Buch bezog, was er schon ungefähr wußte oder was seinen Überzeugungen entsprach.

Die Kleingärten, sie fuhren bereits an den Kleingärten vorbei, vor den geheizten standardisierten Holzlauben hatten sommerlich gekleidete Leute Feierabend inszeniert, saßen beim letzten Bier, den ermüdeten Hund zu Füßen, jeder ein Monument der Muße.

Je näher sie der Stadt kamen, desto spürbarer wurde die Hitze im Bus, die Augenlider brannten, schwerer wurden die Gliedmaßen, weicher, eine Laschheit breitete sich aus, verwandelte den ganzen Körper, der wie eine Membrane das Vibrieren des Motors aufnahm und das Sirren der Reifen auf dem Asphalt. Nora erblickte einen Reitplatz, Ponies trugen kleine Mädchen über eine ausgetretene Bahn, sprangen über ein flaches rotweißes Hindernis, einige Pferde keilten übermütig aus. Hinter dem schütteren Stadtwald rollte der Bus über eine alte Brücke und fuhr nun neben einem Kanal dahin, dessen jenseitiges Ufer von dekorativem Gebüsch und Trauerweiden bestanden war; Kanus und Paddelboote hatten unter sanft pendelndem Geäst abendliche Verstecke gefunden.

Gegen ihren Willen stellte sie sich Uli im Krankenzimmer vor, sie sah sich selbst die Tür öffnen und auf ihn zugehen mit kurzen entschlossenen Schritten: vielleicht würde er den Kopf wenden bei ihrer Berührung, vielleicht würde ihr Blick ihn erreichen und ihn befähigen, die ersten Worte zu sagen, endlich das erste Wort, das, einmal befreit und gelungen, auch die andern Wörter aus der Gefrorenheit lösen müßte. Sie sah sich auf Ulis Bett sitzen und auf das Wort warten, mit einem einzigen Signal konnte er ihr Schuldgefühl aufheben, vielleicht auch den Klemmschmerz überwinden, der ihn selbst festhielt, und nun glaubte sie zu erkennen, wie er die Brust hob und Kraft sammelte und aufstaute und einen Augenblick erschrocken innehielt – so wie das Meer innehält vor einem unterseeischen Beben – und dann nur einen dumpfen, explosionsartigen Laut ausstieß, der in einem langgezogenen Zischen verebbte. Nora hörte ihren eigenen Aufschrei. Atemlos sah sie auf die Silhouetten der Passagiere. Niemand drehte sich zu ihr um. Sie hob die Tragetasche auf den Nebensitz, tauchte mit einem Arm hinein, fingerte sich bis zum Grund hinab und umspannte eines der Geleegläser, von dem eine wohltuende Kühle in ihre Hand strömte. Die Niedergeschlagenheit, die sie empfand, kam ihr vertraut vor; Nora hatte das Gefühl, sie in ähnlicher Lage schon einmal empfunden zu haben.

Am Froschkönigteich stieg sie aus. Im Arbeitszimmer von Frau Grant brannte bereits Licht, auch das

Treppenhaus war erleuchtet; Nora sah es von der Haltestelle aus und ging rasch, ohne sich ein einziges Mal auszuruhen, nach Hause. Daß sie so behutsam aufschloß – daß du dich auch heute so um Vorsicht bemühst, Nora, als wolltest du um jeden Preis unbemerkt bleiben, warum willst du nicht bekanntgeben, daß du nach Hause gekommen bist, zumal sie dich vielleicht schon erwarten, schon gehört haben? Sie ließ die Wohnungstür offenstehen, machte in allen Räumen Licht, brachte den Koffer ins Schlafzimmer und die Tragetasche in die Küche, trug verwelkte Blumen zum Abfalleimer, stieß das Fenster zum Garten auf – Frau Grant klopfte nicht, immer noch nicht. Mehrmals lauschte Nora ins Treppenhaus hinauf – Frau Grant, die ihre Anwesenheit längst hätte bemerkt haben müssen, kam nicht. Sie öffnete die Tür zum Garten, und jetzt hörte sie Stimmen, nicht zwei Stimmen im Gespräch, sondern eine lautstarke heitere Auseinandersetzung, Gelächter und Zwischenrufe, eine Gruppe schien da mit bissigem Vergnügen einen Streit auszutragen, ausschließlich Männerstimmen. Wurde sie gerufen? Nora trat in den Garten, sah zum Balkon hinauf und erkannte Frau Grant, die ihr zuwinkte und sie aufforderte, in ihre Wohnung zu kommen.

Ist er schon da? fragte Nora; sie erhielt keine Antwort, sie wurde eilig begrüßt und über die Schwelle gezogen und wortlos durch mehrere Räume bugsiert ins überladene Wohnzimmer, wo Frau Grant sie auf einen Sessel niederdrückte und zum Fernsehapparat zeigte: Meine Schüler, sagte sie, Oberstufe, die Sendung ist gleich zu Ende. Um was geht es, fragte Nora. Staatsverdrossenheit, sagte Frau Grant, das Thema heißt: Ist die Jugend staatsverdrossen?

Nora sah auf den Bildschirm und wurde gewahr, daß sich nichts festsetzen oder einprägen wollte, die Gesichter nicht, die Worte nicht, sie glaubte in eine helle

Landschaft zu blicken, in der es aus allen Richtungen sprach und dröhnte, wie zur Probe. Erst als sie die Augen schloß, konnte sie einige Stimmen voneinander unterscheiden, konnte sie Bruchstücke der Verhandlung aufnehmen, in der Frau Grants Schüler gerade ihren Verdacht ausspielten, daß fast jede parlamentarische Rede nur den Wert eines Alibis habe, ein Scheinprodukt sei; da man die notwendigen Entscheidungen längst getroffen habe, könne die nachgelieferte Rede ja wohl nicht dazu dienen, Schwankende zu bekehren, zu überzeugen; gerade dies aber werde der Öffentlichkeit vorgemacht. Die Schüler wollten wissen, ob man sie wirklich für so beknackt halte, den Redezirkus als letzte Spitze anzusehen, worauf ein Mann, der unentwegt zu lächeln schien, ihnen teilweise recht gab; auch er sei der Ansicht, daß parlamentarische Rede nicht dazu diene, den Gegner zu überzeugen; dennoch sei sie unerläßlich, um politische Haltungen zu rechtfertigen. Ob sich zur Not nicht alles rechtfertigen lasse, fragte ein Schüler verdrossen, und ein anderer pflichtete ihm bei: Genau da liegt die Scheiße, genau da – alles läßt sich rechtfertigen, was man schon daran sehen kann, daß kaum jemand Folgen zu tragen hat, wenn mal was echt in die Hose gegangen ist.

Frau Grant seufzte auf und schaltete den Apparat aus und schüttelte den Kopf in Bekümmerung. Wie die sich auslassen, sagte sie ratlos. Sie trat zu Nora und gab ihr noch einmal die Hand, holte jetzt die ausgefallene Begrüßung nach, musterte ihre Besucherin mit Freundlichkeit und fragte, ob sie ihr etwas anbieten dürfe, ein Glas Zitronenwasser, zum Beispiel; da hob Nora ihr eine Flasche Holundersaft entgegen und sagte: Von zuhause, ein Gruß von zuhause. Um Frau Grant eine Entschuldigung zu ersparen, bedankte Nora sich für den Anruf und bat um Verständnis für die Wißbegier ihres Vaters am Telephon; er sei es gewohnt, so direkte Fragen zu stellen. Ach mein Gott, sagte Frau Grant, das tu ich doch auch, das ist sogar meine Spezialität. Dann bat sie doch um Entschuldigung für die telephonische Störung draußen; sie habe es nur gewagt, weil Doktor Nicolai sie persönlich angerufen habe, offenbar sei etwas Wichtiges zu beschließen oder in Erfahrung zu bringen, vor allem aber habe sie den Eindruck, daß dieser junge Arzt bei der Betreuung von Herrn Martens sehr viel mehr tue, als allgemein üblich sei. Sie vermute persönliche Anteilnahme oder besonderes Interesse am Fall.

Und dann beschrieb sie Doktor Nicolai in seiner Art des Auftretens und Sprechens, verschwieg ihr Erstaunen bei der ersten Begegnung nicht, ließ sogar durchblicken, daß er ihrer Vorstellung von einem Arzt zunächst nicht genügte, doch das erwähnte sie nur, damit das, was sie zu seinen Gunsten sagte, um so nachdrücklicher für ihn sprach. In der Hellhörigkeit ihrer Unruhe merkte Nora, was da ihr zuliebe hineingewirkt wurde in das Bild, dennoch empfand sie ein wachsendes Zutrauen zu dem Mann, der sie außerhalb seines Dienstes aufsuchen wollte.

Ich werde einen Tee machen, sagte Nora, ich werde uns allen einen Tee machen. Nicht für mich, sagte Frau Grant bedauernd und erklärte, daß sie selbst Besuch erwarte, Kollegenbesuch, der gewiß schon unterwegs sei. Sie brachte Nora zur Tür, sie hielt auf dem kurzen Weg ihre Hand und nickte ihr zum Abschied zu, weniger mutmachend als erwartungsvoll, und Nora fühlte sich aufgehoben. Sie fühlte sich aufgehoben in der Wärme dieser Frau, fühlte sich aber auch ihrer Erwartung verpflichtet. Frau Grant schloß die Tür so behutsam, daß es kaum zu hören war.

Nachdem sie gedeckt und den Tee aufgegossen hatte, gelang Nora nur noch dies: dazusitzen und auf das Läuten zu warten. Sie beobachtete sich, sie korrigierte einige Male die sanfte Demutshaltung, in die sie verfiel, sobald ihre Gedanken abschweiften. Immer klarer regte sich in ihr der Wunsch nach einer Zeit der Ereignislosigkeit; ohne Erschütterungen zu leben, am Rande, in Verhältnissen, die nicht fortgesetzt Entscheidungen nahelegten – das, dachte sie, müßte Glück sein. Die unruhigen Kapitel der letzten Jahre kamen ihr, auch wenn sie sie gelassen bewertete, entbehrlich vor. Sie fühlte sich weder der Forderung gewachsen, ständig in Startlöchern zu kauern, noch von der Vorstellung angezogen, ähnlich wie Uli nach einem Prinzip der Vorläufigkeit zu leben. Er, das wußte sie, bezog seine Sicherheit daraus, daß er jederzeit das Recht für sich beanspruchte, neu zu wählen, umzukehren, zu widerrufen, wobei er darauf achtete, daß der jeweils neue Entschluß schon wieder den grundsätzlichen Vorbehalt enthielt; die Ruhe indes, die sie sich wünschte, setzte etwas anderes voraus: die Einwilligung nämlich, sich nicht nur unbefristet, sondern auch vorbehaltlos festzulegen.

Als es läutete, ging Nora gefaßt zur Tür, sie empfand sogar eine zaghafte Neugierde auf Ulis Arzt. Das einzige, was sie im letzten Augenblick für sich beschlossen hatte, war, keine Mitteilung zu machen, die über das Nötigste hinausging.

Er stand vor ihr mit offenem Hemd, eine knappe Windjacke über die Schulter gehängt. Er lobte die Stille der Straße und den großzügigen Zuschnitt der alten Wohnungen. Er nahm gern einen Tee, er probierte das Apfelgelee, das Nora auf den Tisch gebracht hatte, indem er es mit kalkuliertem Schwung auf das Knäckebrot kleckste; das Gelee erinnerte ihn an Ferien auf dem Lande. Auf die Bücherregale mochte er nur mit Kummer blicken, sie hielten ihm lakonisch seine Versäumnisse vor oder doch mißglückte Vorsätze. Und plötzlich sagte er: Sie wissen, warum ich komme. Ja, sagte Nora. Da legte Doktor Nicolai den Kopf zurück und sah sie einen Augenblick prüfend an, als sei er unsicher, wieviel er ihr zumuten dürfe, und sagte in sachlichem Ton: Wir bitten Sie um Ihre Hilfe. Wir kommen nicht weiter; jetzt hängt vieles von Ihnen ab. Nora war so wenig überrascht, daß sie ohne Zögern zustimmte und sich aufsetzte wie in prompter Bereitschaft: Gewiß, bitte, sagen Sie nur, was ich tun soll.

Statt ihr gleich zu erklären, welche Art der Hilfe er von ihr erwartete, bot er ihr zunächst ruhig einige allgemeine Erfahrungen an, als müßte er seine Bitte von Grund auf rechtfertigen. Er machte sie mit den Folgen des Sprachausfalls bekannt, schilderte die verschiedenartigen Reaktionen des Patienten auf diesen unerhörten Verlust und begründete, warum die Aphasie vor allem als seelisches Ereignis empfunden wird, als seelische Katastrophe, und leise fügte er hinzu: Sprachverlust, das ist nicht weniger als Weltverlust.

Nora hörte ihm aufmerksam zu; mitunter verlor sich ihr Blick wie im Nachdenken, ihr offener Blick, der bereit schien, sich über alles auszutauschen. So, wie sie das Gesagte entgegennahm, machte sie den Eindruck, als ertrüge sie es ohne besonderen Aufwand an Kraft oder an Haltung, bis hierher zumindest; denn als Doktor Nicolai auf das Befinden von Herrn Martens zu sprechen kam – immer noch sachlich, ohne die Stimme zu verändern –, legte Nora beide Arme auf die Sessellehnen und umschloß sie fest mit ihren Fingern. In gespannter Bereitschaft dasitzend, erfuhr sie, daß Uli sich rascher erhole, als alle geglaubt hatten. Bisher, sagte Doktor Nicolai, hat noch keiner unserer Patienten sein Gleichgewichtsgefühl in so kurzer Zeit wiedererworben wie Herr Martens. Keiner konnte so früh mit der Gehschule beginnen, ohne Parallelstangen oder Wagen, nur mit einem Stock. Fast habe er in den sogenannten einfachen Dingen des täglichen Lebens seine Unabhängigkeit zurückerlangt. Ohne Zweifel gehöre Herr Martens zu jenen wenigen Fällen, bei denen kein größerer rehabilitativer Aufwand nötig ist, um entscheidende Besserungen zu erreichen; allerdings treffe dies nur auf seinen körperlichen Zustand zu.

Während der Arzt ihr freimütig den Befund erläuterte, spürte Nora zunehmenden Druck auf den Schläfen, ihr Atem beschleunigte sich, sie hatte das Gefühl, daß ihr einige Sätze entgingen, und sie sah sich neben Uli in schnell wechselnden Bildern, Hand in Hand vor einer Kinoleinwand, zusammengekauert in einem Ruderboot bei Gewitter, auf den sonnenwarmen Trümmern des gesprengten U-Boot-Bunkers und vor seinem Lieblingskiosk am Rande des Busbahnhofs, wo er zur Bratwurst regelmäßig heißen Kaffee bestellte; und plötzlich hörte sie sich fragen: Wie lange, wie lange wird es wohl dauern? Für einen Augenblick sah der Arzt sie nachdenklich an, dann sagte er: Herr Martens steht unter einem schweren seelischen Trauma. Jetzt kommt viel darauf an, daß seine Beziehungen erhalten bleiben. Er braucht das Band, die Brücke, das Zeichen von außerhalb seines Verlustes. Er braucht Ihre Hilfe.

Doktor Nicolai unterbrach sich, zog aus einer Tasche seiner Windjacke einen zerdrückten Brief hervor, den er Nora hinhielt: Hier, den soll ich Ihnen von Herrn Martens bringen, er hat ihn selbst geschlossen. Nora befühlte den Brief, bevor sie ihn öffnete, betastete eine unebenmäßige Schwellung, einen Gegenstand, den sie unter glättenden Bewegungen zu erraten suchte, doch sie gab es bald auf und verharrte unsicher, als brauchte sie zum Öffnen des Briefes eine besondere Erlaubnis.

Einiges gelingt schon, sagte der Arzt, kurze Erinnerungen, Beschreibungen, bekenntnishafte Sätze; Sie können sich überzeugen. Nora riß den Umschlag an der Seite auf, hielt ihn schräg und ließ einen blitzenden Gegenstand herausgleiten: einen gläsernen Fisch, den sie auffing und ins Licht hielt; es war ein Phantasiefisch, durch dessen Lippen ein Ring gezogen war und der in seinem Innern einen kleinen Fisch beherbergte, einen schlanken torpedoförmigen Körper mit rubinrotem Auge. Ein Anhänger, sagte der Arzt. Ja, sagte Nora und legte den Fisch beklommen auf eine Papierserviette und schüttelte aus dem Umschlag einige beschriebene Notizblätter heraus, die sie hastig las und gleich noch einmal las, dann auf dem Tisch nebeneinanderlegte, mischte, verglich und schließlich zitternd zusammenschob. Nicht wahr, sagte Doktor Nicolai, einiges gelingt schon. Diese Schrift, sagte Nora. Was ist damit? fragte der Arzt, und Nora wiederum: Ein anderer, als ob ein anderer das geschrieben hat.

Es ist die Not des Anfangs, sagte der Arzt, und für einen Anfang ist es erstaunlich genug: jedes Wort ist gerichtet, alles ist für Sie bestimmt. Nora legte noch einmal die Notizblätter auseinander, las oder versuchte zu lesen, schloß immer wieder, bewegt von leisem Schmerz, die Augen und schüttelte den Kopf und sagte: Mein Gott, das versteh ich nicht; es tut mir so leid, aber ich versteh es nicht. Ruhig nahm Doktor Nicolai die Blätter an sich, er fragte nicht um Erlaubnis, setzte einfach voraus, daß Nora damit einverstanden war, wenn er ihr den Text auslegte; mit zurückgenommener Stimme las er ihr die wenigen unvollendeten oder verstümmelten Sätze vor und nickte mehrmals wie zur Selbstbestätigung: ja und ja, nur das kann gemeint sein. Und dann wiederholte er Ulis Aufforderung und seine Bitte, wobei er offensichtlich die fehlenden Worte im Augenblick erfand oder deplacierte Worte von sich aus ersetzte, und ohne sich zu vergewissern, ob Nora nun den Inhalt des Briefes verstanden hatte, sagte er: Es ist eine dringende Bitte; anscheinend hat Herr Martens Ihnen etwas mitzuteilen, das Sie beide betrifft – ich weiß es nicht, doch ich glaube es. Sie können ihm helfen, vermutlich können Sie ihm im Moment mehr helfen als jeder andere.

Nora ließ ihre Arme sinken und umfaßte wieder die Stuhllehne, beiläufig, als sollte es nicht bemerkt werden. Eine Weile saß sie wie abwesend da, und plötzlich fragte sie: Wird es ihn verändern? Was? fragte der Arzt. Die Krankheit, sagte Nora, wird sie sein Wesen verändern? Der Arzt blickte sie schweigend, ohne Überraschung an, vielleicht hatte er diese Frage erwartet, vielleicht hatte sie ihm nur eine Bestätigung gebracht für seine Vermutungen. Er nahm den Anhänger in die Hand, wog ihn, hielt ihn gegen das Licht; die Konturen des eingeschlossenen Fisches traten jetzt, als dunkler Glanz, klar und bestimmbar hervor. Ich selbst habe ihn vom Schlüsselbund gelöst, sagte Doktor Nicolai, nicht erst heute. Herr Martens bat mich darum. Ich habe ihn nicht gleich verstanden, doch er wünschte von Anfang an, daß Sie den Anhänger erhalten; es war ihm wichtiger als alles andere.

Draußen im Hausflur erhoben sich Stimmen zu aufwendiger Begrüßung, das rief und gellte und prustete, es gab immer neuen Grund zum Gelächter, und noch auf der Treppe suchten sich die Stimmen an Fröhlichkeit zu überbieten. Als es wieder still war, reichte der Arzt Nora den Glasfisch hinüber und forderte sie durch eine sanfte Geste auf, ihn bei sich zu behalten und genauer zu betrachten.

Nora begann zu weinen, sie weinte beherrscht und fast lautlos, und Doktor Nicolai stand auf und ging ans Fenster und sagte von dorther: Ich weiß, wie Ihnen zumute ist, weiß auch, wie schwer es ist, sich in diesem Zustand zurechtzufinden. Glauben Sie mir, ich verstehe Sie. Wir sind angewiesen auf unsere Imagination, durch sie erfahren wir unsere Möglichkeiten, durch sie werden wir aber auch zurückgeworfen auf uns selbst. Vielleicht liegt darin ihr Geheimnis, daß sie uns zugleich befreit und gefangensetzt. Er ging zu ihr und berührte sie an der Schulter. Er entleerte die Taschen seiner Windjacke, brachte eine Pfeife zum Vorschein, eine Ausweishülle, Feuerzeug, Lederetui, schließlich ein Päckchen Papiertaschentücher, das er aufriß und Nora hinhielt. Bitte, sagte er, nehmen Sie. Da Nora zögerte, legte er das Päckchen in ihre Hand und nickte ihr ermunternd zu: Bis morgen also. Nora empfand den Wunsch, ihm sogleich fest zu versprechen, was er von ihr erwartete, rasch und endgültig, er sollte dies Versprechen mitnehmen, doch als sie zu ihm aufsah, als sie erkannte, daß er sich schon rückwärts zur Tür bewegte, gelang ihr nur ein wortloser Dank.

Nachdem er gegangen war, setzte sie sich auf denselben Platz und überließ sich einem Gefühl von Erleichterung und Erweiterung, es kam ihr so vor, als habe sie mit dieser letzten Einweihung in Ulis Unglück bereits eine Annäherung eingeleitet; das Wissen, das sie gerade erworben hatte, verstärkte jedenfalls die Sehnsucht, alles zu ordnen und zu lösen, mit dem Ziel, das Vertrauen zu sich selbst wieder herzustellen. Dies Verlangen nach Grenzen, nach einfachen, klaren Grenzen. Dieser hartnäckige Wunsch nach Übereinstimmung. Sie beugte sich über den Fisch im Fisch. Sie schob die Notizblätter auseinander und las die Worte, die ihr entgangen waren, blickte mit unvermuteter Gelassenheit auf die schiefen, kippenden Buchstaben, auf dieses kleine mühselige Werk, dem noch alle Anspannung und Erbitterung anzumerken war. Es war an sie gerichtet, es begann mit ihrem Namen. Wie leicht sich ihr der unvollkommene Text jetzt erschloß: Uli bat sie, in seine Wohnung zu ziehen und dort auf ihn zu warten. Sie erschrak. Sie sah hilflos zur Tür und las dann und deutete den Text noch einmal, aber da dunkelte sich nichts ein, hob sich nichts auf, sie hatte im ersten Augenblick das Entscheidende verstanden, und sie starrte nur auf das Blatt und spürte, wie sich alles zusammenzog zu schmerzhafter Undurchdringlichkeit.

8

Überall in der ganzen Nachbarschaft läuteten an diesem Morgen die Telephone, Nora hörte es durch die offenen Fenster und Balkontüren; sogar von der anderen Seite des Gartens läutete es herüber, mahnte und schien zu einer einzigen Verabredung zu rufen. Sie konnte sich nicht gegen die Vorstellung wehren, daß all die Anrufe einem einzigen Ereignis galten: da wurde – glaubte sie – weitergesagt, beratschlagt, abgestimmt, ein Ring schloß sich, ein Preis wurde ausgehandelt; und als plötzlich ihr eigenes Telephon läutete, erschrak sie überhaupt nicht und hob den Hörer ohne Verblüffung ab. Es war falsch verbunden.

Sie ging ins Schlafzimmer, stürzte den Wäschepuff um und sortierte und zählte die schmutzigen Kleidungsstücke, trug sie in eine vorgedruckte Liste ein und band sie in einer Tischdecke zusammen, die von alten Rotweinflecken gezeichnet war. An den Zipfeln schleifte sie die Wäsche in den Flur. Sie goß sich Kaffee auf, nur eine Tasse, die sie stehend in der Küche trank und danach gleich auswusch und wegstellte. Bei dem Versuch, den Ausguß trockenzuwischen, fielen aus dem zusammengelegten Lappen gequollene Teekrümel, die klebrig die stählerne Spüle sprenkelten. Nora schwemmte sie mit dem Strahl fort. Auf der Fensterbank, von der Gardine halb verborgen, entdeckte sie eine von Ulis Zigarettenschachteln; sie öffnete die Schachtel, schnippte die letzte Zigarette heraus, zerdrückte sie und warf beides in den Abfalleimer. Dann wusch sie sich abermals und zog die sehr leichte dunkelblaue Kostümjacke an und befestigte die Brosche auf dem Aufschlag, die Granatbrosche, die schon Ulis Großmutter getragen hatte.

Als sie sich an den Schreibtisch setzte, war alles überdacht und festgelegt. Sie hatte sich entschieden, nur auf Ulis Bitte zu antworten; er sollte lediglich erfahren, warum es ihr nicht möglich war, in seine Wohnung zu ziehen – keine umfassende Selbstdarstellung, keine Rechtfertigung. Lieber Uli, schrieb sie, und dankte für den gläsernen Fisch und für sämtliche Nachrichten, die Doktor Nicolai ihr gebracht hatte, sie nannte sie tröstliche Nachrichten. Schon zögerte sie. Sie stellte sich vor, wie Uli den Brief öffnen und lesen würde, das erste Zeichen, seitdem das Unglück geschehen war, sie sah seine Erregung und Erwartung und dann, nach erster hastiger Lektüre, die unweigerliche Enttäuschung. Starre überfiel sie, die gewohnte Starre der letzten Tage. Sie spürte, was er von ihr erwartete, und merkte, daß sie sich mit jedem Satz von der Wahrheit des Ereignisses entfernte, und nicht nur dies: je angestrengter sie umging und verschwieg, was er erfahren wollte, desto fühlbarer wurde es als Nichtgesagtes. Sie beschloß, den Brief noch einmal zu beginnen.

Unter Schnellheftern und Zeitungsausschnitten schaute der Rand des Finnland-Prospektes hervor, im Ausschnitt waren einige Stämme des birnenförmigen Holzfloßes erkennbar, das ein altmodischer Schlepper über die Seen zog. Ein einziges Mal waren sie gemeinsam verreist, planlos, für ein verlängertes Wochenende auf die Halligen. Nora dachte an das Privatquartier, das sie schließlich mit Mühe fanden, an das klamme Doppelbett in einem Haus neben einem verfallenen Leuchtturm. Die kümmerliche Hecke, der der Wind seine Ausdauer bewies. Der bescheidene Garten, in dem eine Feierabendbank umsonst wartete. Die beiden alten Menschen mit ihrem alten, verfetteten Hund, den sie Bootsmann nannten. Zuerst beachteten sie es nicht weiter, daß die Frau sich jedesmal stumm zurückzog, sobald der Mann erschien und sich zu ihnen setzte, und es besagte ihnen auch nichts, daß der Mann sich regelmäßig verabschiedete, wenn die Frau ihnen das Essen brachte; als ob sie sich an eine Abmachung hielten, wichen ihre beiden Gastgeber einander aus, ohne sich auch nur ein einziges Wort zu gönnen.

Am Abend vor ihrer Abreise, bei dem Versuch, die alten Leute zu einem gemeinsamen Abschiedstrunk einzuladen, erklärte ihnen der Mann bereitwillig, warum sie nicht zusammensitzen könnten: ein Landverkauf, den er heimlich, jedenfalls ohne Wissen seiner Frau vorgenommen hatte – es war angeblich gerade soviel, um ein totes Pferd zu begraben –, war der Grund für die erste Auseinandersetzung ihres Lebens gewesen; seither gingen sie sich aus dem Weg und brauchten ihre Zeit, wie er sagte, in bestem Schweigen auf. Genugtuung war in seiner Stimme, als er feststellte, daß das Schweigen bereits neun Jahr dauerte, jeder hatte seinen Teil übernommen, es gab Verlaß aufeinander, ja, manches funktionierte noch besser als in der Zeit, in der sie Worte machten. Wo es unumgänglich war, schrieben sie sich kurze Mitteilungen auf einen Abreißkalender, ohne Anrede, ohne Unterschrift. Nora erinnerte sich, daß die Alten beim getrennten Abschied die gleichen Worte gebrauchten, um ihnen eine gute Heimreise zu wünschen, und sie sah, wie beide den steifbeinigen Hund verwöhnten, schnell, hinter dem Rücken des andern.

Lieber Uli, schrieb sie, und wiederholte die Anfangssätze der ersten Fassung, eilig und sogleich auch einverstanden damit, daß ihrem Brief Eile anzumerken war; er sollte sehen, wie wichtig sie seinen Wunsch nahm. Sie erwähnte nicht, wie sehr dieser Wunsch sie erstaunt oder, was ihrer Reaktion eher gleichkam, erschreckt hatte, und für sich selber wagte sie kaum daran zu denken, welcher Umstand diesen Wunsch gefördert hatte; schonungsvoll versuchte sie lediglich zu begründen, warum es ihr vorerst nicht möglich war, ihre eigene Wohnung aufzugeben und zu ihm zu ziehen. Doch die Gründe, die sie nannte – das gute Verhältnis zu ihrer Wirtin, die Angst vor dem Umzug, die Schwierigkeiten, sich in ungewohnte Umgebungen auf Dauer einzuleben –, kamen ihr selbst wie geborgt und unzureichend vor; noch während sie sie aufzählte, spürte sie, daß es Verlegenheitsgründe waren. Und plötzlich erkannte sie zum ersten Mal mit einer Schärfe, die sie stocken ließ, wovor sie sich fürchtete: es war der Augenblick seiner Rückkehr. Dieser Augenblick drängte sich auf einmal gewaltsam auf. Sie sah sich selbst in Ulis Wohnung: alles ist für seine Rückkehr gerichtet, unfähig, irgend etwas zu tun, wartet sie nur auf das Klingelzeichen an der Tür, und dann, als sie alle verbliebenen Entwürfe erschöpft hat, klingelt es, und sie stürzt nicht, sie wankt zur Tür, öffnet und sieht ihn auf einen Stock gestützt dastehen, mit einem bekümmerten Lächeln, das seine Erfahrung zusammenfaßt, und während sie ihm beide Arme entgegenstreckt, macht er einige Schluckbewegungen, verzögert, wie ein großer Vogel, richtet sich hoch auf und tritt stumm auf sie zu.

Sie konnte den Brief nicht zu Ende schreiben, nicht jetzt, sie mußte sich zusammennehmen, um den Augenblick auszuhalten, der ihr bevorstand, vielleicht von Anfang an bevorstand, doch nicht mit dieser Unausweichlichkeit und Schärfe. Nora schob das Schreibpapier unter die Schnellhefter und Zeitungsausschnitte, trat auf die Gartentreppe hinaus und schloß, geblendet vom Sonnenlicht, die Augen. Im Nebenhaus arbeitete ein Staubsauger, das hohe Singgeräusch, das immer wieder von schlagartigen Lauten und röchelndem Zischen unterbrochen wurde, teilte sich vibrierend der Luft mit. Auf einem Balkontisch stand ein

Transistorradio; der Sprecher verlas die Angebote eines Veranstaltungskalenders, Kammerkonzert im Haus des Kurgastes, Lichtbildervortrag über Galapagos. Sie schloß die Tür zum Garten und ging ins Badezimmer, drehte den Wasserhahn auf und hielt die Hände in den Strahl.

Aus der Ferne hörte sie eine Türglocke, einmal und noch einmal, es war ihre Glocke, die rief. Nora sah auf die Uhr, trocknete sich hastig die Hände ab und nahm auf ihrem Weg zur Tür Tasche und Einkaufsnetz auf, gerade, als sei sie im Begriff, ihre Wohnung zu verlassen. Zwei Männer blickten sie überrascht an, entschuldigten sich, zwei ernste Männer ungleichen Alters, die Frau Grant sprechen mußten, zwei Kollegen von Frau Grant, wie Nora sie einschätzte; der Ältere trug eine Aktentasche. Sie stiegen die Treppe hinauf und drückten die Klingel, sie blickten nicht mehr zu Nora hinab, sondern sahen nur einander an, schweigend, erwägend, so lange, bis sie offenbar Schritte hörten, da traten sie zurück. Die Begrüßungsworte konnte Nora bei angezogener Tür auf ihrem Flur verstehen. Frau Grant forderte den Besuch auf, einzutreten, sie zeigte sich überrascht, aber auch erfreut über das unerwartete Erscheinen der beiden Männer und stellte ihnen einen Rest Kaffee in Aussicht; dann fiel oben die Tür ins Schloß, und Nora ging in ihre Wohnung zurück. Sie hängte ihre Sachen an eine Stuhllehne und massierte vor dem Spiegel leicht ihre Schläfen und kämmte sich. Nachdem sie eine Beruhigungstablette genommen hatte, beschloß sie, Uli aus der Bibliothek zu schreiben, sie wollte ihm vorschlagen, mit allem bis zu seiner Rückkehr zu warten und das, was sie gemeinsam betraf, auch gemeinsam zu entscheiden. Nach der Arbeit, so nahm sie sich vor, wollte sie den Brief selbst im Krankenhaus abgeben.

Über ihr, in Frau Grants Wohnung, mußte etwas

geschehen sein; sie glaubte, einen Aufschrei gehört zu haben und ein polterndes Geräusch; jetzt konnte sie kurze Schritte ausmachen und ein Scharren und Rukken. Nora überlegte, ob sie in den Garten laufen und zum Balkon hinaufrufen sollte, nichts Bestimmtes, nur Frau Grants Namen, doch als sie einen Ruf im Hausflur hörte, lief sie zur Wohnungstür. Der jüngere der beiden Männer kam die Treppe herab, bei ihrem Anblick nickte er Nora beschwichtigend zu, es geht schon, keine Sorge, und als müßte er seinen Fortgang begründen, schüttelte er einen Autoschlüssel aus einem Etui. Ist etwas passiert, fragte Nora. Ein Unglücksfall, sagte der Mann. Nora umfaßte das Geländer. Frau Grant? fragte sie leise, und der Mann darauf, erbittert: In der Schule. Einer unserer Schüler. Er lenkte Noras Blick nach oben, gab ihr zu verstehen, daß die Tür offenstand und sie sich selbst Gewißheit verschaffen könnte. Bevor er sich zum Ausgang wandte, sagte er: Es spricht gegen uns alle, so etwas fällt auf uns alle zurück.

Sie klopfte nicht an, sie drückte die Tür, die nur angelehnt war, auf und ging über den Korridor ins große Wohnzimmer, wo ihr sogleich der Mann entgegentrat, den sie kannte, hilfsbereit. Ja, fragte er, bitte? Nora sagte nichts, sie blickte auf Frau Grant, die erschlafft in einem Sessel lag, schluchzend. Ihr Gesicht, das einen eulenhaften Ausdruck angenommen hatte, war verschmiert, eine dünne Schleimfahne glänzte auf der Oberlippe, das helle Kleid hatte sich hochgeschoben und ließ über den Kniestrümpfen ein Stück ihrer verfetteten, dellenreichen Schenkel erkennen. Unter verklebten Wimpern starrte sie auf eine Thermoskanne, um die herum dünnwandige Kaffeetassen versammelt waren, sie schien nichts wahrzunehmen, beachtete weder den Mann noch Nora, hatte kein Empfinden mehr übrig für das Bild, das sie selbst bot.

Nora zitterte, einem spontanen Wunsch folgend, streckte sie die Hand aus, wollte den hochhackigen Schuh aufheben, den Frau Grant abgestreift hatte, wollte ihn über den Fuß stülpen, über die Zehen, zwischen denen zwei Wattebäuschchen hervorschimmerten; doch anstatt sich nach dem Schuh zu bücken, trat sie ganz nahe an den Sessel heran, sah, als ob sie sie begutachtete, einen Moment auf ihre eigenen Hände und strich dann, furchtsam beinahe, über Frau Grants Haar und brachte eine herabgefallene Strähne hinters Ohr. Es gelang ihr nicht, auch nur ein einziges Wort zu sagen; alles, was sie jetzt aufbringen konnte, war diese unbeholfene, fahrige Zärtlichkeit. Ihr war zumute, als hätte sie gerade einen Verlust erlitten.

Nora reagierte nicht auf die Verständigungsversuche des Mannes, der sich jetzt neben und hinter ihr bewegte und darauf aus war, ihr seine Dankbarkeit zu zeigen, sie drehte sich auch nicht zu ihm um, als er ihr flüsternd, stichwortartig, beibrachte, daß ein Unglück geschehen war, von dem sich Frau Grant besonders betroffen fühlte – ein Schüler, einer ihrer ehemaligen Schüler. Sie sah die Photographie eines breithüftigen Jungen vor sich, der auf der ersten Stufe einer Freitreppe stand, wohlgenährt, mit lethargischer Leidensmiene. In einer Hausruine, flüsterte der Mann, er wurde in einer Hausruine gefunden nach längerer Suche; wer kann nur so etwas tun.

Plötzlich richtete sich Frau Grant auf, strich ihr Kleid glatt, zog den Schuh an, suchte nach ihrer Handtasche. Mit einer mechanischen Geste bat sie Nora und den Mann, sich zu setzen, nickte zur Thermoskanne hinüber und stellte ihnen frei, sich zu bedienen. Als sie sich erhob, war der Mann schon neben ihr, um sie zu stützen, doch sie schüttelte den Kopf und ging mit erhobenem Gesicht an ihm vorbei, auf den Korridor hinaus, ins Badezimmer. Es hat sie sehr getroffen, sagte der Mann nach einer Weile, und da Nora schwieg: Es ist ihr sehr nahe gegangen. Er setzte sich auf eine Sessellehne, setzte sich so, daß er den Korridor im Auge behielt, und immer noch flüsternd und stockend vor Empörung, vertraute er Nora seine Kenntnisse an, Einzelheiten, die er Frau Grant offenbar bisher noch nicht mitzuteilen gewagt hatte. Und Nora erfuhr, daß es in einer Hausruine passiert sei, in der Ruine eines Bauernhauses, der Junge habe dort seit mehreren Tagen gelegen; der Fundort, so habe die Polizei festgestellt, sei identisch mit dem Ort des Verbrechens. Erwürgt, murmelte er, der Junge sei erwürgt worden mit einer Drahtschlinge. Die Polizei schließe nicht aus, daß er Mitwisser irgendeiner Tat geworden sei, ein unerwünschter Zeuge, der vermutlich zu etwas gezwungen werden sollte. Im Strumpf, unter seiner Fußsohle, habe man Geld gefunden, eine erhebliche Summe. Hubert? fragte Nora in eine Pause hinein, und der Mann darauf: Hubert Beutin, einer meiner Schüler. Sie kennen ihn? Nein, sagte Nora, nicht persönlich. Zeichenhaft fragte sie an, ob sie Kaffee einschenken solle, doch der Mann winkte ab. Im Arbeitszimmer von Frau Grant läutete das Telephon, sie meldete sich nicht, auch Nora hob nicht ab, obwohl jedes Läuten sie zusammenzucken ließ.

Fast gleichzeitig mit Frau Grant kehrte der jüngere Lehrer zurück, er habe getankt, sagte er, das Auto stehe vor der Tür, er sei bereit, zu fahren. Sie umstanden die Frau, die unentschieden verharrte, weniger in Gedanken beschäftigt als betäubt und willenlos und schweratmig, und die beiden Männer trauten sich nicht zu, sie zum Aufbruch aufzufordern. Ruhig standen sie da. Und dann warf Frau Grant den Kopf zurück und machte einen Schritt zu Nora hin, nahm ihre Hand und sah sie aus wäßrigen Augen an. Danke, sagte sie, und fügte leise hinzu: Sie haben mir sehr geholfen.

Nora glaubte, ein anderes Gesicht vor sich zu sehen, es enthielt nicht mehr den lange gültigen Ausdruck von Offenheit und Selbstzutrauen, es lag nicht mehr dieser helle Schimmer auf ihm, den sie gewohnt war; vielmehr hatte sie den Eindruck, daß Frau Grants Gesicht seine Symmetrie eingebüßt und sich in kurzer Zeit verzogen und vergröbert hatte. Wenn es Nora möglich gewesen wäre, hätte sie ihre Wirtin versteckt aufgefordert, die Augenbrauenbürste zu benutzen und etwas Puder zu nehmen, aber sie schwieg, erschauerte unter einem Gefühl von Leere, von bedrohlicher Leere, das sie unfähig machte, den Händedruck zu erwidern. Vermutlich hätte es keinen der Männer erstaunt, wenn sie in der fremden Wohnung allein zurückgeblieben wäre, als Hüterin oder Vertraute; schon die kurze Begegnung zwischen der Schulleiterin und Nora hatte ausgereicht, um das besondere Verhältnis erkennen zu lassen, das sie beide verband; doch als sie hinausgingen, ging Nora mit. Sie erinnerte Frau Grant daran, die Wohnungstür abzuschließen, stieg als letzte die Treppe hinab und ging, als ob sie dazugehörte, mit nach draußen zu dem bereitstehenden Auto; es war das Auto ihrer Wirtin. Wie steif sie ist, wie ungelenk, dachte Nora; der ältere Lehrer hatte zu tun, Frau Grant auf den hinteren Sitz zu bugsieren, wo sie zusammensackte und abweisend vor sich hinstarrte, unempfänglich für das kleine zaghafte Signal, das Nora ihr zum Abschied gab; nur der jüngere Mann nickte ihr zum Abschied kurz zu, bevor er anfuhr. Obwohl sie sah, daß ihr Winken nicht erwidert wurde, winkte sie dem Wagen hinterher.

Wieder allein in ihrer Wohnung, überlegte sie, ob sie nicht zunächst einmal Frau Grants Rückkehr abwarten müßte, ehe sie sich zu etwas entschloß. Gerade weil Frau Grant sich nicht wie sonst von ihr verabschiedet hatte, schien sie es womöglich zu erwarten, rechnete vermutlich mit ihrer Anwesenheit. Doch wie lange sollte sie warten? Nora hielt es nicht für ausgeschlossen, daß Frau Grant erst am Nachmittag zurückkehrte, so lange wollte oder konnte sie nicht in ihrer Wohnung bleiben. Etwas war ihr zugefallen, etwas hing von ihr ab, was sie mit einer unbestimmten Genugtuung erfüllte, mit einer fühlbaren Sicherheit, die gerade im Entstehen war.

Sie ging in die Küche und setzte Wasser auf und begann den kleinen Ausziehtisch für sich selber zu decken, wie seit langem nicht, sie füllte sogar Butter aus dem Paket und Apfelgelee aus dem Glas in bemalte Porzellanschälchen ab und gab dem Toaströster den Vorsitz über den Frühstückstisch. Einzelnes – den Salzstreuer, die Zuckerdose – nahm sie in die Hand und betrachtete es wie etwas Wiederentdecktes. Sie hängte die Kostümjacke über eine Stuhllehne und setzte sich und nahm sich vor, Frau Grant bei nächster Gelegenheit zum Frühstück einzuladen. Das Telephon ging. Erna, dachte Nora, Ernas Bestellung, Vollkornbrot und Scheibenkäse; wird alles ausgeführt, wenn auch mit geringer Verspätung.

Martens, sagte eine höfliche Stimme. Wer? fragte Nora. Hier spricht Martens, Frank Martens, Ulrichs Bruder. Er schien die Verblüffung vorausgesehen, das Schweigen erwartet zu haben, denn er sprach gleich weiter, entschuldigte sich übermäßig für die Störung, bat um Verständnis für seine Zwangslage und ließ durchblicken, daß er nach allem, was ihm zugestoßen war, seine letzte Hoffnung auf Nora setzte. Ja, sagte Nora.

Er sei ganz in ihrer Nähe, sagte er, in einer Telephonzelle, vor wenigen Minuten habe er Nora gesehen, eben noch, als sie einem Auto hinterherwinkte, nun blicke er auf ein Kellergeschäft, das ihr möglicherweise bekannt sei. Ja, sagte Nora, erwog rasch, ob sie hinzusetzen sollte, daß sie sich gerade im Aufbruch befinde, beließ es jedoch beim Ja. Jetzt schwieg er einen Augenblick, geradeso, als müßte er sich mit einer unerwarteten Entscheidung abfinden.

Liebe Frau Fechner, sagte er dann, ich will Sie nicht lange aufhalten, ich möchte Sie um Ihre Hilfe bitten. Alle Versuche, mit Uli Verbindung aufzunehmen, seien gescheitert, der behandelnde Arzt habe ihm empfohlen, von Besuchen abzusehen, er sähe keine Möglichkeit, seinen Bruder zu erreichen. Ob sie sich seine Lage vorstellen könne, fragte er leise; nun gut, dann werde sie gewiß auch seinen Anruf entschuldigen. Doch nun sei er darauf angewiesen, Uli zu erreichen, er müsse mit ihm sprechen, ins reine kommen, er laufe wie mit einem Urteil herum. Er habe etwas bei sich, das er Uli zukommen lassen möchte, ein Päckchen, nicht schwer: ob sie, Nora, es übernehmen würde, ihm das Päckchen in die Klinik zu bringen, nicht kommentarlos allerdings, sondern nach schonungsvoller Vorbereitung. Wenn sie einverstanden sei, könnte er das Päckchen sogleich bei ihr abgeben und sie in alles Nötige einweihen.

Immer genauer konnte sich Nora Ulis Bruder vergegenwärtigen, sie sah ihn in der Telephonzelle gegenüber dem Kellerladen stehen, vorgeneigt, in der erbötigen Haltung auch jetzt. Bitte, verstehen Sie, sagte sie. Geht es nicht? frage er, und gleich darauf: Soll ich hier warten? Morgen, sagte Nora, ich werde Sie morgen anrufen, im Museum. Sie sagte es freundlich und mit einer Bestimmtheit, die sie selbst verwunderte. Seinen umständlichen Dank hörte sie nicht zu Ende an.

Nora räumte das Frühstücksgeschirr ab und verließ mit Tasche und Einkaufsnetz das Haus, ging jedoch nicht am Froschkönigteich vorbei zur Bushaltestelle, sondern schlug den entgegengesetzten Weg ein, dort hinab, wo das gelbe Ungetüm zu arbeiten begann, ratternd, beherrscht von einem kleinwüchsigen Mann, der monströse Ohrenschützer trug. Der Mann winkte sie vorbei und ließ erst dann den kantigen Hinterleib der Maschine ausschwenken. Sie passierte eine Mannschaftsbude auf Rädern, Jacken hingen an den Wänden, auf dem Klapptisch standen Bierflaschen und Thermoskannen. Hinterm Fährhaus, wo die Gärten von kniehohen Mauern begrenzt waren, wurde Nora von einem kleinen Mädchen eingeholt, es war die Tochter des Kaufmanns aus dem Kellerladen, die sie bereits mehrmals mit zeremoniellem Ernst bedient hatte. Obwohl das Mädchen außer Atem war, hörte es nicht auf zu hüpfen, bat hüpfend um einen »Spruch« fürs Poesiealbum, und nachdem Nora endlich zugestimmt hatte, setzte sie sich auf die Mauer, und das Mädchen kramte aus seinem Ranzen ein mit Stoff bezogenes Buch hervor. Nora überlegte, sie sah in das altkluge Dreiecksgesicht, von dem soviel gespannte Erwartung ausging. Geht's nicht? fragte das Mädchen, fällt Ihnen nichts ein? Doch, sagte Nora, aber ich weiß nicht, ob das, was für andere gut ist, auch für dich gut ist, und nach kurzem Bedenken schrieb sie: Man muß nicht immer das Richtige machen; Datum; Unterschrift. Das Mädchen wollte auf einmal gar nicht wissen, welchen Spruch Nora ihm mitgegeben hatte, aus halber Höhe ließ es das Poesiealbum in den offenen Ranzen plumpsen, versicherte sich nicht, fragte nicht, bedankte sich nur zerstreut und hüpfte mit seiner Beute davon.

Daß Nora noch das Motorboot zur Innenstadt erreichte, hatte sie einem Mann im Rollstuhl zu verdanken, der achtsam über den Laufsteg geschoben wurde, über die Querhölzer hinweggehoben werden mußte und der dann einen Platz neben den Entlüftern erhielt. Sie saß noch nicht auf einer der gerippten Bänke im Vorderteil des Bootes, als die Leine schon hinübergegeben wurde und das Boot ablegte. Es ging kein Wind, von bläßlichem Karpfenblau war der Schleier, hinter dem die Stadt lag, die beiden einzigen Segelboote bespiegelten sich dümpelnd auf der Stelle. Jetzt erst bemerkte Nora, daß sie mitten in einer Reisegesellschaft saß, einer internationalen Gesellschaft, in der Japaner im offiziellen Dunkelblau überwogen; einige trugen Namensschilder am Rockaufschlag und wiesen sich aus als Teilnehmer am Internationalen Historiker-Kongreß. Gedämpfte, schleppende Unterhaltungen. Pflichtschuldige Aufmerksamkeit für das verschleierte Panorama. Das Ende des willkürlichen Suchens und Sammelns, als der Fremdenführer, entspannt an die Reling gelehnt, das Mikrophon nahm, das Kabel in zwei, drei Buchten um seine rötlich behaarte Hand schlang und vorsichtig zu sprechen begann, lächelnd und vorsichtig, als wollte er seine Zuhörer in ein Geheimnis einweihen.

War das nicht Ulis Stimme, war das nicht sein Tonfall? Nora beugte sich zur Seite, um das Gesicht des Fremdenführers zu sehen, es war ein vergnügter Hüne mit einer Schifferfräse, mit leicht entzündeten Augen; die ironische Verwunderung, mit der er über die Stadt sprach, wollte nicht zu seiner Erscheinung passen. Ulis Stimme, dachte Nora, er spricht wirklich mit Ulis Stimme; und sie ließ sich zurücksinken und hörte wehrlos zu, wie der Fremdenführer das gegenwärtige Panorama wegräumte, wie er es Vorzeit sein ließ und missionseifrige Reisende aus den südlichen Wäldern heranführte. Die ließ er Burgen bauen aus zehntausend gefällten Buchen und Eichen – dort, wo der beflaggte Kaufhof steht, die erste; in Rathaushöhe, schauen Sie mal, bei den Schleusen, die zweite, und da, wo sich der gläserne Versicherungsturm erhebt, die dritte; ließ sie ein Weilchen ihre Gründung genießen, Münz- und Marktrecht auskosten, gerade so lange, bis sie mehr angehäuft hatten, als sie zum Leben brauchten und nicht mehr in der Lage waren, ihren Überfluß zu verbergen. Und das, sagte er, zog die Obotriten an, die Wenden und Wikinger, sie kamen über Land und auf schnellen Schiffen den Strom herauf, sie kamen häufig und gutgelaunt, und da sie nach jedem Besuch nicht viel mehr als Asche zurückließen, hielten es die wenigen Überlebenden für lohnenswert, über die Pünktlichkeit der Heimsuchungen nachzudenken. Sehen Sie, sagte der Fremdenführer, und seit jener Zeit hält man es in dieser Stadt für vorteilhaft, das, was sich angesammelt hat, heimlich in der Dämmerung zu zählen, jedenfalls den Gewinn nicht auszustellen.

Kein Zweifel, es war Ulis Tonfall, es war sogar sein Wortschatz, dessen sich der unbekannte Fremdenführer bediente, und plötzlich mußte Nora an den alten Kaiser denken – wie hieß er nur? –, auf dessen Befehl Neugeborene in einen Turm gebracht wurden, in ein warmes Verlies, wo es ihnen an nichts fehlte, an Nahrung nicht und nicht an Spielzeug, wo aber, ebenfalls auf Befehl des Kaisers, nicht ein einziges Wort an sie gerichtet werden durfte, da er auf solche Art herausfinden wollte, wieviel die Wörter für das Leben bedeuten, ob es sich überhaupt leben ließe ohne einen hineingesenkten, geduldig gehobenen Wortschatz: war es nicht ein Friedrich, dessen Experiment in der Erkenntnis aufging, daß die Kinder am Schweigen starben?

Sie sah sich mit Uli in seiner Wohnung, das große Fenster war geöffnet, und sie leistete ihm Gesellschaft bei seiner Lieblingsbeschäftigung – so nannte er die Stunden, in denen er rauchend, die Arme auf dem Fensterbrett, dasaß und die Bewegungen auf der Straßenkreuzung beobachtete, auf der hochgelegenen Haltestelle der S-Bahn und auf den Höfen schmutziger Häuser. Er entwarf ihnen Ziele, allen, die dort gingen, warteten, aus Hausfluren stürzten, er erfand ihnen Tä-

tigkeiten und Grundsätze und Wünsche, doch nicht
so, als diente ihm dies allein zur Unterhaltung; vielmehr tat er das teilnahmsvoll und in der Absicht, allen,
die er erfinderisch begleitete, die Bedeutungslosigkeit
ihrer Ziele zu beweisen. Wie sehr hatte es sie mitunter
gereizt, ihm zu widersprechen, ihm zumindest klarzu-
machen, daß sie, daß jedermann darauf angewiesen sei,
gewissen, wenn auch widerrufbaren Zielen zu folgen –
sie unterließ es, weil sie seine Antworten im voraus
kannte. Er aber, als ob er ihren Verzicht, ihm zu widersprechen, erfühlt hätte, er fragte sie einmal: Warum
sagst du nichts? Hast du Angst, mich zu überzeugen?
Die Zuhörer schmunzelten, sie neigten sich einander
zu, wiederholten und kommentierten einen Scherz des
Fremdenführers, einen anzüglichen Scherz über die
festliche Trauer, die jedesmal in der Stadt vorherrschte,
wenn einheimische Piraten gehenkt werden mußten –
Nora kannte die mäßige Selbstbezichtigung, sie hatte
sie mehrmals von Uli gehört. Sie konnte die vertraute
Stimme des Fremden nicht länger ertragen, stand auf,
schlenderte zur Mitte des Bootes, zu den Entlüftern,
wo der Mann im Rollstuhl sie ohne die leiseste Regung
musterte; sein narbiges Gesicht glänzte vor Schweiß.
Tastend griff sie nach der metallenen Haltestange,
blickte auf ihre Hand und sah die Hand vibrieren und
glaubte sie schwellen zu sehen unter dem Einfluß der
Hitze. Warmer Öldunst setzte sich auf die Lungen.
Eine alte, verwahrloste Frau stellte sich neben sie, griff
nach der Stange und berührte dabei ihre Hand, doch
anstatt sich zu entschuldigen, warf sie Nora nur einen
vorwurfsvollen Blick zu. Gegen ihren Willen spürte sie
ein Gefühl von Mitleid aufkommen, von Verständnis.
Weitermachen, dachte sie, jeder muß auf seine Art weitermachen, ein Rest erhält sich, ein Rest, der trägt und
vorantreibt bis zur endgültigen Aussichtslosigkeit.
Sprach da nicht Uli? War das nicht seine Überzeu-

gung? Glaub mir, Nora, der sicherste Treffpunkt, an dem wir alle verabredet sind, liegt im Aussichtslosen. Hatte sie diesen Satz nicht am offenen Fenster gehört, als er, achselzuckend, im Schwebezustand, den spurlosen Bewegungen tief unten hinterherdachte?

Alle, die standen, knickten in den Beinen ein, als das Motorboot hart gegen den Anlegesteg stieß, und dann polterte, wippte und trampelte es über den Laufsteg und verlief sich oberhalb der Steintreppen. Nora ging auf einen Pfefferminzautomaten zu, schaute flüchtig in den Spiegel, überquerte, da die Ampel gerade Grün zeigte, eine schattenlose Geschäftsstraße und bewegte sich weiter am Rand des Fußgängerstroms, vorbei an den Klapptischen fliegender Händler, die Schmuck und gebrannte Mandeln ausriefen, an einer Telephonzelle vorbei, in der ein erschöpfter Mann während des Sprechens mit einer Münze gegen die Glaswand tickte. Nicht ein einziges Mal blieb sie stehen. Sie ließ sich weder von den Angeboten der Händler aufhalten noch von den Auslagen in den Schaufenstern, sie ging so entschlossen, als enthielte jedes Stehenbleiben ein Risiko. Sie verbot sich, die farbigen Sommerschuhe eingehender zu betrachten, nahm Blusen und Schals und Röcke nur widerstrebend zur Kenntnis, all die Dinge, die darum baten, mitgenommen zu werden, selbst die Kinoreklame für einen frühen russischen Film hielt sie nicht auf. Einem Ehepaar, das sie nach der Lage des nächsten Postamtes fragte, gab sie gehend Auskunft. Je länger sie ging, desto leichter schien ihr die Bewegung zu fallen, sie empfand kaum noch die Härte des Schritts auf den Steinplatten, und Tasche und Netz schwangen in förderlichem Rhythmus. Kein Bedürfnis, sich auch nur kurz auszuruhen. Keine Versuchung, in einen der Busse zu steigen, die mit laufenden Motoren an einem Umschlagplatz warteten. Eiligen Passagieren ausweichend, hörte sie den Satz: Aber ich hab die Tür abgeschlossen, herrgottnochmal!

Die Grünanlagen waren ihr in ihrer Vorstellung weitläufiger erschienen, gepflegter und dichter mit üppigen Büschen besetzt; vom Hauptweg, der auf das Pförtnerhaus zuführte, sah sie nur dorrendes Gestrüpp und eine muldenreiche Grasfläche, die von bräunlichen Flecken durchsetzt war. Jede zweite Bank war mutwillig beschädigt; auf einem einzementierten Fuß saß ein essender alter Mann, der zu kauen aufhörte, als sie durch sein Blickfeld ging, und ihr dann einen Pfiff hinterherschickte. Bei Noras Annäherung an den kümmerlichen Blumenstand, der den Schatten der Krankenhausmauer ausnutzte, erhob sich die Verkäuferin wie in festem Wissen, eine Kundin vor sich zu haben; aufragend deutete sie auf Kübel und Eimer mit fertig gebundenen Sträußen und nickte beifällig, nachdem Nora ihre Wahl getroffen hatte, und empfahl bei der Herausgabe des Wechselgeldes, die Blumen anzuschneiden.

Mit dem Empfang des Straußes entstand plötzlich der heftige Wunsch, sich vorbereiten zu müssen, und sie entwarf eine mögliche Begrüßung, bedachte sie ein paarmal in ihrer Vorstellung und hatte sie schon verbraucht. Es wird sich ergeben, dachte sie, es muß sich ergeben, und trat, obwohl der Pförtner sie vorbeiwinken wollte, an sein Sprechfenster und ließ sich von ihm den Weg beschreiben, die Lindenallee links, zweite Straße rechts, der letzte Pavillon. Sie hatte das Empfinden, weithin sichtbar zu sein, aus mehreren Fenstern beobachtet zu werden, und sie beschleunigte ihre Schritte und ging zielstrebig auf den unscheinbaren Pavillon zu. Die Schwester hatte keine Aufmerksamkeit für sie übrig, sie saß an einem Tisch und schrieb, doch als Nora nach Doktor Nicolai fragte, wandte sie sich ihr zu, taxierte den Strauß und bedauerte wortknapp:

Doktor Nicolai sei in einer äußerst wichtigen Angelegenheit beim Chef. Nora nannte ihren Namen, zögerte, erwog schnell, die Blumen einfach abzugeben und fortzugehen, doch ohne es zu beabsichtigen, stand sie schon im Schwesternzimmer, senkte den Blick, wiederholte, auf den Strauß hinabsprechend, ihren Namen und fragte nach Herrn Martens, das heißt, sie fragte, ob es eine günstige Zeit sei, um Herrn Martens zu besuchen, ausnahmsweise. Jetzt stand die Schwester auf, musterte Nora mit einem Ausdruck von Verwunderung und Enttäuschung, wollte etwas sagen, wofür ihr offensichtlich die Worte fehlten, und sagte schließlich nur: Bitte kommen Sie, und ging ihr voraus. Sie öffnete eine Tür und ließ Nora mit bitterem Lächeln den Vortritt.

Zuerst sah Nora das leere, ungemachte Bett; über dem schwenkbaren Galgen hing Ulis Schlafanzug; am Bettpfosten, wie achtlos hingeschleudert, lagen seine Hausschuhe. Dem Koffer, der den kleinen Tisch besetzt hielt, konnte man ansehen, daß er in Hast geschlossen war; einer der Kreuzriemen baumelte noch aus ihm heraus. Der Schrank stand offen, war aber nicht leergeräumt; Nora mußte sich zwingen, von den zerwühlten Dingen loszukommen, rasch, ehe die Lähmung noch stärker wurde.

Was ist geschehen, fragte sie, mein Gott, Schwester, was ist denn hier geschehen? Verschwunden, sagte die Schwester. Herr Martens hat es nicht ausgehalten bei uns. Sie sehen es doch. Aber er kann es doch gar nicht, sagte Nora mühsam und betäubt vor Verdacht, wie soll er es denn schaffen? Das ist eine andere Frage, sagte die Schwester; für uns steht soviel fest, daß Herr Martens es vorgezogen hat, uns zu verlassen, heimlich, ohne Abschied.

9

Der Taxichauffeur sah schon im Rückspiegel, wie der Mann sich heranschleppte, schleifend und ohne abzurollen, wobei er den Stock, der ihm doch hätte Sicherheit geben sollen, so stümperhaft gebrauchte, daß er sich zusätzlich zu gefährden schien. Wie ungleichmäßig er ansetzte, mit welchem Aufwand er abstemmte! Anstatt einen gewonnenen Schwung auszunutzen, setzte er immer von neuem an, ruckend und Maß nehmend bei jedem Schritt; kein Wunder, daß ihm der Mund aufsprang, daß er schnappen mußte und wieder und wieder die verbliebene Strecke überschlug. Endlich war er heran, klopfte mit dem Gummischuh seines Stockes gegen die Wagentür, fordernd, als ob er ein Recht darauf hätte, sich auf diese Art bemerkbar zu machen, doch den Taxichauffeur, der ihm lustlos die Tür aufhielt, begrüßte er mit verlegenem Lächeln. Wo wollen wir denn hin?

Statt ein Fahrziel zu nennen, zog Uli einen vorbereiteten Zettel aus der Brusttasche, auf den er selbst seine Adresse geschrieben hatte, großzügig, in Blockbuchstaben, die augenscheinlich beieinander Halt suchten; er lenkte den Blick des Taxichauffeurs auf den Zettel, sah, wie dieser die Worte aufnahm und verstand und dennoch ungewiß zu ihm zurückblickte. Es gibt nämlich zwei Möglichkeiten, sagte der Taxichauffeur, wir können über die Ringstraße fahren, das ist schneller, wir können aber auch durch den Ost-West-Tunnel, das ist billiger. Uli machte ein paar pumpende Atemzüge, preßte die Lippen aufeinander, wölbte sie, produzierte einen einzigen kloßigen Laut, über den er selbst so enttäuscht schien, daß er ihn, zeichenhaft, mit einer knappen Geste zu beenden suchte, mit einer scharfen Geste der Trennung, die ihm so unkontrolliert geriet, daß er den Aschenbecher aus seiner Halterung riß. Kippen und Asche fielen auf seine Hose und auf das Polster, er entschuldigte sich blickweise und sammelte und kratzte das Verstreute schnaufend zusammen, wobei der Taxichauffeur ihm mit stummer Ausdauer zuschaute, geradeso, als sei Säuberung das mindeste, was er von einem Fahrgast erwarten könnte. Dann half er Uli, den Aschenbecher in die Halterung zu klemmen, und fragte besorgt: Es ist doch alles in Ordnung bei Ihnen, oder? Uli nickte heftig und ließ sich auf den Sitz zurückfallen, einverstanden mit jedem Weg, für den sich der Taxichauffeur entschied.

Fahr doch schon, fahr, ehe ich's mir überlege und zurück, zurückgehe zu Doktor Nicolai, in das Sprechzimmer, Schweigezimmer, zu den wartenden Fischerfrauen an der Wand, zur Schwester, die persönlich eingeschnappt sein wird, wenn sie entdeckt, daß ich fort bin, durch nichts zu versöhnen, wenn sie das leere Bett sieht, weil man aus ihrer Obhut nur ordentlich entlassen werden kann, jedenfalls nicht das, wie heißt es, das Recht, ja, nicht das Recht hat, einen kurzen Urlaub zu nehmen, auch wenn noch so viel auf dem Spiel steht, aber es mußte sein, Herr Lehrer, Herr Doktor Nicolai, unter dem Behälter, Wasser, Blumen, dem Gefäß, unter der Vase liegt ein Zettel für Sie, ein eigenhändig geschriebener Entschuldigungsbrief, Sie brauchen sich keine Sorgen zu machen, Sie brauchen mich nicht suchen zu lassen, ich werde freiwillig zurückkommen, sobald alles geregelt ist, reumütig und mit dem Stock in der Hand.

Der Taxichauffeur, der Uli unablässig im Rückspiegel beobachtete, konnte den Eindruck haben, daß sein Fahrgast ein verbissenes Selbstgespräch führte; anscheinend bemüht, sich auf etwas, das ihm bevorstand, einzurichten, schien er zu keiner Lösung zu finden.

Wie um sich selbst das Wort zu verbieten, stieß er einmal seinen Stock auf die Fußmatte, worauf der Taxichauffeur fragte: Fehlt Ihnen wirklich nichts? Uli schüttelte den Kopf und legte beruhigend eine Hand auf den Arm des stämmigen Fahrers. Wenn Sie frische Luft brauchen, sagte der Taxichauffeur, dann drehen Sie ruhig Ihr Fenster runter, ein bißchen Zugluft bringt uns nicht um.

Vermutlich hatte der Fahrgast dies Angebot nicht verstanden, vielleicht glückte ihm auch keine wörtliche Reaktion, jedenfalls sah der Taxichauffeur, wie er sich angestrengt auf die Seite warf, die Reichweite seiner Hand erprobte und, nach mehreren Versuchen, seine Brieftasche herausfischte, eine schwarze, aufklappbare Ledertasche, die er inspizierte, indem er sie mit einem Ellenbogen gegen den Körper drückte und nachdenklich durchfingerte. Er wagte es nicht, ein Papier herauszuziehen, er begnügte sich damit, über jedes einzelne mit glättendem Finger hinzustreichen und allenfalls Titel oder Absender zu lesen, befriedigt über den jeweiligen Fund; zum Schluß spreizte er das Geldfach auseinander und zog einen Zwanzigmarkschein heraus, den einzigen Geldschein, den er bei sich hatte. Gefaltet, behielt er ihn während der ganzen Fahrt in der Hand. Mehr fiel dem Taxichauffeur an seinem Fahrgast nicht auf; wenn er auch einmal im Ost-West-Tunnel das Gefühl hatte, zwei Gäste zu transportieren, da sich die Geräusche auf dem Rücksitz wie eine dunkle, qualvolle Verständigung anhörten. Beim Aussteigen zeigte er keine besondere Unruhe, er ließ sich bereitwillig aus dem Auto helfen, wollte anscheinend gar nicht den genauen Fahrpreis wissen, reichte dem Chauffeur schnell den Geldschein und winkte ab, als der ihm herausgeben wollte; dann strebte er, den Stock ungeschickt gebrauchend, auf die offenstehende Glastür des Hochhauses zu.

Uli brauchte sich nicht umzudrehen, er wußte, daß
der Fahrer ihm nachblickte, zäh, wie angeleimt, er
spürte seinen Blick im Rücken, und als er aus der Tiefe des Flurs, von den Fahrstühlen her hinaussah,
stand das Auto immer noch an der Stelle, an der er es
verlassen hatte. Notierte der Fahrer sich die Adresse?
Hatte er ihm etwas angemerkt? Uli war erleichtert,
daß niemand hinzukam und er den Fahrstuhl für sich
hatte, er setzte sich auf den Schemel, der für Invaliden
und alte Leute reserviert war, und ließ sich hinaufhe-
ben in den elften Stock. Es gelang ihm, den Wohnungsschlüssel mit den Fingern zu erfühlen, ruhig
schloß er die Tür auf, trat ein und drückte die Tür mit
der Schulter zu. Einen Augenblick blieb er angelehnt
stehen, verwirrt von einer plötzlichen Unsicherheit,
von einem unerwarteten Zweifel, doch das ging sogleich vorüber, und er war wieder überzeugt, daß er
keine Wahl hatte und das tun mußte, was er für das
Wichtigste hielt. Stimmen, waren da Stimmen in seiner Wohnung? Wer hatte die kleine verzierte Dose,
die Pillendose, auf dem Bord liegenlassen? Auf dem
Tisch das großformatige, flache Paket – was enthielt
es? Uli hängte den Stock über eine Türklinke und
versuchte, nur gegen die Wand gestützt, seine Wohnung zu überprüfen; er schaffte es nicht, er mußte
zurückkehren und den Stock zu Hilfe nehmen, und
nachdem er sich davon überzeugt hatte, daß er allein
war, schleppte er sich zu dem einzigen Sessel und hob
das Telephon vom Fußboden auf die Knie. Er wählte
Noras Nummer, und während er es bei ihr klingeln
ließ, begann er in Gedanken den Raum neu aufzutei-
len, die wenigen Möbel mit Noras Möbeln zu kombi-
nieren und ihnen mögliche Plätze zuzuweisen – ihrem
Schrank, seiner Couch, dem Tisch, den gemeinsamen
Stühlen. Er sah sie vor sich, einander bedrängend und
doch verträglich genug, er selbst stand in dem ent-

worfenen Bild und empfand es als so geglückt, daß er erwog, eine Skizze anzufertigen.

Da Nora sich nicht meldete, wählte er die Nummer der Öffentlichen Bücherei, automatisch, so wie er es immer getan hatte, wenn er sie sprechen mußte, und diesmal hatte er sofort Anschluß. Eine Stimme bestätigte ihm, daß er mit der Öffentlichen Bücherhalle Nord verbunden war, es war Ernas vertraute Stimme, die, nachdem sie sich gemeldet hatte, einen offenbar am Ausleihtisch stehenden Kunden um Geduld bat. Ja, bitte? Uli dachte an Noras Namen, er schloß die Augen und sammelte sich, der Name erschien ihm in seinen eigenen Blockbuchstaben geschrieben, nah, immer näher, er formte ihn mit den Lippen oder versuchte es zu tun, stimmlos, zur Probe, und da ihm nicht entging, wie dringend und ärgerlich die Frau den Partner aufforderte, sich endlich zu melden, sprach er Noras Namen in die Muschel hinein. Er selbst glaubte, den Namen verständlich genug ausgesprochen zu haben, er hoffte, daß er mit dem geäußerten Namen auch schon seinen Wunsch zu erkennen gegeben hätte, mit Nora Fechner verbunden zu werden, doch weil ihm die Pause, die darauf entstand, zu lang vorkam, wiederholte er den Namen zweimal rasch hintereinander, und diesmal gewahrte er selbst, daß es ihm mißlungen war und sein Wunsch in einem kehligen Stöhnen aufging. In sein verstörtes Lauschen hinein hörte er die Frau sagen: Unverschämtheit; dann knackte es, und die Leitung war tot.

Zittrig legte er auf, setzte den Telephonapparat auf den Fußboden und erhob sich gegen zunehmende Atemnot, schlurfte ins Badezimmer und näherte sein Gesicht dem Spiegel; er weinte, ohne es zu merken. Was er vorgehabt hatte – die Artikulation ihres Namens zu garantiert sicherer Beherrschung –, versuchte er erst gar nicht, doch auch Enttäuschung ließ er nicht groß aufkommen, da schon ein neuer Plan zur Eile trieb. Er wischte sich das Gesicht ab, kehrte ins Wohnzimmer zurück, zog aus dem mageren Büchergestell einen Band heraus, Wörterbuch des Rotwelschen, flog die Seiten nicht durch, sondern zwang das Buch ins Spagat, worauf einige Geldscheine auf den Fußboden trudelten, die er kniend einsammelte und in seine Brieftasche steckte. Er faßte an die Tischkante, um sich hochzuziehen, berührte das großformatige Paket, riß, leicht schwankend, das Umschlagpapier ein und erkannte zwei zusammengelegte Hände auf einem rohen Tisch und im Ausschnitt den Rand eines erdfarbenen Tellers. Er deckte den Riß mit den Händen zu, als könnte er so die Niedergeschlagenheit abwehren, die er beim Wiedererkennen des Bildes spürte, und die zu wachsen begann, je länger er es betrachtete.

Nicht behalten, also hat sie das Geschenk nicht behalten wollen, hat es wortlos zurückgebracht in meiner Abwesenheit, das ist ihr Verzicht, ihre Furcht vor jeder tieferen Verwicklung, denn was sonst könnte es bedeuten, daß sie das Bild wiederbringt, ohne einen Brief, hier so ablegt, als hätte sie es nie besessen, oder sollte es das andere sein, der schützende Grundsatz, die Neigung, nur das zu tun und zu fordern und anzunehmen, was ihr als angemessen erscheint, keinesfalls mehr, das Angemessene ist für sie das Vernünftige – ach, Nora, du mit deiner angemessenen Freude, mit deinen angemessenen Erwartungen, wie schnell du die Grenze ziehst, aber ich werde dir sagen, werde dir sagen, worauf es ankommt, wovor wir uns bewahren müssen.

Uli öffnete den Kühlschrank, nichts hatte sich verändert; er trank eine halbe Flasche Tonic-Wasser und blickte dabei auf die durchsichtigen Plastikbehälter, in denen er die nötigsten Eßwaren aufhob, Butter, Scheibenkäse, eine luftgetrocknete Dauerwurst; die beiden

Birnen lagen noch da, von dunklen Mulschstellen gezeichnet; talgig schimmerte in einer offenen Dose die letzte Sardine.

Er rührte nichts an, verschob alles, was getan werden mußte, auf einen späteren Tag. Ungesehen verließ er die Wohnung, fuhr unbemerkt hinab und leerte seinen Briefkasten von Drucksachen und Postwurfsendungen, bevor er in die Sonne hinaustrat, schwindlig und darauf angewiesen, sich auf dem Treppenabsatz auszuruhen.

Dort, am Taxistand, war nur ein einziger Wagen, Uli schwenkte mehrmals den Stock, winkte dem Chauffeur, der nach einer Weile mit der Lichthupe antwortete, verstanden, ich komme, und gleich darauf an die Treppe heranfuhr; es war der Fahrer, der ihn hergebracht hatte.

Soll's wieder zurückgehen, fragte er zur Begrüßung, worauf Uli, hellhörig, wenn nicht argwöhnisch, das breite Gesicht des Mannes musterte, die tiefliegenden braunen Augen, in denen er die Bereitschaft zu einem eher gemütlichen Spott entdeckte. Mit einer Geste zeigte Uli an, daß er zunächst einsteigen und dann das Fahrziel aufschreiben werde; der Taxichauffeur nickte, er hatte Uli restlos verstanden, und nachdem er ihm den Stock nachgereicht hatte, hielt er ihm mit einem Interesse, das nicht allein dem Fahrziel galt, einen offenen Notizblock hin, gab ihm einen Kugelschreiber und deutete auf das Papier: da, da unten müssen Sie schreiben. Nach diesem letzten, nur unbedachten Ratschlag saß Uli einen Augenblick wie betäubt da, unfähig, einen Buchstaben auszuziehen; plötzlich sah er sich mit den Augen des andern, erschien sich selbst als Aufgabe, unbestimmbar noch, aber doch, wie die Reaktion des Fahrers zeigte, ein Anlaß zu nachsichtiger Hilfsbereitschaft. Uli wünschte heftig zu wissen, welch ein Bild sich der Fahrer von ihm machte, was er an Verdacht oder Mitleid oder nur gesteigertem Interesse für ihn empfand, jetzt, während er ihn gutmütig, aber auch mit schlecht verborgener Belustigung ansah – da, da müssen Sie schreiben: diese kleine Demütigung weckte das Bedürfnis, sich selbst von außen zu erfahren. Ohne es zu merken, legte er sich auf die Lauer, um die Wirkungen zu registrieren, die er selbst hervorrief.

Der Taxichauffeur griff nach seiner Hand, wollte sie vielleicht führen, doch Uli verwies ihn lächelnd, lehnte sich zurück und begann zu schreiben, verbissen, als dürfe er um keinen Preis eine Pause machen. Einige Buchstaben, die mißlangen oder ungewollt entstanden, strich er mit eckigen Bewegungen aus. Er keuchte, sein Gesicht verzerrte sich, je länger er schrieb. Noch bevor die Adresse vollständig war, winkte der Fahrer ab; er hatte mitgelesen, er hatte den Rest für sich ergänzt und wußte schon, wohin die Fahrt gegen sollte: Geben Sie her, das kriegen wir schon.

Es herrschte nur dünner Verkehr, als sie zur Öffentlichen Bücherhalle Nord hinausfuhren, Uli saß aufmerksam, den Stock zwischen den Beinen, auf dem Rücksitz und lauschte den Stimmen in der Sprechfunkanlage. Ein unbekannter Schmerz ging in unregelmäßigen Abständen seinen Arm hinab, ein zartes Sengen, das er durch einen Druck mit der guten Hand blockieren konnte. Undeutlich fühlte er, daß er nach etwas verlangte, ohne darauf zu kommen, was es war. Er dachte an Doktor Nicolai, an die gemeinsame Wiedereroberung von Wörtern, und in zaghafter Heiterkeit benannte er naheliegende Erscheinungen: Schnellstraße, Ahorn, Friedhofsgitter; zu seiner Verwunderung hatte er jetzt keine Mühe, alle erwünschten Namen heraufzuheben, es war, als hätte ein Wind seinen versandeten Wortschatz freigelegt. Er sah in den Rückspiegel, fing den Blick des Fahrers auf, hörte den Fahrer fragen: Es geht mich ja nichts an, aber hatten Sie einen Unfall? – und war einen Moment versucht, laut zu antworten, riskierte es jedoch nicht und stimmte lediglich nickend zu. Auf der Straße, fragte der Fahrer, im Verkehr? Uli hob einen Zeigefinger, ließ ihn verneinend ausschlagen und dann pfeilartig hinabfahren, mehrmals hintereinander, was so verstanden werden konnte, als habe ihn etwas aus dem Blauen getroffen, unwiderstehlich; um seine Ratlosigkeit anzudeuten, wies er seine offenen Hände vor. Der Taxichauffeur fragte ruhig weiter: Keine Wunde? Keine Verbände? – worauf Uli den Stock hob und ihn flach gegen sein Bein schlug, gleich darauf aber mit einer wegwerfenden Geste die Geringfügigkeit der Verletzung betonte. Einmal nur regte Uli sich nicht, das war, als der Fahrer mehr feststellend als fragend bemerkte: Nix sagen, nix sprechen, Funkstille – ich verstehe, Tonausfall, aber die Leitung ist noch zu gebrauchen.

Nachdem Uli ausgestiegen war, entfernte sich das Taxi sehr langsam über den zementierten Platz zwischen den Hochhäusern; vielleicht rechnete der Fahrer damit, zurückgerufen zu werden. Ein aufkommender Wind trieb Papierfetzen kreiselnd hoch, ließ die hellblauen, aufblasbaren Gummifiguren schwanken, die den Eingang des Einkaufszentrums flankierten. Von einer Laderampe an der Rückseite des mehrstöckigen Gebäudes schleuderten Angestellte, augenscheinlich miteinander wetteifernd, unförmigen Abfall in einen Container, Kartons, grell bedruckte Pappeimer, Verschalungshölzer, die an der Metallwand dumpfe Erschütterungen hervorriefen. Unter einem weißen Fahnenmast, an dem das hellblaue Tuch mit dem Namen des Einkaufszentrums wehte, stand ein Mann in offenem Staubmantel und betrachtete mit todtrauriger Miene die gerade gekauften Päckchen und Pakete, die er vorübergehend auf den Boden gelegt hatte.

Mit halb abgewandtem Gesicht schlurfte Uli an den Fenstern der Bücherei vorbei, ein schneller, beiläufiger Blick reichte aus, um zu erkennen, daß alle Mitarbeiter anwesend waren bis auf Nora. Nein, sie stand nicht im Schutz eines Gestells, hielt sich weder im Chefzimmer auf noch im kleinen Büro, auf dessen Fensterbank auch nicht, wie sonst, Noras Netz und Tasche lagen. Aus der Ferne, von der Baumschule, riefen ihn zwei Frauen an, ermunterten ihn vergnügt, ihnen beim Aufladen junger Lebensbäume zu helfen; er antwortete, indem er seinen Stock in der weggestreckten Hand pendeln ließ. Es wurde ihm schwer, auf den Beinen zu bleiben, er beschloß, zum Einkaufszentrum hinüberzugehen, in das Lokal, das sich »Zum weißen Hasen« nannte; dort wollte er auf Noras Ankunft warten, dort an dem Fenstertisch, den er bereits von draußen bestimmte.

Der Wirt, birnenförmig, steile Unmutsfalte über der Nasenwurzel, beobachtete ausdauernd Ulis Annäherung, ließ ihn Platz nehmen und fragte vom Tresen her: Kleines Helles? Uli nickte sein Einverständnis hinüber und nickte noch einmal zum Dank, als der Wirt ihm das Bier hinsetzte und »Wohl bekomm's« wünschte. Außer ihm waren nur noch zwei Burschen in Motorradfahrerkluft im Lokal, schwarzes Kraushaar der eine, schwarzes eng anliegendes Lackhaar der andere; sie standen wortlos über ein Tischfußballgerät gebeugt, Bier in Reichweite, und trugen in erstaunlicher Unerregtheit ein Spiel aus, begleitet nur von klickenden, scharrenden Geräuschen. Uli trank und blickte über den Rand des Glases hinweg zur Bücherhalle hinüber, die durchflutet war von Licht; deutlich konnte er die Mitarbeiter erkennen, die jetzt Stühle schleppten und sie halbkreisförmig zusammenstellten. Er mußte an den Abend mit Professor Hahn-Castelli denken und daran, daß Nora ihn mehrmals verwarnend angestubst hatte.

Ach, Nora, wo bist du, was hält dich auf, ausgerechnet heute, ich komme mir hier vor wie im Land an der Grenze, wie im Niemandsland, über dem ich seltsamerweise immer Leuchtkugeln sehen muß, triefend verflackernde Signale, wenn ich nur Niemandsland denke, sehe ich schon die Leuchtkugeln über ihm hängen, das gehört dazu, nun laß dich schon blicken, schließlich habe ich das deinetwegen auf mich genommen, du kannst mich doch nicht hängenlassen nach all dem, all deinem Schweigen, warum sitzt du noch nicht in deinem Büro, weißt du, wie spät es ist, wenn du gekommen wärst, in der Besuchszeit, Sprechzeit, ich hätte dir schon im Krankenzimmer den Vorschlag gemacht, das Angebot, bei dem ich dich ansehen muß, diese Frage, auf die du nur ein Zeichen zu geben brauchst.

Der Stock, den Uli über die Stuhllehne gehängt hatte, fiel zu Boden und rief einen harten, echolosen Knall hervor. Die beiden spielenden Männer wandten sich schnell zu ihm um und musterten ihn verdutzt, und einer von ihnen, das Kraushaar, sagte: Na sowas, erschreckt hier friedliche Leute. Ist ein Ruhestörer, sagte das Lackhaar und schien sich an Uli festzusehen; sieht er nicht aus wie ein Ruhestörer? Aber gewiß doch, sagte das Kraushaar, ein Ruhestörer wie aus dem Bilderbuch. Entschuldigt sich nicht einmal, sagte sein Mitspieler, und der andere darauf: Eben, früher hat man sich dafür entschuldigt, wenn man friedliche Leute erschreckte. Was meinst du, fragte der eine, sollten wir nicht darauf bestehen? Aber gewiß doch, sagte der andere, wir sollten unbedingt auf einer Entschuldigung bestehen. Umsonst läßt sich keiner gern erschrecken. Nein, eine kleine Wiedergutmachung ist da schon drin.

Die Motorradfahrer verständigten sich durch einen Blick und gingen grinsend auf Ulis Tisch zu, wobei sie um so langsamer wurden, je näher sie dem Tisch kamen. Uli stand auf, zuckte hilflos die Achseln, er sah den Männern verwirrt entgegen, zeigte bekümmert auf seinen Stock und schluckte und ächzte; seine Lippen sprangen auf, verzogen sich, und die pressende Anstrengung machte, daß seine Augäpfel hervortraten. Der Herr scheint erregt zu sein, sagte einer der Motorradfahrer. Ja, sagte der andere, der Herr ist erregt. Der Herr macht Stilaugen, sagte das Kraushaar, nur, weil wir auf Wiedergutmachung bestehen. Was meinst du, fragte das Lackhaar, könnte der Herr uns mit einem halben Liter versöhnen? Aber sicher, sagte der andere, wir sind doch nicht anspruchsvoll: mit einem halben Liter könnte ich den Schrecken glatt verdauen.

Bis hierher hatte der Wirt, über eine Morgenzeitung gebeugt, den Männern anscheinend interesselos zugehört; jetzt trat er neben die Theke, wies einen Boxerhund, der auch gleich aus der Deckung der Theke herauswollte, auf seinen Platz zurück und sagte leise und darum unüberhörbar: Macht weiter, das Spiel kann doch noch nicht entschieden sein, oder? Er wartete, ein geduldiger Schiedsrichter, er blickte nicht mehr zu ihnen hin, sondern in zäher Aufforderung zum Tischfußballgerät, der Unerbittlichkeit seiner Haltung vertrauend, und nach einer Weile lösten sich die Spieler von Ulis Tisch, machten, als hätte Vernunft sie beraten, einige Lockerungsbewegungen und schoben in wiegendem Gang ab – nicht ohne Uli spaßhaft verwarnt zu haben.

Vielleicht, weil Uli immer noch stand, fragte der Wirt: Sie wollen zahlen? Uli hatte nicht daran gedacht, doch nun nickte er, zahlte, dankte dem Wirt, der ihm den Stock reichte, mit einem hochangesetzten, dann aber gesprungenen Laut und schleppte sich hinaus. Draußen mußte er sich gegen die Mauer lehnen, benommen von einem plötzlichen Stimmengewirr in seinem Kopf, es waren Stimmen, die miteinander stritten, blecherne, kehlige, knarrende Stimmen, im Hintergrund hielt sich ein siedendes Geräusch, kieseliger Sand flog immer wieder gegen ein ratterndes Sieb, er hörte das Zischen, das Regengeräusch der fallenden Steine, er sah nicht mehr den weiten, zementierten Platz, auf dem die Schatten der Hochhäuser lagen; für einen Augenblick vergaß Uli, wo er sich befand. Eine Frau, die ein essendes Kind hinter sich herzerrte, fragte ihn, ob ihm nicht gut sei, er schüttelte den Kopf, drückte sich von der Wand ab, entschloß sich zu einem Weg und ging, wie um der Frau zu beweisen, daß ihm nichts fehlte, auf den Eingang der Bücherei zu.

Während er ging, überlegte er, wo er sich setzen, wo er sich zumindest anlehnen könnte, ohne Aufmerksamkeit zu erregen oder eine besorgte Frage herauszufordern, doch er fand nichts, was seinem Wunsch entsprach, kein Geländer, keinen Springbrunnenrand, alles wies ihn zurück, verweigerte sich ihm, wollte anscheinend, daß er in Bewegung blieb, so wie die andern in Bewegung waren, die sich durch sein Blickfeld mühten. Zu dem sengenden Schmerz spürte er eine steigende Übelkeit, er hatte das Gefühl, sich bald erbrechen zu müssen. Mehrmals knickte sein Arm ein, und er mußte, um sich aufrecht zu halten, den Stock schnell von neuem aufsetzen. Wie wütend ihn der Mann in dem Lieferwagen anstarrte, den er zum Halten zwang: Paß doch auf, Alter, verdammt noch mal. Federnelken, die ganze Ladefläche war besetzt von schwarzen Plastikkästen, in denen Federnelken in geklumpter Torferde standen.

Ein kleines Aufleuchten der schwingenden Glastür veranlaßte Uli, den Blick zu heben; da trat Erna aus dem Eingang der Bücherei, Erna in leichtem Kleid, auf dem herbstlicher Blätterfall stattfand, in einer Hand trug sie die Geldbörse, in der anderen eine zusammengefaltete Einkaufstasche. Uli rief sie an, das heißt, er hörte sich selbst rufen, sein Ruf hallte deutlich in ihm wieder, doch er erreichte Noras Kollegin nicht; erst durch das Schwenken des Stocks erzwang er ihre Beachtung – eine Anstrengung, die ihn so erschöpfte, daß er stehenbleiben mußte. Sie kam auf ihn zu, er sah, wie ihr selbstzufriedener Ausdruck abgelöst wurde von Bestürzung. Noch bevor er ihre Hand nahm, fragte sie: Was ist denn mit Ihnen passiert, hoffentlich nichts Schlimmes? – worauf Uli mit einer verneinenden Kopfbewegung antwortete und dann zur Bücherei hinüberblickte. Falls Sie auf sie warten, sagte Erna, auch wir warten auf Nora, niemand weiß, wo sie steckt, vermutlich wird sie draußen bei den Eltern sein, da gab es allerhand aktuellen Kummer, vermutlich. Sie deutete auf Ulis Stock: Unfall? Gestürzt? Sie sehen mitgenommen aus, Herr Martens.

Diesmal machte Uli keinen Versuch, auch nur ein einziges Wort hervorzubringen, es erschien ihm aussichtslos, sich gegen die Blockierung aufzulehnen, die er wie einen Riegel im Hals empfand, und er wollte sich die Scham ersparen, die nach einem gescheiterten Sprechversuch auf ihn wartete; Eile vorschützend, harmlose Verwirrtheit vorschützend und in der Gewißheit, bei Gelegenheit mildernde Umstände zugesprochen zu bekommen, wandte er sich mit einem brummenden Laut ab, mit einem Laut, den er selbst als kurzangebundenen, bärbeißigen Dank verstand, grüßte noch einmal in absichtsvoller Zerstreutheit und humpelte davon, einfach davon. Ihm selbst kam es so vor, als ob er sich auf einmal sicherer bewegte, immer noch schwerfällig und gehemmt, aber sicherer; fest setzte der Gummischuh seines Stockes auf, in beinahe gleichmäßigen Abständen, und die Schrittfolge erhielt ihren eigenen Rhythmus. Er sah nicht zurück, das prompte Gefühl der Verlassenheit, das ihn sonst auf dem zementierten Platz anflog, blieb diesmal aus, zielstrebig hielt er unter warmen Windstößen auf die Bushaltestelle zu.

Wie er mir den Apfel entgegenhielt und mich fragte, ob das eine Uhr sei, also, Herr Doktor Nicolai, seit wann sagt uns ein Apfel die Zeit, und die Linden draußen, das sind doch, sind doch Bäume, denn Telegraphenstangen blühen ja wohl nur in Ausnahmefällen, aber die anderen Bäume, das Pfingstlaub, die schmückenden Reiser, zum Birkenweg, ja, die Adresse ist Birkenweg, Endstation, wer weiß, was sie gezwungen hat, dort hinauszufahren, welch ein Ereignis, jedenfalls könnte dies die Erklärung sein für ihre Abwesenheit – ach, Nora, daß man in solchem Fall wählen muß, hier das Kleinere, dort das Größere, nur eines können wir annehmen, durchmachen, doch alle Entsagungen lassen etwas offen, in Augenblicken hören wir den rauschenden Verlust, wenn du nur da bist.

Im Bus, unmittelbar hinter dem leise pfeifenden Fahrer – der hatte ihn sogleich verstanden, als er auf die Frage: Wohin? eine weit ausholende Geste in Fahrtrichtung machte – suchte und fand Uli das Mikrophon, ein fest angebrachtes Mikrophon auf biegsamem Hals, den der Fahrer einfach zu sich heranzog, wenn er die Namen der Haltestellen bekanntgab. Unwillkürlich mußte er an seine Eignungsprüfung denken, an den regnerischen Abend, an dem der stellvertretende Verkehrsdirektor ihm das Mikrophon überließ und ihn aufforderte, gemischten ausländischen Besuchern Funktionsweise und Leistung des Zentralschlachthofs »nahezubringen«. Obwohl er nur wenige Daten wußte, nahm er die Herausforderung an, dachte sich ein internationales Publikum, das er beiläufig mit täglichem Auftrieb, Tötungsart, Ausstoß bekannt machte, das er darauf aber einlud, gemeinsam die aufschlußreichen Beziehungen zwischen Wurst und Nationalcharakter zu ergründen. Gelassen analysierte er die beliebtesten Wurstsorten der Stadt, teilte sie nach Gruppen ein, also: rohe Fleischwürste, zu denen er Cervelat-, Schlack- und Knackwurst zählte, sowie gekochte Fleischwürste, worunter er nicht nur Preßkopf und Zungenwurst, sondern auch den Schwartenmagen rechnete. Kennerisch zählte er Gewürzsorten auf und ließ ahnen, worin Ausdauer, Plietschheit und blondbewimperte Trägheit der Einwohner ihren Ursprung oder ihre Ergänzung fanden. Als er, nur zum Vergleich, der Mortadella di Bologna auf den Grund ging, der Debrecziner Salami und den spanischen Garbangewürstchen, schmunzelten die anderen Kandidaten und die Prüfer, und der stellvertretende Verkehrsdirektor nahm ihm das Mikrophon aus der Hand und sagte: Ab heute habe ich ein anderes Verhältnis zur Wurst.

Am Stadion vorbei, an den alten Kasernen, vorbei an den Wiesen und Hügeln von Autowracks, an jeder Station stiegen einige Passagiere aus, und zuletzt, als sie in den Birkenweg hineinfuhren, war Uli der einzige Fahrgast. Der Fahrer deutete Uli seine Bereitschaft an, ihm beim Aussteigen zu helfen, doch Uli winkte ab und schwang sich vom Trittbrett und strebte ohne Zögern auf das Haus zu, in dem Noras Eltern wohnten; erst auf der Höhe des Vorgartens verlangsamte er seinen Gang, vielleicht in der Hoffnung, daß Nora zufällig aus dem Haus heraustreten könnte, vielleicht aber auch, weil er sich erst jetzt seiner ganzen Mittellosigkeit bewußt wurde und sich überlegen mußte, wie er sich verständlich machen sollte. Falls Nora an die Tür kam, brauchte er sich nicht einzuführen, dann war kein Wort nötig; doch wie sollte er sich mitteilen, wenn ihr Vater öffnete oder, ebenso unvorbereitet, ihre Mutter? Wie sollte er seinen Wunsch zusammenfassen? Wie Auskunft geben über sich selbst? Noch während er darüber nachdachte – wobei seine Gedanken immer an derselben Stelle abprallten –, spürte er, daß er am meisten unter der Vorstellung litt, sich einem anderen gegenüber nicht erklären zu können.

Um seine Unruhe zu bemänteln, seine Erschöpfung zu verbergen, widmete er sich bei der Durchquerung des Vorgartens den Sonnenblumen, zeigte, da er sich beobachtet wußte, ein versonnenes Interesse für Hagebutten und Hortensien, hob sogar eine umgekippte Gießkanne auf und stellte sie wie dienstbereit unter einen Wasserhahn. Die Haustür war nur angelehnt, er ging hinein, zog sich Hand über Hand die Treppe hinauf, verharrte, bis er glaubte, daß sein Atem sich genügend beruhigt hätte. Am liebsten hätte er eine Hand auf die fühlbar zuckenden Lippen gelegt und sie so liegenlassen für eine Weile, aber da verdunkelte sich schon das Glas, und er hörte, wie in der Wohnung eine Beschwichtigung zurückgerufen wurde. Daß der Mann, der die Tür bis zum Stopper aufzog, ihn nicht unwillig oder verärgert musterte, sondern ihn, im Gegenteil, mit einer einladenden Bewegung zu sprechen aufforderte, bewahrte Uli vor einer sofortigen Blockierung; es gelang ihm, eine Verbeugung anzudeuten, ein paar beschleunigte Atemzüge zu machen und, bei hervortretenden Augäpfeln und unter zunehmendem Würgen, eine Reihe von Wörtern hervorzubringen, die anfangs noch getrennt waren und ihren einzelnen Lautwert hatten, die aber dann zusammengequetscht wurden, gedrückt und gestoßen und zuletzt nur noch in einem einzigen Poltern untergingen. Mein Gott, sagte der Mann, was ist denn mit Ihnen? Uli hob in Bedauern die Schultern, seine Augen wurden feucht, es sah aus, als ob er verhalten weinte. Ist Ihnen nicht gut, fragte Noras Vater und zog die Tür unwillkürlich zur Hälfte zu.

Nicht, noch nicht schließen, denn ich hab die Karte, den Ausweis, das Bild, hab das Photo, das wird genug beweisen, das Photo mit Widmung, Sie können sich gleich überzeugen, einen Augenblick nur, gleich wird sich der Schrecken legen, Ihr Mißtrauen, gleich werden Sie mich verstehen.

Um schnell an seine Brieftasche zu kommen, machte er einen kleinen Ausfallschritt. Er blickte auf den Mann und auf die Brieftasche und wieder auf den Mann und wieder auf die Brieftasche, wart nur, warten Sie, und dann ging er zittrig seine Papiere durch, pflügte einfach auseinander, was sich durch Zeit und Gewicht verklebt hatte, ja, da haben wir's, da haben Sie's, und zog Noras Bild heraus und hielt es dem Mann hin. Der blickte kaum auf das Photo, der drehte es um und las die Widmung, nicht erstaunt oder ungläubig, sondern nur aufmerksam, er las die Widmung mehrmals und verschwand dann plötzlich im Innern der Wohnung, ohne Uli etwas gesagt oder auch nur ein Zeichen gegeben zu haben. Wollte er Nora holen? Uli wartete, auf seinen Stock gestützt. Keine Stimmen, er hörte keine Stimmen, dennoch wußte er, daß drinnen beratschlagt, daß vielleicht sogar eine Auseinandersetzung geführt wurde; je länger es dauerte, desto sicherer wurde er, daß Nora sich nicht in der Wohnung aufhielt. Und dann erschien der Mann wieder und rief schon vom Ende des Korridors: Hören Sie, es tut mir leid, aber meine Tochter ist nicht bei uns. Er reichte Uli das Photo zurück wie eine Eintrittskarte, die er gerade auf ihre Echtheit geprüft hatte, sie ist vermutlich auf ihrer Arbeitsstelle, in der Öffentlichen Bücherhalle Nord. Da Uli noch nicht reagierte, wiederholte er seine Worte, sprach lauter jetzt, gedehnter, sprach mit rücksichtsvoller Deutlichkeit. Uli schien unerreichbar. Hören Sie, sagte der beleibte Mann mit den hängenden Schultern, Sie können gern einen Augenblick zu uns hereinkommen. Sie können sich ausruhen, wenn Sie wollen, es ist auch noch Tee da.

Nach kurzer Bedenkzeit nickte Uli, doch bevor er

die Wohnung betrat, schrieb er ein paar Zeilen in die Luft, eckig, mit fragendem Ausdruck, und der Mann verstand ihn sofort und sagte: Auch das, Sie können Nora eine Nachricht hinterlassen, Schreibzeug ist vorhanden.

Die alte Frau in ihrem rostroten Sessel sagte kein Wort zur Begrüßung, sie schien nur halbherzig darin einzuwilligen, daß er ihre lasche Hand nahm, und nachdem er sich an einen ovalen Tisch gesetzt hatte, musterte sie ihn mit unterlaufendem Blick, der zwar Neugierde, aber auch Abweisung verriet. Noras Vater schien die Geschäftigkeit Freude zu machen, er brachte Tee, er legte Schreibzeug bereit, und bei allem, was er tat, wies er noch einmal darauf hin, was er gerade getan hatte: So, jetzt habe ich Ihnen den Tee gebracht; so, nun setze ich mich zu Ihnen. Uli lächelte dankbar. Er sah auf die schöne dünnwandige Tasse, er konzentrierte sich auf die Tasse wie auf ein Ziel, sein Ellenbogen ruhte auf der Tischplatte, Daumen und Zeigefinger öffneten sich bereits zu einer Zange, die den Henkel fassen wollte, doch dann, als seine Hand sich vorwärts bewegte, spürte er einen Widerstand, eine magnetische Kraft, die ihn unweigerlich ablenkte, und er mußte sehen, wie er die Tasse verfehlte und vorbeigriff. Um das Mißgeschick zu verharmlosen, neigte er sich mit gespanntem Körper nach vorn, setzte die Tasse in der Beuge seines Arms gefangen, und diesmal gelang es: er bekam den Henkel sicher zwischen die Finger und hob die Tasse an den Mund und trank. Danach schrieb er; verbissen, mit harten Bewegungen und ohne sich den Raum einzuteilen, schrieb er seinen Namen, zeigte auf sich und schob dem Mann das Blatt zu; der verstand ihn wiederum sofort: Ulrich Martens. Vom Tisch her hielt Noras Vater der Frau das Blatt entgegen und sagte: Herr Martens – sein Name ist Ulrich Martens. Das war eher zur Beruhigung gedacht und nicht als Aufforderung, sich zu entsinnen.

Ungeduldig scharrten Ulis Finger, er setzte von neuem an, seine Halsmuskeln strafften, seine Knöchel verfärbten sich unter dem Druck, mit dem er den Kugelschreiber führte, und ohne daß er es merkte, begann er zu schnaufen und, ab und zu unzufrieden mit sich selbst, seine Tätigkeit mit leisem Stöhnen zu begleiten. Nun war er sicher, daß Nora nie mit ihren Eltern über ihn gesprochen hatte, sein Name sagte ihnen nichts, und er empfand eine sanfte Freude bei dem Gedanken, daß es ihm vorbehalten war, die alten Leute einzuweihen. Er nahm sich nicht die Zeit, durchzulesen oder gar zu korrigieren, was er an langgezogenen Buchstaben zusammengebracht hatte; kaum hatte er einige Worte geschafft, da riß er auch schon das Blatt vom Block ab und wischte es dem Mann hinüber, uninteressiert daran, ob der seine Nachricht verstand und wie er sie aufnahm. Er merkte nicht, daß Noras Vater der unbeweglich verharrenden Frau immer wieder Zeichen gab, ihr seine zunehmende Ratlosigkeit signalisierte, seine Besorgnis und schließlich auch seinen Verdacht, und er blickte nicht einmal auf, als der Mann aufstand und einige beschriebene Blätter zum Sessel hinübertrug.

Gemeinsam lasen die alten Leute den unvollendeten Text, das heißt, sie suchten ihn gemeinsam zu entschlüsseln, fuhren mit versteiftem Zeigefinger die Worte ab, hoben hervor, was ihnen den Besuch erklärte – Unfall, Sprachstörung, Krankenhaus –, machten sich auf Fehler aufmerksam und bemühten sich ergebnislos, einzelne nur halbfertige Wörter zu ergänzen und sie miteinander in Beziehung zu bringen. Was er über Nora notiert hatte, ließ nur Mutmaßungen zu; immerhin konnten sie sich denken, daß er auf der Suche nach Nora war in einer dringenden Angelegenheit.

Aus weiteren Blättern, die er eilfertig nachreichte, konnten sie herauslesen, daß er vorhatte, ins Krankenhaus zurückzukehren, diese Nachricht war anscheinend für Nora bestimmt, von der er glaubte, daß sie hierher kommen werde. Zum Schluß entschuldigte er sich in Blockbuchstaben für sein Erscheinen, brachte seine Hände zusammen und dankte, indem er sie auf und nieder bewegte. Dann trank er zum zweiten Mal.

Die Alten flüsterten und verständigten sich durch Blicke und, so sah es aus, durch Berührungszeichen; lange brauchten sie nicht, um sich zu einigen. Warum Noras Vater das Fenster schloß, bevor er an den Tisch zurückkam, konnte Uli im Augenblick nicht verstehen, doch als der Mann die beschriebenen Blätter achselzuckend fallen ließ, sagte ihm sein Argwohn, daß es mit seiner Anwesenheit zusammenhing. Um seine Erregung zu verbergen, nahm Uli die Hände vom Tisch, sein Mund verzog sich zu leichter Schräge. Hören Sie, sagte der Mann, uns ist nicht klargeworden, was Sie wollen; ob Nora Ihnen etwas versprochen hat; ob Sie Forderungen an sie haben. Im allgemeinen erzählt uns Nora alles, Ihren Namen aber hat sie noch nie erwähnt. Wir möchten Ihnen vorschlagen, daß Sie ihr schreiben.

Uli zog die Blätter zu sich heran, ging sie hastig, mit pfeifendem Atem durch, auf der Suche nach einem bestimmten Wort, das sie, wie er glaubte, überlesen hatten, doch er konnte das Wort nicht finden, so oft er die Seiten auch überflog, er fand es nicht, obwohl er sicher war, es geschrieben zu haben, das Wort »Verbindung«. Bemüht, das Wort auszusprechen, riefen seine Lippen ein flatterndes Geräusch hervor; er sah nach dem Kugelschreiber, er wollte ihn greifen und stieß seine Hand nach vorn – eine Bewegung, die wie ein kurzer, trockener Schlag aussah – und traf die Tasse mit solcher Wucht, daß sie gegen den Fuß einer Stehlampe flog und zersplitterte. Die Frau fuhr in ihrem Sessel auf und fragte tonlos: Kaputt, ist sie kaputt? – und nach einer kurzen Pause, fassungslos: Doch nicht Mutters Tasse? Hören Sie, sagte Noras Vater zu Uli, es wäre gut, wenn Sie jetzt gingen. Wir werden Ihre Nachrichten an Nora weiterleiten; sie wird sich bei Ihnen melden. Kommen Sie, ich bringe Sie zur Tür. Uli sah mit gequältem Erstaunen zu ihm auf, schluckte, wandte sich dann der Frau zu, die es verstand, erbittert an ihm vorbeizublikken; beide zeigten keine Bereitschaft, auf seine Not einzugehen. Sie litten unter seiner Anwesenheit, sie wünschten ihn fort, nur eine vage Rücksicht auf Nora hinderte sie daran, ihm Vorhaltungen zu machen.

Warum könnt ihr nicht hören, wie ich mich selbst höre, meine Stimme, warum könnt ihr nicht die geschriebenen Worte verstehen aus dieser Nähe, meine Lippen sagen doch alles, trotz der schweren Zunge, trotz des Schwindelgefühls, das in Wellen kommt und alles zum Dünen bringt.

Uli stand auf und schwankte zur Tür, auch in seiner Unsicherheit darauf bedacht, sich nicht stützen zu lassen, und von der Tür her grüßte er in den Raum zurück, steif, mit verzerrtem Gesicht, ohne den Blick von Noras Eltern zu suchen. Auf dem Treppenabsatz, wieder allein, schien er Maß zu nehmen wie zu einem Sprung, glitt dann aber, ans Geländer gedrückt, nur ein paar Stufen hinab und setzte sich, die Wange an den aufgestützten Stock geschmiegt. Dieser dauerhafte Schwindel, als ob er, in ein Netz eingebunden, von den Freunden seines Bruders schwungvoll gewiegt wurde, wie damals, auf dem alten Steg am Fluß. Er sah die Wand auf sich zufallen und wieder zurückweichen, er wartete darauf, daß die Netzenden freigegeben wurden und er aufflog und sich überschlug und aufs Wasser stürzte. Uli schüttelte sich wie nach dem Auftauchen, er stemmte sich hoch und tappte die Treppe hinab.

Nachdem er den Vorgarten hinter sich hatte und im Schutz der Hecken ging, beschloß er, ins Krankenhaus zurückzukehren, weil er erkannt hatte, daß seine Kraft ebensowenig ausreichte wie sein Gleichgewichtssinn.

Als er im Bus saß, allein an der hinteren Tür, bedachte er die Möglichkeit, daß er Nora vielleicht nur knapp verfehlt hatte. Er sah ein, daß es ein Fehler gewesen war, auszubrechen, ohne ihr ein Zeichen gegeben zu haben oder sein Erscheinen anzukündigen. Obwohl der Besuch bei Noras Eltern ein Gefühl schwacher Erbitterung in ihm hinterlassen hatte, bedauerte er ihn nicht; nun würde sie von mehreren Seiten erfahren, was er ihretwegen unternommen hatte. Er rechnete damit, daß sie versuchen würde, noch an diesem Abend zu ihm zu kommen. Die Schwester glaubte er versöhnen zu können durch einen Strauß; er nahm sich vor, ihn am Blumenstand vor dem Krankenhaus zu kaufen. Unbemerkt wollte er sich in sein Zimmer stehlen, seine Sachen ordnen, wollte sich ins Bett legen und sie geduldig erwarten; in ihre Verblüffung hinein würde er ihr den Strauß geben, nicht bußfertig, sondern ganz beiläufig. Das wurde ruhig und unbeeilt beschlossen; die Vorsätze, die er faßte, erfüllten ihn mit einem unerwarteten Zutrauen zu sich selbst. Am liebsten wäre er aufgestanden, um zu prüfen, ob das Zutrauen sich auch dann noch erhielt, wenn er versuchte, einige Schritte im Mittelgang des Busses zu machen. Durch die getönte Scheibe, die über alles einen stählernen Blauton legte, sah er über Wiesen und Baumschulen und Rosenfelder, betrachtete sie wie etwas Verlorenes, das ihm nun überraschend zurückgegeben wurde. Mitunter hatte er den Eindruck, daß sich ihm die Dinge und Gegenstände vorstellten, einfach, indem sie an seine Erinnerung appellierten.

Und plötzlich entdeckte er Nora. Er erkannte sie vor dem Stadion – ihre Gestalt, ihr Gang, das im Nacken

gesammelte Haar –, sah sie auf den dunklen Eingangs-
schlund zugehen, an der Seite eines hageren, hochge-
wachsenen Mannes in blauem Trainingszeug. Sie hatte
Mühe, mit ihm Schritt zu halten, sie trippelte, sprang,
verlangte nach seiner Hand, doch er ging ungerührt
weiter und schloß zu dem Pulk auf, der sich am Eingang staute, drängte sich hinein und wurde verdeckt
von neu herausströmenden Zuschauern. Uli konnte es
kaum erwarten, bis der Bus hielt, die Tür sich zischend
auffaltete; mit einigen Nachzüglern, die ausnahmslos
schneller waren als er, strebte er dem Stadion zu, kauf-
te eine Karte und wurde durch ein kühles Labyrinth
sanft ansteigender Gänge gewiesen. Rundeisen ragten
hier und da aus Betonwänden hervor, in Nischen
tropfte es und legte einen schmierigen Bezug über ver-
gessenes Geröll. Manchmal war es Uli, als ob der Boden unter ihm nachgab, schlingerte. Ein warmer Wind
kündigte das Ende der Katakomben an, er trat auf die
Tribüne hinaus und sah unter sich in der Sonne das
Stadion. Schwankten die Tore? Begannen die Fahnen-
masten zu rotieren? Und der Speerwerfer, der gerade
seinen Anlauf abstemmte – schleuderte er zwei Speere
in die Luft? Uli mußte sich setzen, ein reißendes Gefühl zog ihn nieder. Sein Stock begann zu zucken und
auszuschlagen, es half nichts, daß er ihn in die feinen
Kiesel stieß.

Unten, am Eingang zur Zielgeraden, machten sich
einige Läufer fertig zum Start, und dort auf ihrer Höhe, gegen die Holzbarriere gelehnt, stand Nora und
sah ihren Sprung- und Lockerungsschritten zu. Uli
stand auf, fiel zurück, drückte sich noch einmal ent-
schiedener ab und suchte sich einen Weg durch die nur
dünn besetzten Bankreihen. Den Limonadenverkäufer
mit seinem Bauchladen wagte er nicht anzusprechen,
obwohl er sich nach einer Erfrischung sehnte. Zuschauer, die maulten, weil er ihnen vorübergehend die

Aussicht nahm, besänftigte er, indem er auf den Griff seines Stockes klopfte. Die einzelnen überhohen Stufen hinabzukommen, erwies sich als das Schwierigste. Überall freie Plätze auf den Bänken, er konnte sich abstützen und, wenn es ihn niederzog, ausruhen. Schließlich erreichte er den schmalen Gang, der direkt hinabführte zur Startlinie, ein Raunen ging durch das Stadion, dann sprang Beifall auf, der sich echohaft verlor. Vor der Barriere standen die Zuschauer in Trauben, er setzte ein Dauerlächeln auf und zwängte sich hindurch, soweit, bis er sich unmittelbar hinter Nora befand, und nach einem Augenblick der Sammlung hob er die Hand, hob sie gegen unerklärlichen Widerstand und erfaßte den Oberarm der Frau, gerade so, als wollte er sie zu sich herumdrehen. Die Frau reagierte zunächst nicht, vielleicht glaubte sie, daß ihr Begleiter sie umfaßte, der Mann im blauen Trainingsanzug, doch als Uli den Druck verstärkte, wandte sie sich um, und er sah in ein fremdes Gesicht, erlebte die rasche Entstehung von Verwunderung und Entrüstung. Uli erschrak, und der Schrecken ließ ihn so sehr versteifen, daß er seine Hand nicht sogleich zurückzog; er fühlte kaum, wie die Frau sie wegschlug.

Seine Gesichtsmuskeln regten sich. Er grimassierte. Er wollte etwas sagen und straffte sich und hob sich auf die Zehenspitzen, doch es gelang ihm kein Laut. Sie haben wohl nicht alle, sagte die Frau und neigte sich ihrem Begleiter zu und flüsterte mit ihm, weihte ihn flüsternd ein, worauf der Mann Uli taxierend ins Auge faßte und nicht einmal sehr laut sagte: Zieh Leine, schnell, oder es passiert was. Ulis bittend erhobene Hand wollte er nicht zur Kenntnis nehmen.

Nun, da er sich wieder herauszwängte, ließen die andern ihn ihre Mißbilligung spüren, schubsten und rempelten ihn, gaben ihm kurze Flüche mit, ein unbeweisbarer Tritt brachte ihn fast zu Fall. Er hatte die erste Bank noch nicht erreicht, da bat eine getragene Stimme im Lautsprecher um Aufmerksamkeit; vor dem Start zum 1 500-Meter-Lauf erinnerte die Stimme an einen Läufer, der in dieser Disziplin, in diesem Stadion einst Triumphe gefeiert hatte: Erik Vahl. Zum Gedenken an den beliebten, an den vorbildlichen Mittelstreckler, der bei einem Verkehrsunfall ums Leben gekommen war, wurden die Zuschauer gebeten, sich von ihren Plätzen zu erheben, und dann wurde es sehr still im Stadion, nur das Geräusch der Flaggenleinen war zu hören, die der Wind klatschend gegen die hölzernen Stangen schlug. Blicke senkten sich, Hände fanden zusammen, die Läufer beugten den Nacken, selbst die Verkäufer in ihren weißen Kitteln blieben stehen und ließen die Schweigeminute gelten.

Auch Uli stand regungslos, eine Weile zumindest, und ganz so, als ob er das allgemeine Schweigen vermehrte, doch das Dröhnen in seinem Kopf nahm zu, das Rumpeln, das dumpfe Getöse, das an einen Steinschlag in der Ferne erinnerte. Er drehte sich zur Bank um, er schätzte, er vermaß den Abstand, indem er den Stock hob. Die Bank belebte sich, sie schaukelte und driftete heran, so daß er glauben mußte, sie böte sich ihm an, also nutzte er den Augenblick der Nähe, schritt nicht, sondern warf sich ihr entgegen und fing den Schwung glücklich ab. Besorgt erforschte er die Gesichter der Zuschauer; niemand schien ihn zu beachten.

Macht schon, macht, ihr mit eurem anberaumten Schweigen, Gedenkminute, Schweigeminute, die lauter ist als jede Begeisterung, ich höre die Wörter, die rauswollen, ihren Stau, ihr Geschiebe, höre das Echo des Schweigens, all diesen Kuddelmuddel, die unerlösten Zeichen und Äußerungen, ja, Herr Doktor Nicolai – wir sind darauf angewiesen, gehört zu werden, die Botschaft des Schmerzes, die die Kehlkopfventile verkrampfen läßt, ich verstehe: das Ur-Wort, ich hab verstanden, daß Worttaubheit mit einer Beschädigung der Regio paratransversa der ersten Schläfenwindung verbunden ist, ah, diese Windungen, Gruben, die Sylvische Grube, was habe ich nicht alles erfahren, allein mit den Erfahrungen, die nichts helfen, aus denen wir herausschauen wie aus überalten Photographien, alles wird aufgehoben in der feuchten area superior, das Wortverständnis, sogar der Sinn für Grammatik, ich hab verstanden, ein schlinziges Schlüsselchen, ein winziges Schlüsselchen heißt es, wie lange dauert denn diese Minute, diese Geschangenfaft, laßt mich doch endlich raus.

Die Stimme im Lautsprecher bedankte sich für das Schweigen, rief dann die Läufer an die Startlinie und stellte sie namentlich vor. Während die Zuschauer sich setzten, stand Uli auf unter ihren zurechtweisenden Blicken, schleppte sich, von Vorwürfen und gezischelten Schmähungen verfolgt, den Gang hinauf und tauchte weg, atmete die kühle Luft der Tunnel unter den Tribünen. Obwohl der Boden sich unter ihm senkte, hatte er manchmal das Gefühl, daß er sich ihm entgegenhob – ein schmales, langsames Schiff, das von der anlaufenden See emporgehoben wurde und wie mit Verzögerung einbrach. Niemand kam ihm entgegen, auch die Ordner waren verschwunden.

Draußen auf dem weiten Stadionsplatz zwang ihn ein plötzlicher Drehschwindel in die Knie, er kniete neben einem jungen, verankerten Baum und hielt sich mit einer Hand am Seil fest – von weitem sah es so aus, als ob er sich übergeben müßte. Die Brandung der Stimmen im Stadion, Gezeiten der Begeisterung; Sprechchöre. Uli linste zur fernen Bushaltestelle hinab, ausdauernd, er überdachte die verbliebene Strecke, schätzte, erwog, er merkte, wie alles verflimmerte und Bäume und Böschungen ihre ganze Kontur einbüßten.

In der Tiefe des Augenhintergrunds meldete sich ein vertrauter Schmerz. Er blickte auf seine Hand, die das gespannte Ankerseil hielt, und plötzlich hatte er das Gefühl, daß das Seil straffer und straffer wurde, daß es heiß wurde und zu zittern begann unter äußerster Spannung. Die Fasern, so glaubte er, drehten sich, sie knirschten und sprangen mit peitschendem Schlag. Uli wollte sich noch auf alle viere hinablassen, doch es gelang nicht; er fiel aufs Gesicht und blieb liegen.

10

Er sprach sie nicht gleich an. Offenbar hatte er vor der Öffentlichen Bücherhalle auf Nora gewartet, war ihr unbemerkt über den weiten zementierten Platz gefolgt, hatte sich zurückgehalten, als sie sich von einer älteren Kollegin mehrmals verabschiedete, und war ihr dann stetig nachgegangen bis zur Bushaltestelle; hier erst trat er an sie heran und machte mit einer Entschuldigung auf sich aufmerksam. Ulis Bruder zögerte, sie zu begrüßen, er stand nur da, unsicher und besorgt, die Spitzen seines Hemdkragens waren zerknittert, aufgebogen, ein Zucken lief über die schlecht rasierten Wangen. Er trug eine abgegriffene Aktentasche, die dort, wo er sie hielt, angedunkelt war von Schweiß. Nora gab ihm stumm die Hand, und er lächelte dankbar und wollte gerade sein Erscheinen erklären, als der Bus herandrehte und sie sich in die Schlange der Fahrgäste einreihen mußten Bevor er sich zu ihr setzte, bat er sie mit einem Blick, mit einer Geste um Erlaubnis.

Ob sie es schon erfahren habe, fragte er flüsternd, ob sie bereits wisse, daß Uli aus dem Krankenhaus entwichen sei? Nora wußte es. Ob ihr auch bekannt sei, daß er es getan hatte, ohne Rücksicht zu nehmen auf Ärzte und Schwestern? Nora nickte, drehte das Gesicht zur Seite, suchte ihr Spiegelbild in der getönten Scheibe. Und nach einer Pause fragte er sehr leise, ob sie jetzt zu ihm unterwegs sei, worauf Nora den Kopf schüttelte, ohne sich ihm zuzuwenden. Ich weiß nicht, wo Uli ist, sagte sie, ich weiß es wirklich nicht. Ich dachte, er ist vielleicht bei Ihnen, sagte der Mann. Nein, sagte Nora schwach, nein. Sie hörte, wie er enttäuscht aufseufzte und einige Worte zu sich selbst sprach, sie spürte die Erschütterung, als er sich zurückfallen ließ, schlaff, und ihm halb zugewandt, sah sie aus den Augenwinkeln, wie er mit einem Taschentuch mühsam sein Gesicht trocknete und danach seine Schläfen massierte. Sie mußte an Robert denken, der zuletzt immer häufiger mit sich selbst gesprochen hatte, auch in ihrer Gegenwart, vernehmlich und darauf bedacht, sich im Selbstgespräch zur Ruhe zu bringen.

Ulis Bruder verhakte seine Finger in das Netz des vorderen Sitzes, sein massiver Oberkörper schwankte, das kam von der unebenen Straße, einer Umleitung, die um eine Baustelle herumführte. Seine Lider waren geschlossen, zusammengepreßt die schmalen, trockenen Lippen, er saß da, als wehrte er sich noch gegen eine letzte Gewißheit. Geht es Ihnen nicht gut? fragte Nora. Er sah sie überrascht an, er lächelte, ein Ausdruck von Müdigkeit und Trauer erschien auf seinem Gesicht. Es soll nicht sein, sagte er, es soll wohl nicht sein, und als Nora fragend die Schultern hob, fügte er hinzu: Vielleicht muß ja nicht alles beglichen werden, erkannt werden. Vielleicht müssen wir uns damit abfinden, daß nicht alles gelöst werden kann. Eine Weile starrte er auf seine Finger, einverstanden mit dem Fazit, das er gerade für sich gezogen hatte; doch plötzlich richtete er sich auf, belebt von einem unerwarteten Einfall. Unruhig fragte er: Er kommt doch zu Ihnen? Uli wird sich doch bei Ihnen melden? Ich glaube, sagte Nora, ich hoffe es. Hat er es noch nicht versucht? fragte der Mann. Nora bestätigte es zuerst wortlos und sagte dann: Wir haben uns verfehlt, zweimal, jetzt weiß ich nicht, wo er sich aufhält – allein; er wird doch nicht fertig allein.

Herr Martens überlegte, er sah auf die Uhr, sprach wiederum mit sich selbst und zuckte die Achseln, und dann schlug er Nora vor, die Heimfahrt zu unterbrechen, nur für kurze Zeit, bei der Alten Schule. Er schlug ihr vor, eben bei ihm vorbeizukommen, es liege da etwas für Uli bereit, etwas, das er ihr schon einmal habe überbringen wollen, denn wie sie vielleicht wisse, habe der Arzt ihn, Frank Martens, gebeten, einstweilen auf Besuche zu verzichten. Ob sie ihm die Freude machen wolle? Sie brauche es Uli nur zu übergeben, ein kleines Päckchen, das, er zweifle da nicht, Uli die Augen öffnen werde. Der Inhalt werde ihm wohltun, er werde ihn vielleicht zunächst irritieren, ratlos machen, am Ende aber zu einer Einsicht bringen, die allen nützt. Gerade weil er sich der Wirkung so sicher sei, bitte er sie um diesen Vermittlerdienst. Sie komme doch mit, um das Päckchen abzuholen? Übrigens, er habe das schon ausgerechnet, brauche sie nur einen Bus zu überschlagen.

Nora konnte sich nicht gleich entscheiden, sie wandte sich von ihm ab, sie sackte allmählich weg in eine fühlbare Unerreichbarkeit, aus der er sie nicht aufzustören wagte, doch je länger sie so verharrte, desto sicherer wurde er, daß sie seiner Bitte folgen würde. Wie in Trance glich ihr Körper das Schlingern des Busses aus, sie beachtete nicht ihre pendelnde Einkaufstasche, die gegen eine Holzleiste schlug, hatte keinen Blick für die Kinder, die barfuß durch den lehmtrüben Tümpel wateten, der durch einen Wasserrohrbruch entstanden war. Als der Fahrer die Alte Schule ausrief, erhob sie sich, als hätte sie sich längst entschieden, und ging Ulis Bruder voraus durch den Mittelgang. Draußen sah sie hinauf zu den Kronen der alten Bäume, auch der Mann blieb stehen in dem gefleckten Licht, und nachdem der Bus abgefahren war, hörten sie deutlich und immer deutlicher das Geräusch fallenden Wassers am algenbesetzten Schleusentor.

Kommen Sie, sagte er erbötig, kommen Sie, er schien so sehr um ihre Zeit besorgt, daß er sie mitzog über die breite gedrungene Brücke und es gerade noch zuließ, daß sie im Gehen über das verbogene Röhrengeländer strich. Die Häuser schienen zur gleichen Zeit gebaut worden zu sein, bescheidene Spitzgiebeldächer, Türen und Fensterrahmen in brauner Sparfarbe, die Rhododendronbüsche von gleicher Höhe, immer als Sichtschutz gepflanzt. Hier sind wir schon, kommen Sie.

Er hielt ihr eine niedrige Pforte auf, zog früh sein Schlüsselbund heraus; bevor er aufschloß, drückte er mehrmals einen Klingelknopf, gab ein melodisches Geheimsignal. Nora wollte Netz und Einkaufstasche erst gar nicht an die Garderobe hängen, sie hielt sie fest in beiden Händen, während sie Herrn Martens zaghaft über den Flur folgte, in ein Wohnzimmer von lichtarmer Gemütlichkeit. Ein sehr alter Mann, blutige Rasierspuren im Gesicht, saß steif auf einem Polsterstuhl und döste, er hatte seine qualmende Zigarre in eine Schale mit Granatäpfeln und Zierkürbissen gelegt. Beim Anblick von Ulis Bruder hellte sich sein Gesicht auf, schmatzend streckte er die Arme nach ihm aus und wollte begrüßt werden. Als er Nora entdeckte, erhob er sich, straffte sich und schlug zu einer kleinen Verbeugung leicht die Hacken zusammen; höflich bat er Nora darum, ihren Namen zu wiederholen. Mein Schwiegervater, sagte Herr Martens, er ist schwerhörig und außerdem ein wenig verwirrt.

Plötzlich stand in der offen Schiebetür die Frau, sie stand bewegungslos da, als wollte sie an diesem Platz bemerkt werden, eine zierliche, dunkelhäutige Frau mit schwarzem, gewelltem Haar, die sich in dem Augenblick regte, in dem Noras Blick sie traf. Ihre Blicke lösten sich nicht mehr voneinander, bis sie heran war, bis sie Nora begrüßt hatte mit einer Freundlichkeit, die keineswegs geprobt oder aufgesetzt erschien. Es freut mich, sagte sie, mein Mann hat mir von Ihnen erzählt, wollen wir uns nicht setzen. Schon befreite sie Nora vom Gepäck und legte es an den Rand einer mächtigen, durchgesessenen Eckcouch, schon bat sie ihren Mann, den Kirschgeist zu bringen, und um dem Besuch anzudeuten, wieviel sie sich von ihm versprach, zog sie den Alten versöhnlich zur Tür und schickte ihn schulterklopfend in den Garten hinaus: Spreng ein bißchen, schneid ein bißchen zurück, wir haben hier etwas zu besprechen. Gehorsam stakste der alte Mann hinaus.

Also das da, sagte sie zurückkehrend, nein, alles, was Sie an den Wänden sehen: es sind Bilder, die ausnahmslos von Schriftstellern stammen, Zeugnisse von Doppelbegabungen, Zeichnungen, Radierungen, Aquarelle, die mein Mann seit vielen Jahren gesammelt hat. Da ist etwas von E. T. A. Hoffmann, und da von Faulkner, und diesen Dürrenmatt werden Sie vielleicht erkennen, es ist schon sehr aufschlußreich, manchmal glaubt man, die Bilder lesen zu müssen, sie bieten sich geradezu als Fortsetzung der Lektüre an. Irgendwann wird mein Mann etwas darüber veröffentlichen, über das Lesen von Bildern und das Betrachten von Büchern, wenn man so sagen darf. Übergangslos sprach sie zu Ulis Bruder weiter, der auf einem Tablett Flasche und Gläser heranbrachte, sie bezeichnete die Stelle auf dem Tisch, wo er das Tablett absetzen sollte, markierte den Standort der Gläser, gab die Reihenfolge an, in der die Gläser gefüllt werden sollten, und dann prostete sie Nora nachdenklich zu und hieß sie noch einmal willkommen. Sie saß mit dem Rücken zum Fenster, ab und zu warf sie den Kopf zurück, wobei das Haar in schöner, wehender Bewegung nach hinten flog, sanft zurückschwang und sich gleich wieder locker aushing. Ulis Bruder schenkte nach, er lobte den Kirschgeist, er erklärte, warum er ihn allen anderen Obstschnäpsen vorzog, doch Nora blieb bei ihrem Verzicht und sah auf den Tisch hinab, als beide die Gläser gegeneinander hoben.

Vielleicht möchten Sie ein Stück Kuchen, fragte der

Mann, oder einen Kaffee? Danke, sagte Nora. Aber warum denn nicht? sagte die Frau. Frank macht uns einen starken Kaffee, und dann können wir in Ruhe über alles sprechen. Nicht wahr, Frank? Ja, Hilde. Ich hab noch zu tun, sagte Nora. Sie suchte den Blick des Mannes, nickte ihm auffordernd zu, erinnerte ihn stumm drängend an die Abmachung, doch Ulis Bruder wich ihr aus oder war auf einmal unempfindlich geworden für ihre Zeichen, er hatte das Wort an seine Frau abgegeben, er saß bereit, ihr zuzustimmen. Nora erwog, aufzustehen und nach dem Päckchen zu fragen, das sie Uli übergeben sollte, aber sie brachte es nicht fertig; sie mußte dieser Frau zuhören, die so achtsam dafür sorgte, daß das Schweigen sich nicht auswuchs, sie mußte mit ansehen und sich vorstellen, wie sie probeweise mit Uli gelebt hatte, so lange, bis beide wußten, daß ihre Entwürfe nicht zusammenpaßten.

Auf einmal erschraken sie, der alte Mann draußen im Garten richtete den vollen Wasserstrahl gegen ein Fenster, ein dumpfes Getöse entstand, die Frau stürzte hinaus, nahm den Schlauch in die Hand und zerrte ihn unter die Veranda. Anklagend wies sie auf ein Rundbeet, hob eine Blumenstaude hoch, die der scharfe Strahl herausgewaschen hatte, schlenkerte sie ein bißchen und ließ sie wie etwas Totes fallen. Darauf tätschelte sie dem alten Mann die Schulter, reichte ihm eine Gartenschere und lenkte ihn mit einem gefühlvollen Schubs zur Hecke hinüber. Kann sein, was es will, sagte sie mit heiterer Resignation, er behandelt alles im Garten als Gegner.

Sie deutete an, daß sie rauchen wollte, und Ulis Bruder nahm aus einem hölzernen Kästchen eine Zigarette und steckte sie für sie an. Für sich legte er eine kurze Zigarre bereit, rauchte jedoch noch nicht, sondern ging mit langsamen Schritten auf eine Bücherwand zu, öffnete einen eingebauten Schrank und zog ein mit Gummibändern verschnürtes Päckchen heraus. Er wog es in der Hand. Ein Zittern lief durch sein fleischiges Gesicht. Noch bevor er sich schwer niederließ, schob er das Päckchen über den Tisch Nora zu, schob es ihr allerdings nur soweit zu, daß es immer noch in seiner Reichweite blieb, ein großformatiger, gefalteter Briefumschlag. Das ist alles, sagte er, ich möchte es nicht durch die Post schicken. Während er sich die Zigarre anzündete, sah Nora, wie sehr seine Finger zitterten; offensichtlich hatte es auch seine Frau gemerkt, denn sie fing seine Hand ab und beklopfte sie besänftigend.

Sie können mir glauben, sagte die Frau, es hat auch uns mitgenommen – das, was Uli zugestoßen ist. Es tut uns sehr leid, wir überlegen den ganzen Tag, wie wir ihm helfen können ... Diese Not ... Diese Einsamkeit' ... Schlimmeres konnte ihm nicht passieren. Sie zeigte auf ihr Glas, und der Mann füllte beide Gläser nach. Keiner weiß, was ihm bevorsteht, sagte sie, was ihm reserviert ist, jeder muß auf sich nehmen, was ihm zum Schluß vorbehalten ist, und doch kann man sich nicht damit abfinden, wenn es einige außer der Reihe trifft. Alles hätten wir für möglich gehalten, nur das nicht: daß Uli die Sprache genommen wird. Er hat einen sehr guten Arzt, sagte Nora, man wird ihm helfen können.

Das war leise, doch mit festem Zutrauen gesprochen, fast konnte man Noras Worte so auslegen, als bedürfe Uli im Augenblick keiner besonderen Teilnahme, und am wenigsten einer Fürsorge, die erst ein Unglück erweckt hatte. Sie erschrak ein wenig, als ihr bewußt wurde, wie hart und abschließend ihre Feststellung klang, sie forschte in den Gesichtern der Leute, die ihr gegenübersaßen; doch sie verrieten keine prompte Verletzung, zeigten nur Starre und Nachdenklichkeit. Halb zur Frage angehoben, sagte die Frau nach einer Weile: Sie wissen sicher, daß Uli alle Verbindungen zu uns gelöst hat? Nora sah auf das Päckchen hinab und reagierte diesmal nicht. Ja, sagte die Frau, er hat alle Beziehungen abgebrochen, er hat Schluß gemacht mit uns, vor sechzehn Jahren – ich glaube, es sind sechzehn Jahre –, er hat sich von uns getrennt, weil er glaubte, daß er hintergangen worden war. Uli hat bis heute nicht gemerkt, daß er immer nur sich selbst hinterging.

Laß das, Hilde, sagte der Mann, es führt zu weit. Es kann nicht weit genug führen, sagte die Frau, alles hat seine Vorgeschichte, auch unser Verhältnis zu Uli. Eine schwache Bitterkeit kam in ihre Rede, eine seit langem aufgehobene Bitterkeit; sie kippte ihr Glas und stand auf, verharrte einen Moment in Unschlüssigkeit und setzte sich wieder mit einer hingemurmelten Entschuldigung. Diese Demütigung hast du jedenfalls nicht verdient, sagte sie zu ihrem Mann, nicht diese Zurückweisung, nicht diese Demütigung. Du hast alles vergessen. Du hieltest es nicht mehr aus und bist zu ihm gegangen in seinem Unglück. Weißt du noch, die Nacht vorher? Was du ausgestanden hast? Die Zweifel? Du hast dich über alles hinweggesetzt und bist zu ihm gegangen, und er – er stieß dich zurück. Ja, so muß man es nennen: Uli stieß dich zurück und wandte sich ab. Sehen Sie, sagte die Frau zu Nora, wir wollten Uli nur andeuten, daß er nicht allein ist. Wir dachten, sein Unglück könnte alles außer Kraft setzen, was uns einmal getrennt hat. Verpflichtet – wir fühlen uns einfach verpflichtet, ihm in seiner Lage beizustehen. Offenbar hält er uns nicht für wert, ihm beizustehen.

Ulis Bruder sackte nach vorn, er preßte seine Hand auf den Magen, bekam einen wäßrigen Blick. Den Saft, Hilde, sagte er, bitte, den Saft. Die Frau holte eine kleine Porzellankanne und füllte ein Glas mit einer weißgrauen trüben Flüssigkeit, und während er schluckweise und nicht ohne Widerwillen trank, sagte sie zu Nora: Aus rohen Kartoffeln, ausgepreßt; es wirkt im Handumdrehen.

Nora zog das Päckchen zu sich heran, streckte die Hand nach Netz und Einkaufstasche aus, da sagte der Mann: Ich kann es nicht von Ihnen verlangen; ich kann nicht verlangen, daß Sie meinem Bruder das Päckchen übergeben, ohne zu wissen, was es enthält; übrigens bin ich immer noch nicht sicher, ob er's überhaupt bekommen soll.

Ja, sagte die Frau, ja, Frank, dies ist der richtige Augenblick, jetzt sollte Uli es erfahren, es ist deine Antwort auf die Demütigung. Er sollte erfahren, was du damals übernommen hast, stillschweigend, ohne Aufhebens, all die Jahre hindurch, während er passende Lebenslagen ausprobieren wollte. Ich weiß nicht, warum du auf einmal wieder unsicher bist, es ist doch nur ein Hinweis, die stillste Antwort, die sich denken läßt, du bringst ihm bei, wovon die zu Hause gelebt haben, wovon aber auch er lange Zeit gelebt hat. Warum soll er nicht auf die knappste Art erfahren, daß alles seinen Preis hat, und daß du es warst, der dafür aufkam, wenn er mal wieder umsattelte, die Spur wechselte, um ja nicht in den sogenannten Trott zu verfallen. Vergiß nicht, du warst für ihn der Typ, der sein Glück im Trott fand, in der Gewohnheit, du warst das abschreckende Beispiel eines Zeitgenossen, der jeden Wechsel fürchtet und Provisorien nicht erträgt; es ist nur nützlich, wenn einer mal erfährt, was er denen schuldig ist, die im Trott gehen. Zu Nora gewandt sagte sie: Entschuldigen Sie, bitte, entschuldigen Sie, aber es hat sich so einiges abgelagert, und mein Mann, er verteidigt sich nie, verstehen Sie? Es kann geschehen, was will, er hat einfach keine Lust zur Selbstverteidigung. Das muß dann ein anderer für ihn übernehmen. Komm, Hilde, sagte der Mann, heute genügt die kurze Fassung, Frau Fechner hat noch einiges zu besorgen; und zu Nora: Es ist nichts weiter in dem Päckchen, alte Überweisungen, ich meine: die Kontrollabschnitte von alten Überweisungen, Uli wird sie lesen können. Wir haben sie zufällig wiedergefunden, sagte die Frau, Uli soll ruhig erfahren, wovon die Leute zu Hause lebten, als der Betrieb kaputtging, und woher die Unterstützungen stammten, die er selbst über den Umweg von zu Hause erhielt. Vielleicht wird er dann manches besser verstehen.

Nora fühlte sich so eingeschränkt, so beklommen, daß sie das Päckchen nur wortlos in die Einkaufstasche fallen ließ, sie wußte nicht, was sie zum Abschied sagen sollte, sie wünschte sich, weg zu sein, gab mit dünnem Lächeln dem Mann die Hand, wollte sich zu Frau Martens umwenden, als sie eingehakt und sanft fortgezogen wurde: So, sagte die Frau, und jetzt müssen Sie mir erlauben, Sie nach Hause zu bringen, ich bestehe darauf. Nein, sagte Nora, fast schroff, milderte aber gleich darauf ihre Ablehnung, bat darum, allein zum Bus gehen zu dürfen, sie habe manches zu bedenken, wirklich, sagte sie, Sie tun mir einen Gefallen, wenn sie zu Hause bleiben, der Bus bringt mich beinahe vor die Haustür. Bittend hielt sie der Frau ihre Hand hin, verstellte ihr instinktiv die Tür und versuchte es ernst und nachdrücklich: Lassen Sie mich allein fahren, es ist mir angenehmer. Überhörte die Frau Noras Bitte? Spürte sie nicht ihre Abwehr, ihr inständiges Bedürfnis, allein fortzugehen? Das ist wohl das mindeste, was wir Ihnen schuldig sind, daß ich Sie nach Hause fahre, sagte die Frau.

In dem kleinen dunkelblauen Auto empfand Nora eine ansteigende Bitterkeit gegen sich selbst, sie schwieg, sie nannte ihre Adresse und schwieg, unversöhnt, wie nach einer Niederlage, an der sie selbst mitgewirkt hatte. Stumm, ohne hinüberzudeuten, bemerkte sie, daß sie an einer günstigen Abzweigung vorbeifuhren; nur um nicht fragen zu müssen, verzichtete sie darauf, das Seitenfenster herunterzudrehen. Der geflochtene Griff des Netzes wurde heiß in ihrer Hand, dennoch gab sie ihn nicht frei. Einmal, als sie zur Seite sah, nahm Frau Martens ihren Blick auf und plinkerte ihr zu wie einer Freundin, mit der sie sich allein zu sein gewünscht hatte. Und als sie auf die Schnellstraße hinauffuhren, vertraute Frau Martens ihr an, warum ihr so sehr daran gelegen war, Nora nach Hause zu bringen: sie könne es einfach nicht ertragen, wenn Gespräche, »in denen es um etwas ging«, plötzlich abgebrochen würden, vorschnell, unter Zwang; sie komme sich dann jedesmal regelrecht versetzt vor, sie sitze dann nur da und sammle das Ungesagte, das geradezu schmerzhaft anwächst. Das sei es; aber sie möchte auch zugeben, daß sie diese Begegnung nicht so rasch habe enden lassen wollen, diese erste Begegnung; sie sei sicher, daß auch ihr Mann es begrüßt hätte, wenn Nora noch ein wenig geblieben wäre in dieser Situation; denn gewiß habe sie mitbekommen, wie nahe ihm alles gegangen sei.

Ohne sich zu versichern, ob Nora ihr zuhörte, erzählte sie, daß er, als er mit der Nachricht von Ulis Unglück nach Hause gekommen sei, nur tiefe Niedergeschlagenheit gezeigt habe; erst mit den Tagen und besonders, nachdem Uli ihn abgewiesen hatte, habe sich eine Dauererregung eingestellt, eine Verzweiflung, die sie um so mehr beunruhigte, als Frank keinen Versuch mehr mache, sie zu überwinden. Manchmal habe ich den Eindruck, als sei er einverstanden mit seinem Zustand.

Sie überholte einen Militär-Konvoi, Soldaten in Tarnanzügen winkten ihnen zu, der Fahrtwind blähte die Stoffverdecke über den Ladeflächen. Fahre ich zu schnell, fragte die Frau, Sie müssen sagen, wenn ich zu schnell fahre. Nein, nein, sagte Nora. Die Soldaten gaben ihnen Zeichen, deuteten an, daß sie sprungbereit seien, sie machten den Frauen Mut, nah an die Ladefläche heranzufahren, kommt schon, kommt schon, dann setzen wir über, und um anzukündigen, was den Fahrerinnen bevorstand, führten sie einige spaßhafte Umarmungskunststücke vor.

Das schaffe ich einfach nicht, sagte die Frau unvermittelt, das kann ich mir einfach nicht vorstellen: Uli ohne Worte, still, irgendwie erledigt. Sie wissen nicht, wie leid er mir tut. Nie habe ich einen Menschen gekannt, der so gern redete wie er; wenn er redete, dann lebte er. Redend konnte er alles beweisen. Einmal, nach einem englischen Film, redete er so auf mich ein, daß ich nicht mehr zweifelte, uns beide auf der Leinwand gesehen zu haben, mit all unseren Problemen. Sie wissen, daß wir ... daß wir einmal zusammen waren? Ja, sagte Nora. Dann wissen Sie sicher auch, daß wir uns einiges vorgenommen hatten, sagte die Frau. Wenn Uli sprach, dann blühte es nur so vor Möglichkeiten. Sehen Sie, ich hörte ihm zu und gab mein Pädagogik-Studium auf. Mein Vater ist Lehrer, meine Schwester ist Lehrerin, ich wollte es auch werden, doch Uli bewies mir, warum ich als Lehrerin dem totalen Leben verlorenginge, dem totalen, wie er meinte. Disponibel bleiben: das war sein Grundsatz; offen bleiben für das Neue, für das andere, für das nie Geplante: das war sein Ideal. Bitte, verstehen Sie, ich will nichts gegen Uli sagen, und jetzt noch viel weniger. Schließlich hat er mich ja auch bekehrt am Anfang. Ich gab ihm recht, ich machte zunächst mit. Wir hatten entdeckt, daß dem Leben nichts so angemessen ist wie die Inkonsequenz. Auch er, auch Uli gab damals sein Studium auf, obwohl er bestimmt ein brauchbarer Arzt geworden wäre. Schwimmer, wissen Sie ... Manchmal kamen wir beide mir vor wie Dauerschwimmer, die von einem Ufer zum anderen unterwegs waren, allerdings ohne an Land zu steigen. An Land, da wären wir vielleicht der Versuchung erlegen, zu bleiben, Wurzeln zu schlagen. Verstehen Sie, was ich meine? Ja, sagte Nora.

Besorgt fragte die Frau, ob sie zu schnell fahre, ob sie jetzt vielleicht zuviel spreche. Nora schüttelte den Kopf; sie überlegte, ob sie sagen sollte, daß sie selbst nicht fahre, doch sie schwieg und richtete sich in ihrem Sitz auf und wischte sich über die Augen, als müßte sie eine Trübung loswerden. Sie schwieg, obwohl sie fürchtete, daß ihr Schweigen um so herausfordernder wirkte, je länger es dauerte, und es war, als ob ein Druck von ihr genommen wurde, es war wie eine kleine Erlösung, wenn die Frau neben ihr weitersprach. Wie sicher sie den Anschluß fand, nichts schien sie abzulenken, durcheinanderzubringen, kein Überholmanöver, keine Umleitung, nicht einmal das Fertighaus, das ein flacher Spezialtransporter schneckenhaft über die Straße schleppte und aus dem gewürfelte Gardinen herausflatterten.

Nach einer Zwangspause sagte sie: Darum gab es für Uli keine Schwierigkeiten. Nicht, daß sie ihm erspart geblieben wären; aber wenn sie sich zu fühlbar angesammelt hatten, dann umging er sie; schlug eine neue Richtung ein und ließ sie einfach liegen. Wer nichts erreichen will, kann nicht Verlierer sein. Verstehen Sie, was ich meine? Eine Art Tramp-Fahrt auf höchster Ebene. Ich kam da nicht mit, ich konnte Uli nicht folgen; allmählich wurde mir das klar. Wußten Sie, daß er auch Vogelwart war? Von seiner Brutinsel wechselte er in ein Übersetzerbüro und von dort in eine Buchhandlung: das gelang ihm ohne Komplikation. Er wurde kaum geprüft; er entkam allen Prüfungen immer noch rechtzeitig. Wissen Sie, was mir einfach nicht gegeben war? Das Provisorium, das Uli soviel bedeutete, zum Dauerzustand zu machen. Ihm war das Provisorium ein Ausdruck größter Unabhängigkeit, mir ein Anlaß zu täglicher Beunruhigung. Vielleicht bin ich zu konservativ; ich meine: in dem Sinn, in dem die meisten von uns konservativ sind – Sie verstehen schon. Jedenfalls, es war für uns beide gut, daß wir uns damals trennten. Uli hat es nie eingesehen, er hat meine Gründe nicht akzeptiert. Vermutlich wissen Sie, was er Frank und mir vorwirft. Wir haben uns damit abgefunden, mein Gott, womit muß man sich nicht alles abfinden. Er tut mir leid – nicht erst, seitdem es ihn so hart getroffen hat; auch damals tat er mir leid. Was es für einen bedeuten kann, einen Widerstand zu überwinden – er hat es nie erfahren. Ich glaube, Uli hatte keine Lust, sich zu stellen; und das war der Grund, warum er nichts erreichen wollte. Ich schaff es nicht, hat er manchmal zu mir gesagt, du, ich schaff es nicht. Aber das war am Anfang. Wir haben ihm oft die Hand hingehalten in den ersten Jahren, Uli übersah sie. Seltsam, uns gegenüber war er konsequent, in seiner Mißachtung. Alles, was wir ihm zum Beispiel zu seinem Geburtstag schickten, kam ungeöffnet zurück. Sehen Sie, und hier liegt ein Widerspruch, liegt *der* Widerspruch in Ulis Charakter.

Plötzlich hob Nora die Hand, deutete auf einen vorausliegenden Taxenstand und sagte bestimmt: Dort, bei den Taxen, dort werden Sie mich absetzen. Die Frau sah verblüfft zu ihr hinüber, auf dieses weiche Profil, sie schien auf eine Erläuterung oder auf eine Wiederholung des Wunsches zu warten; da Nora aber schwieg, nur unbeirrt geradeaus blickte, fragte sie: Was ist denn? Bin ich zu weit gegangen? Hab ich Sie verletzt? Ich bringe Sie sehr gern nach Hause.

Danke, sagte Nora, es genügt, wenn Sie mich hinter der letzten Taxe absetzen. Sie sind mir doch nicht böse, sagte die Frau, ich hab doch nur ausgesprochen, was Sie wissen müssen, was Sie auch wissen müssen. Sagen Sie nur, womit ich Sie gekränkt habe.

Statt zu antworten, hob Nora Netz und Einkaufstasche auf ihren Schoß, bereit, auszusteigen; sie fühlte,
daß die Frau diesmal der Dringlichkeit ihrer Bitte
nachkommen und es nicht wagen würde, einfach wei-
terzufahren. Jetzt kam es ihr nur noch darauf an, ihre
Erregung zu verbergen. Der letzte Versuch der Frau,
Nora umzustimmen, verriet schon Resignation: Scha-
de, sagte sie, und ich hatte geglaubt, wir könnten einander helfen.

Sie hielt hinter den wartenden Taxen und saß wie
versteinert da, als Nora ausstieg, kein gesprochener
Gruß, nur ein schwaches, verspätetes Nicken zum
Abschied und ein schreckhaftes Zusammenfahren, als
die Wagentür zugeworfen wurde. Kein Blick, der Nora begleitete auf ihrem Weg neben den dicht stehenden
Wagen entlang. Der Taxifahrer, der zu ihr hinschlen-
derte, um ihr zu sagen, daß sie an dieser Stelle nicht
parken könne, stutzte, als er ihr Gesicht sah, und fragte nur: Fehlt Ihnen was? Es geht schon wieder, sagte
sie und steckte sich eine Zigarette an und fuhr los,
hochtourig an dem vibrierenden Diesel vorbei, in dem
Nora saß. Fährt, als ob sie verfolgt würde, sagte Noras
Fahrer und lachte für sich.

Jetzt wurde Uli ganz gegenwärtig, sie sah ihn gleichzeitig an mehreren Orten, ihn und sich selbst, sie hörte
seine Stimme, folgte ihm auf einer nebligen Pappelal-
lee, sie torkelte eine Düne hinab, an deren Fuß er
stand, um sie aufzufangen, beobachtete, wie er auf einer Katzenausstellung die Jungtiere dazu brachte, seinen Finger zu schlecken, und saß mit ihm im Paddel-
boot und rieb, während sie unter Trauerweiden dümpelten, seine nackten Füße warm. Unwillkürlich tastete sie mit einer Hand zur Seite, so, wie sie es gewohnt
war, Ulis Hand zu ertasten. In der ersten Zeit konnte
sie nicht mehr zu ihm hinsehen, sobald sich ihre Finger
verhakt hatten, sie konnte es nicht aus Verlegenheit.

Sie dachte an den Abend, als er sie an der Hand durch einen finsteren Hausflur zog, über einen lichtlosen Hof und dann eine Treppe hinauf, die einem ehemaligen, nun ausgebauten kleinen Speicher wie angeklebt war. Wilhelm wohnte dort, der Illustrator, Ulis Freund aus jenen Monaten, in denen er als Reisebegleiter Pilgerzüge nach Lourdes gebracht hatte. Er empfing sie mit Freundlichkeit und in Hosenträgern, ein robuster, schweratmiger Mann, der von einem Feldstuhl einen Zeitungsstapel, von einem andern ein Tablett mit Tassen und Weingläsern hob und sie zum Sitzen einlud. Ihnen den Rücken zukehrend, goß er die Weinreste aus mehreren Flaschen in eine Karaffe, füllte drei Gläser, und nachdem sie getrunken hatten, legte er jedem einen Arm auf die Schulter und zeigte, wie einer sich freuen kann über einen unverhofften Besuch. Nora lobte die Großzügigkeit des Raumes und die Schönheit der nur geschmirgelten Stützbalken, dafür sah er sie lange dankbar an.

Sie dachte daran, mit welch glücklichem Eifer er eine Mappe mit Zeitungsausschnitten heranschleppte, um ihr die Arbeiten aus der Zeit zu zeigen, in der er Uli kennengelernt hatte, Zeichnungen von dem Pilgerzug, Situationen, Gesichter. Uli stand vor dem selbstgebastelten Bücherregal, inspizierte, bewertete Titel, kramte Papiere hervor, die offenbar gerade für immer verschwinden wollten, war aber mit einem Ohr ständig bei ihnen am Tisch und verstieg sich zu immer neuen Bissigkeiten. Da halfen nicht Noras Signale und zurechtweisende Blicke, heiter forderte er sie auf, sich die Gestalten einmal näher anzusehn, zu prüfen, ob sie ihr nicht bekannt vorkämen, ob es nicht ausnahmslos Leute aus den Zwanziger Jahren seien, diese Herzschnuten, diese Bubiköpfe, diese mit Ketten behängten Charleston-Fähnchen gehörten doch wohl in den Berliner Wintergarten oder in das Zoppoter Kurhaus, ob ihr denn das nicht aufgehe, ob sie ihm nicht beipflichten möchte, daß Wilhelms Figuren – die Art zu rauchen, sich auszustellen – nicht von heute stammten, sondern aus einer übersehbaren historischen Epoche, eben den Zwanzigern, in denen der liebe Wilhelm steckengeblieben sei. Er brachte ein Buch an den Tisch, russische Erzähler des neunzehnten Jahrhunderts, von Wilhelm illustriert; schau mal hier, sagte er, diese Provinzgouverneure, Generalswitwen, Stadthauptleute, diese Bojaren und Büßer; stammen die nicht alle vom Kurfürstendamm? Aus den Zwanzigern?

Nora litt, es war ihr peinlich, wie Uli die Arbeiten des Mannes abwertete, für den sie selbst soviel spontane Sympathie empfand, und nicht nur dies: sie war empört über die Art, in der er den sehr viel älteren Freund in ihrer Gegenwart behandelte, und sie gab es ihm zu verstehen, durch Gesten, durch Worte. Sie verstand Uli nicht mehr, der es darauf angelegt zu haben schien, den Mann zu reizen, herauszufordern, doch ebensowenig verstand sie die Langmut des Mannes, der alles hinnahm und ertrug und Uli nur gelegentlich flehend Ermahnungen hinüberrief. Nora entsann sich, daß sie schließlich zum Aufbruch drängte, weil sie Ulis Anzüglichkeiten nicht mehr ertragen konnte, sie schämte sich sogar für ihn und glaubte, sich bei ihrem Gastgeber entschuldigen zu müssen.

Später, sie tappte neben ihm her über einen leeren Platz, ließ sie ihn ihre Mißbilligung durch anhaltendes Schweigen fühlen; er aber schien zufrieden mit sich, nicht gerade aufgeräumt, aber doch so, als ob er sich nichts vorzuwerfen hätte. Er ließ sie allein mit ihrem Groll, zog sie mit über eine Brücke, steuerte in überraschendem Entschluß den Bahnhof an und schlug beim Anblick eines unbesetzten Imbißtisches vor, Würstchen zu essen; er aß allein. Und da sagte er wie nebenher, daß er Wilhelm immer so hochnehme, wenn er ihm ein paar Geldscheine dalasse – heimlich in die Bücher gelegt, die gerade illustriert werden sollten, die »in Arbeit« waren; nur so entgehe er jedem Verdacht. Ob sie nun verstehe? Nie würde der Alte etwas annehmen, nur so könnte ihm etwas zugeschmuggelt werden; im übrigen sei er nicht so übelnehmerisch, sie dürfe sich gern davon beim nächsten Besuch überzeugen. Sie erinnerte sich, daß sie Uli nur staunend ansah und gehorsam von seinem Würstchen abbiß, als er es ihr, dünn mit Senf bekleckst, über den Imbißtisch hinhielt.

Wartete er vielleicht? Saß er, wie so oft, auf der Bank am Froschkönigteich, von der aus er Haus und Haltestelle kontrollieren konnte? Hatte er schon geklingelt? Warum lehnte Uli es ab, einen Schlüssel zu ihrer Wohnung zu nehmen, da er doch darauf bestand, daß sie einen zu seiner Wohnung bei sich hätte? Wie würde er sich über seinen Besuch in der Birkensiedlung äußern? Gib auf dich acht, hatte ihr Vater am Telephon gesagt, und zum Schluß noch einmal: Gib auf dich acht.

Um der gelben, unförmigen Maschine auszuweichen, deren Hinterleib weit über die Straße schwenkte, fuhr der Taxichauffeur ein Stück über den Bürgersteig, das Auto hob sich, Nora konnte zum Teich hinabblicken, die Bank war leer. Sie zahlte, ließ sich einen guten Feierabend wünschen und war schon am Gitter des Vorgartens, da rief der Fahrer sie zurück und reichte ihr durchs offene Fenster die Einkaufstasche. Während sie die Haustür aufschloß, nahm sie sich vor, Uli bei nächster Gelegenheit einen Schlüssel aufzudrängen, heute schon, sobald er käme, sie würde darauf bestehen. Es lag kein Brief im Postkasten, kein Zettel war unter der Wohnungstür hindurchgeschoben worden, also stand seine Ankunft bevor.

Nora warf ihre Sachen auf das Sofa, öffnete das Fenster; sie ging in die Küche, füllte Wasser in den Kessel und sah, daß ihre Hand ganz ruhig war. Vor dem Spiegel öffnete sie das im Nacken gesammelte Haar, kämmte es, verlegte ihren Scheitel an die Seite. Ohne Eile deckte sie den Küchentisch, entschied sich für die alten verwaschenen Servietten, legte Brettchen auf, die viele Schnittspuren trugen, wählte Stahlbestecke. Nicht der geflochtene Brotkorb, der hölzerne Brotkasten wurde zum Zentrum erhoben. Zwei dickwandige Gläser kamen nach langer Zeit zum Vorschein; der Salzstreuer mit dem Sprung – der, der den Alltag bestätigte – war gut genug. Von einem stillen Zutrauen zu sich selbst erfüllt, mit dem Gefühl, wiederhergestellt zu sein und etwas, das sie sich wünschte, aus eigener Kraft herbeiführen zu können, bereitete sie sich auf Ulis Ankunft vor. Keine Furcht, sie empfand keine Furcht mehr bei der Vorstellung, wie sie ihn begrüßen würde; nichts wurde zurechtgelegt; er würde da sein, er würde die Vorwürfe zu hören bekommen, die er verdient hatte; danach würden sie sich verständigen müssen über das Vorausliegende.

Sie schaltete die Herdplatte auf »klein«, ging ins Schlafzimmer, öffnete den großen Schrank und musterte die Blusen durch, schob Bügel um Bügel zur Seite, ohne eine Wahl zu treffen. Da war, beklemmt und verborgen, Ulis Windjacke, Nora nahm sie heraus, hielt sie ins Licht und hängte sie dann so zurück, daß sie sogleich ins Auge fiel. Beim Durchmustern der Kleider gab sie den Gedanken auf, sich umzuziehen, sie legte nur übers Bett, was sie seit längerem zur Reinigung bringen wollte, und reihte mehrere Paar Schuhe, die geputzt werden mußten, unterm Fensterbrett auf. Aus einer Ecke des Schranks hob sie den Nähkasten heraus, stellte ihn vor den Nachttisch. Zu vieles hatte sie hinausgeschoben, für nicht wichtig genug gehalten, nun wurde sie gewahr, was alles sich unter der

Hand angesammelt hatte. Noch während sie das Versäumte zusammenzählte, machte sie einen Plan, bestimmte ohne Mühe das Wichtigste – wie selbstverständlich sich eines aus dem anderen ergab! Die vertraute Unruhe holte sie nicht ein, auch am Schreibtisch nicht, später, als sie die gesammelten Rechnungen durchging und Überweisungen ausschrieb, doch ab und zu schweifte sie ab und stellte sich Uli an verschiedenen Orten vor.

Auf einmal mußte sie an das Bild denken, das verpackt in seiner Wohnung lag. Sie hatte es zurückgehen lassen, ein belastender Besitz, ein Geschenk, dem sie sich nicht gewachsen fühlte; nun wünschte sie, es behalten oder über Ulis Tisch aufgehängt zu haben. Ulis Tisch: sie sah ihn, abgerückt von der Wand, wie von Möbelpackern vorläufig abgestellt, an einer Stelle des Zimmers, an die ein Teppich hingehörte und sonst nichts, der sandgraue mit den roten und blauen Rhomboiden, ihr Teppich. In Gedanken versetzte sie den Tisch in die Nähe des Fensters, schob die anthrazitfarbene Couch aus ihrer Herrscherposition in eine Ecke, brachte, zunächst nur probeweise, ihren Nachttisch ans Kopfende und glaubte, nachdem sie Ulis Schrank auf den Korridor bugsiert hatte, einen gemütlichen, nicht zu beengten, von der Morgensonne getroffenen Platz für ihre eigene Sitzecke gefunden zu haben. Dieser Entwurf durfte nicht verlorengehen! Nora nahm ein Blatt Papier, ließ sich den Grundriß von Ulis Wohnung einfallen, skizzierte, was in der Vorstellung so prompt gelungen war und fand, nur bei bloßem Hinsehen, Raum genug für einige weitere Umstellungen und Kombinationen. Das füllte sich auf und ergänzte sich, rieb sich zwar noch hier und da, sperrte sich gegen gewisse Nachbarschaften – Ulis nachgebaute Schiffskommode und ihre eigene beschlagene Truhe wollten sich nicht miteinander befreunden –, doch das meiste schien so einverstanden mit dieser Vermischung, daß Nora beschloß, den Entwurf auf Ulis Platz zu legen, unter seine Serviette.

War er das schon? Sie verbarg das gefaltete Papier, als sie zur Tür ging und öffnete, sie zog die Tür mit einem Schlag auf und trat einen Schritt zurück. Darf ich reinkommen, fragte Frau Grant und bewegte sich nicht wie sonst auf sie zu, sondern verharrte unsicher vor dem Fußabtreter. Statt etwas zu sagen, ging Nora auf sie zu, nahm ihren Arm und führte sie ins Wohnzimmer, und nicht nur das – da ihre Wirtin zögerte, sich auf den bezeichneten Sessel zu setzen, legte Nora ihr eine Hand auf die Schulter und drückte sie sanft nieder. So, sagte Nora, Sie werden jetzt ganz ruhig sitzen bleiben, und ich werde uns etwas Belebendes machen, es geht rasch.

Gerade haben sie angerufen, sagte Frau Grant, übermorgen soll das Begräbnis sein. Nora wandte sich ihr zu, stand einen Augenblick in Unentschiedenheit da, doch dann bestätigte sie ihren Entschluß und sagte: Es dauert nicht lange, bleiben Sie nur sitzen. Während sie Eisstücke aus einer Plastikschale brach, mit einem Sägemesser eine Zitrone zerschnitt, während sie die Flasche mit dem weißen Rum entkorkte und zum ersten Mal Ulis Lieblingsgetränk selbst mischte, empfand sie ein angenehmes Schwindelgefühl und ein Spannen der Kopfhaut. Sie beschloß, Frau Grant vorerst nicht zu sagen, daß sie die Wohnung aufgeben wolle. Nach einem vergewissernden Blick ging sie mit den Gläsern ins Zimmer zurück.

11

Gerüttelt und noch einmal gerüttelt und zum wiederholten Mal angerufen, schlug Uli die Augen auf und
sah die dünnen staksigen Beine eines kleinen Mäd-
chens und daneben die beängstigend langen Hosenbei-
ne eines uniformierten Mannes. Sogleich schloß er
wieder die Augen. Ein Schmerz, hallend und doch
fühlbar begrenzt, pochte unter der linken Stirnseite;
das rechte Bein lag wie in einer Klammer. Er hörte das
Mädchen einen kleinen Freudenlaut ausstoßen und
spürte gleich darauf ihre Finger an seiner Wange und
an seiner Stirn, das Mädchen versuchte, ihm die Lider
hochzuschieben, behutsam, wie einem toten Vogel.
Kommen Sie, sagte der Polizist, stehen Sie auf. Sie
können hier nicht bleiben; und er beugte sich zu Uli
hinab, unterfing ihn mit einem Achselgriff und setzte
ihn so auf, daß er seinen Oberkörper mit der Brust
stützte. Ist er betrunken, fragte das Mädchen und hielt
Uli den Stock hin, ängstlich jetzt, mit ausgestreckten
Armen. Du kannst gehen, sagte der Polizist, du kannst
jetzt nach Hause gehen. Er packte Uli am Handgelenk,
legte sich seinen Arm um die Schulter, tarierte das
schlenkrige Gewicht aus und stemmte sich langsam
hoch, wobei er spürte, wie der Mann ihm entgegen-
zuarbeiten versuchte, drückend, ausbalancierend.
Geht's?
   Uli stand auf seinen Stock gestützt, es dämmerte, ein
Rauschen kam von der Stadt her, in der die ersten
Lichter angingen. Grashalme hingen an seiner zer-
knautschten Jacke, das Haar an der linken Schläfe war
verklebt. Da der Polizist bereitstand, ihn zu stützen,
stieß er den Stock fest auf den Boden und begann vorsichtig seine Taschen zu untersuchen, die Hosenta-

schen zuerst, dann die Seiten- und Brusttaschen der Jacke, er fingerte, er tastete und wühlte, immer erregter, wie es schien, immer aufgebrachter, nach der zweiten Inspektion stülpte er die Seitentaschen um, zerrte die gefütterten Gesäßtaschen nach außen. Ist was? fragte der Polizist. Bevor er zufassen konnte, war Uli auf allen vieren, kroch um den Baum herum, schlug mit flacher Hand auf den Rasen, so, als sollte durch die Erschütterung etwas gelüftet werden, kroch weiter mit gesenktem Gesicht, suchte und schnüffelte. Der hat was verloren, sagte das Mädchen, und der Polizist: Suchen Sie etwas?

Sie muß doch, muß doch hier sein, hier, wo ich gelegen habe, meine Brieftasche, die Brieftasche mit Geld und dem andern, einfach grau, Photo, Stempel, dem Ausweis, ja, dem Ausweis, rausgerutscht oder rausgezogen, warum helft ihr mir nicht, die brauch ich doch, bis hierher hab ich's geschafft aus dem Stadion, an diesem Seil hab ich mich festgehalten, aus schwarzem Leder mit Fächern auf beiden Seiten, Adressen und Telephonnummern und Geld, helft mir doch suchen, oder seht ihr nichts, wenn ihr nichts at ak ap was soll ich nur machen falls sie mir alles geklaut haben, genommen, weggenommen at ak sogar die Schlüssel fehlen, seht ihr irgendwo die Schlüssel, sucht mal im Kreis.

Was suchen Sie denn, fragte der Polizist, was vermissen Sie, hier liegt nichts herum. Er trat Uli in den Weg, zog ihn hoch und sah ihm ins Gesicht, sah die aufgeworfenen zitternden Lippen und den in Not hin und her gleitenden Suchblick, er erkannte aber auch, daß der Mann bei beschleunigtem Atem bemüht war, etwas zu sammeln, zu ordnen, loszuwerden. Der Stock gab Uli nicht genügend Halt, plötzlich griff er den Ärmel des Polizisten, sammelte krampfhaft den Stoff und hob sich leicht und streckte den Hals vor; einen

Augenblick stand er in erschrockener Stille, dann stieß er einen hochangesetzten Klagelaut aus, der in Zischen und Poltern unterging, zuletzt blieb nur ein schwaches Schnappgeräusch seines Kiefers. Was macht er, fragte das Mädchen, warum macht er das? Du mußt jetzt nach Hause, sagte der Polizist. Es fiel ihm zuerst nichts anderes ein, als Uli den Rücken zu beklopfen, dann nahm er ihn am Oberarm und führte ihn in Richtung zur Straße, dorthin, wo der Streifenwagen wartete.

Uli widersetzte sich nicht, ging nur verstört und reagierte nicht einmal, als der Polizist seinem Kollegen am Steuer ein schlecht verborgenes Zeichen gab: Achtung, vermutlich kleiner Dachschaden. Kaum saß er auf dem Rücksitz, begann er wieder seine Taschen zu durchforschen, brütend, uninteressiert an den Gesprächen der beiden Uniformierten. Es war keine dringende, verzweifelte Suche mehr, vielmehr hatte es den Anschein, als folge er nur noch mechanisch einer Anweisung seines Hirns, die längst überholt war. Er lächelte, weil einer der Polizisten es für nötig hielt, ihn vorsorglich zu beruhigen. Er nickte zustimmend, als sie ihm eröffneten, daß er sie nun aufs Revier begleiten müßte, man sei dort bereits angemeldet. Beide Polizisten hatten während der nicht allzulangen Fahrt den Eindruck, daß er zwar begriff, was sie mit ihm vorhatten, daß er sich aber offenbar keine allzugroßen Sorgen über sich selbst machte; die anfängliche Unruhe wich einer unbeirrbaren Gefaßtheit. Daß man ihn aus anderen Autos anstarrte, wenn der Streifenwagen vor einer Verkehrsampel hielt, schien er zu übersehen; dann und wann hob er den Ellenbogen vors Gesicht, vermutlich, weil ihm das Licht einiger Scheinwerfer wehtat.

Sie fuhren die kurze Auffahrt zu einer trübseligen Revierwache hinauf, parkten hinter einem abgestellten beschädigten Streifenwagen, beide Polizisten wollten Uli beim Aussteigen helfen, doch er bestand darauf, es allein zu tun, und sie hatten eine übertrieben wirkende Anerkennung für ihn übrig, als er zwischen ihnen stand und auf ihre Anordnung wartete. Ein strenger Geruch schlug ihnen im Korridor entgegen, ein Geruch nach feuchtem Hundefell, einer der Polizisten fächelte sich spaßhaft Luft zu und deutete zu einer Schwingtür hinauf, die in Tritthöhe die Spuren von unzähligen Schuhsohlen aufbewahrte: dahin müssen wir. Nur das Geräusch einer Schreibmaschine war zu hören, vereinzelte, harte, beinah wütende Anschläge, die mitunter wie echolose Schüsse klangen. Kommen Sie, sagte einer der Polizisten und hielt Uli die Tür auf, nur zu, hier sind wir schon.

In einem grünlichen, unzureichenden Licht, das hoch von der Decke fiel und auf alle Gesichter Schatten brachte, saßen vier oder fünf Männer hinter einer thekenartigen Holzbarriere, sie lasen oder rauchten, einer, ein Älterer in aufgeknöpftem Uniformrock, behandelte die Schreibmaschine. Von der überlangen, klobigen Bank, auf die er sich setzen durfte, beobachtete Uli den Mann an der Schreibmaschine, der augenscheinlich damit beschäftigt war, die Personalien eines Ausländers aufzunehmen, der, fiebrigen Glanz im Blick, ergeben vor der Holzbarriere stand. Die Polizisten, die Uli hergebracht hatten, schlüpften durch eine Pendeltür zu ihren Kollegen, redeten und scherzten mit ihnen, machten sie, wobei sie zu Uli hinübernickten, flüchtig mit seinem Fall bekannt.

Kazenskodelo, sagte der schmächtige Ausländer, er sagte es schon zum zweiten Mal, es war als Antwort gemeint auf die ratlose Geste des schreibenden Polizisten, der in einem fleckigen, lappigen Ausweis las, offenbar, ohne ein einziges Wort zu verstehen. Der Beamte winkte den kurzen demütigen Mann, dessen röhrenförmige Hosen mehrfach Wülste warfen, näher an die Barriere heran und fragte laut, fragte ausdrucks-

voll: Aufenthaltsgenehmigung? Wo ist Auf-enthalts-
genehmigung? Hilfesuchend blickte der Mann um
sich, stieß dann mit dem Zeigefinger auf sein eigenes
Paßbild und sagte: Kazenskodelo. Ärgerlich rief der
Beamte einen jüngeren Kollegen zu sich, schob ihm
den Ausweis zu, flüsterte mit ihm und entschied dann:
Zur Zentrale, klar, bring ihn rüber, die sollen sehen,
was sie aus ihm herausholen.

Nun war wohl Uli an der Reihe; einer der Polizisten,
derjenige, der ihn in der Nähe des Stadions gefunden
hatte, weihte den Mann an der Schreibmaschine ein; er
tat es auf besondere Art, indem er zunächst sachlich
auf den griesgrämigen Kollegen einsprach, dann Zweifel und Bedenken ausdrückte und schließlich, als wollte er damit bereits um mildernde Umstände bitten,
mehrmals nachsichtig zwinkerte und sich wie beiläufig
an die Schläfe faßte. Solange er sprach, behielt er Uli
im Auge, ab und zu lächelte er versöhnlich zu ihm
hinüber, einmal machte er eine bagatellisierende
Handbewegung – halb so schlimm, wirst schon sehn.
Eine neue, ungewohnte Vertraulichkeit in allen zei-
chenhaften Beziehungen kam wie von selbst auf; Uli
stellte nur fest, daß sie auf einmal da war; allerdings
spürte er auch, daß sie ihm, wenn es darauf ankäme,
weder Schutz noch Erleichterung bringen würde; es
war eine herablassende Vertraulichkeit.

Man winkte ihm, und er arbeitete sich, Stock und
Bankgeländer zu Hilfe nehmend, empor und strebte
zur Holzbarriere. Ob er ihn verstehe, wollte der Mann
an der Schreibmaschine zunächst wissen, ob er ihn in
allem verstehe, wenn er so langsam spreche wie jetzt.
Uli stieß einen ächzenden Laut aus, spannte die Halsmuskeln, nickte angestrengt. Ob er einen Ausweis bei
sich habe, irgendwelche Papiere, fragte der Mann,
worauf Uli den Stock mit dem Knauf an die Barriere
hängte, beidhändig seine Brust beklopfte und danach

dem alten Polizisten seine leeren Hände vorwies, schnaubend, erschüttert über sich selbst. Diese Erschütterung kam wie ein Überfall, er mußte sie hinnehmen, mußte warten, bis sie sich verlief. Er schüttelte den Kopf, deutete mit einem Preßlaut auf einen Stapel Schreibpapier, und der Polizist verstand ihn und reichte ihm einen Bogen und einen Bleistift und trat selbst an die Barriere, um den Bogen mit gespreizten Fingern festzuhalten.

Uli senkte den Blick, konzentrierte sich, schon drängte sich ihm das Gesicht der Schwester auf, er sah sein Krankenbett mit dem schwenkbaren Galgen, erinnerte sich an die Gardine, die Vase, die Tapete, der Hocker fiel ihm ein, der in Höhe des Kopfendes stand, dort, von woher die sympathische Stimme kam, also Nicolai, Doktor Nicolai im Universtitätskrankenhaus, das ist der Name, doch bevor er ansetzte, hob sich ein anderes Bild herauf, er sah Nora auf dem Bootssteg, in dem Augenblick, als sie zu ihm ins Boot springen sollte, in das gemächlich abdriftende Ruderboot, er dachte an den Aufprall und den mißlungenen Versuch, das Gleichgewicht zu finden, und da ergab sich ihre Telephonnummer, schrieb sich in seiner Vorstellung selbst hin.

Zwei Adressen, er hatte den Vorsatz, zwei Adressen aufzuschreiben, und als der Polizist ihn aufmunterte: Na los, Menschenskind, machen Sie schon, stieß er den Bleistift aufs Papier und zog in einer einzigen reißenden Bewegung eine ungefähre Diagonale über den Bogen. Mißtrauisch sah der alte Polizist ihn an und fragte: Was soll'n das sein? Was Uli sich als entschuldigendes Lächeln dachte, geriet ihm zu ängstlichem Grimassieren. Er setzte von neuem an, genauer diesmal, kalkulierter, doch es war wohl nur eine zufällige Genauigkeit, mit der er den Stift in die linke Ecke des Bogens brachte, denn bei dem Versuch, ein großes N entstehen zu lassen, zog er den Bleistift über das Papier hinaus und fand danach einfach nicht zum Ausgangspunkt zurück. Um seine Enttäuschung zu überspielen, schrieb er willkürlich los, eilig und verbissen, ließ eine Reihe von spitzen Wellen aufstehen, verband Halbbögen und Reifen und eckige Zeichen, das schlingerte, rankte, verwarf sich unter den Augen des Polizisten; schnell war die Seite gefüllt.

Er forderte einen leeren Bogen, der alte Polizist winkte ab, er schien genug erkannt zu haben, fragte dennoch wie zur Sicherheit: Sie verscheißern mich doch wohl nicht, oder? Uli schwankte, er griff an die Barriere, als müßte er sich vor einem Sturz bewahren. Sein Gesicht nahm einen flehenden Ausdruck an, er zitterte. Ich glaube, Sie sind hier nicht richtig bei uns, sagte der Polizist und kehrte mit dem bekritzelten Papier zu seinem Tisch zurück und flüsterte mit dem Kollegen, der Uli gefunden und hergebracht hatte. Sie beratschlagten eine Weile, ließen sich dann von einem Nachbartisch eine Mappe mit losen Blättern reichen, überflogen gemeinsam Blatt für Blatt und blickten auf einmal gleichzeitig zu Uli hinüber und wieder auf den Text und wieder zu Uli, und nach kurzer Verständigung gingen sie beide zu ihm hin. Durch mehrere Berührungen lenkten sie seine Aufmerksamkeit auf ein Blatt in der aufgeschlagenen Mappe, zeigten auf einen Namen, dann auf ihn selbst, wollten nur wissen, ob der Name Ulrich Martens, der da in Maschinenschrift geschrieben stand, unter Umständen ihm gehörte, und als Uli, immer noch zitternd, nickte, kam der junge Polizist durch die Pendeltür zu ihm und führte ihn fürsorglich zur Bank. Er bat Uli, Platz zu nehmen. Aufmunternd ließ er durchblicken, daß man gleich telephonieren und alles Nötige einleiten werde, Uli möchte sich gedulden, es werde nicht lange dauern, er jedenfalls – der Mann, der Uli gefunden hatte – sei froh, daß alles diesen glimpflichen Ausgang genommen habe.

Ja, ruft ihn, holt Doktor Nicolai; was ist denn nur mit der Hand, nichts fällt ihr ein, gelingt ihr, die bleinen Kuchstaben nicht und nicht die großen, warum starrt ihr mich so an, du am Telephon, hat sich widersetzt, die Hand, das war wie im ich weiß nicht, im Schraubstock Schraubstock, herrgott, was glotzt und tuschelt ihr, ich bin nicht, bin nicht, am besten er kommt selbst, um mich zu holen, die Ausweise, meine Schlüssel verloren, kommt zusammen mit Nora, die euch aufklären wird, Verlustmeldung machen, vorübergehend ohne Identität, ich kann nur wenig sagen über meine Krankheit, aber an künftigen Abenden, wenn wir uns gemeinsam erinnern werden, wenn ich wieder – wie heißt es? – beweisen kann, wer ich bin at ak hoch über der Stadt am Fenster sitzen, ein Beruf für dich werde Polizeibeamter, wie leicht ich das Plakat lesen kann, wohl auch abschreiben das Plakat, hört doch endlich auf mich so anzustarren, zu bedauern.

Beide Flügel der Schwingtür wurden aufgezogen, fast alle im Raum blickten hinüber. Zwei sorgfältig gekleidete Männer grüßten nickend, blinzelten, vergewisserten sich und strebten mit schleppendem, gewaltsam kontrolliertem Schritt zur Barriere hin; beiden – einem asketischen Gelehrtenkopf mit randloser Brille und einem bulligen Typ, der unentwegt zu lächeln schien – war sogleich anzusehen, daß sie getrunken hatten. Vor dem erhöht stehenden Tisch des älteren Polizisten, der ihnen sauertöpfisch entgegenblickte, waren sie sich anfangs nicht einig, wer zuerst das Wort nehmen sollte, doch schließlich fiel es dem Dauerlächler zu. Er sah sich gezwungen, einen Diebstahl anzuzeigen, in anklägerischem Bedauern stellte er fest, daß er und sein Kollege gerade bestohlen worden waren, in einem Restaurant »Der letzte Anker«, nicht allzu weit von hier. Sie seien Gäste der Stadt, fügte er hinzu, Teilnehmer am Internationalen Historiker-Kongreß, der erst gestern zu Ende gegangen sei, er selbst komme aus Konstanz, der Kollege jedoch – er sagte jedoch – sei Ausländer, Professor Kunrad von der Universität Bern.

Der alte Polizist spannte ruhig einen vorgedruckten Bogen in die Maschine, nahm die Ausweise entgegen, die ihm fordernd hingereicht wurden, blätterte darin mit angefeuchtetem Finger und begann, Zungenspitze zwischen den Zähnen, in die Maschine zu hämmern, was der Fragebogen an Personalien wissen wollte. Danach ließ er sich die abhandengekommenen Wertgegenstände schildern; ein Photoapparat also, eine Photoausrüstung vielmehr, Marke Bibax, sowie eine dunkelgrüne Aktentasche, mit mehreren losen Manuskripten, einem umfangreichen, gehefteten Manuskript und zwei Fläschchen Augentropfen, eines davon angebrochen; der Titel des umfangreichen Manuskripts lautete: ›Die Folgen der Stapelgerechtigkeit unter Kaiser Friedrich III.‹

Auf die Frage des Polizisten, ob der Wirt des Restaurants keine sofortige Untersuchung eingeleitet hätte, erklärte der ausländische Gast, daß der Wirt sich nur zu einer einzigen Geste bereitfand, nämlich auf das Schild an der Garderobe zu pochen, das ihn von jeder Haftung für verschwundene Wertsachen befreite. Der Dauerlächler wies darauf hin, daß es sich bei dem umfangreichen Manuskript um den mittleren Teil eines Lebenswerks handelte; der Polizist nahm das ungerührt zur Kenntnis, ohne eine erläuternde Notiz in der Verlustanzeige zu machen, und nachdem er den Geschädigten den Text noch einmal vorgelesen hatte, bat er beide zur Unterschrift. Man werde das Mögliche tun, sagte er, für den Fall einer späteren Aufklärung seien die Heimatadressen ja bekannt.

Die Geschädigten verabschiedeten sich mit Handschlag, steuerten in etwas zu weit geratenem Bogen die Tür an, hoben bereits gleichzeitig den Arm, um die Tür aufzustoßen, da blieben sie wie auf ein geheimes Kommando stehen und wandten sich um und musterten Uli, der still und apathisch dasaß, den Blick auf einen Kalender gerichtet, der außer einer elektrischen Uhr und einem Werbeplakat den einzigen Wandschmuck darstellte. Noch im Zweifel, gingen sie näher zu ihm hin, warteten darauf, daß er ihnen sein Gesicht zuwende, aber Uli schien weder sie noch ihren Annäherungsversuch zu bemerken. Jetzt traten sie freimütig an ihn heran und erkannten ihn wieder; der alte Polizist sah zu, wie sie sich in sein Blickfeld schoben und Uli veranlaßten, zu ihnen hochzuschauen. Sie taten verblüfft, sie taten freundlich und sogar verständnisvoll. Sie beanspruchten nicht, daß er sich an sie erinnere, aber mit wieviel Vergnügen sie sich an ihn erinnerten, das wollten sie doch einfach einmal sagen. Die Große Stadtrundfahrt: nie hätten sie eine so vergnügliche Fahrt mitgemacht; seine Kommentare: nie hätte ein Fremdenführer beredter für seine Stadt geworben. Ob ihm etwas Arges zugestoßen sei? Ob er vielleicht auch eine Verlustanzeige habe machen müssen? Uli schloß die Augen und drehte den Kopf hin und her in müder Qual. Der Schweizer Historiker entsann sich, daß auch er im Bus eine Frage an Uli gestellt hatte, und der Kollege aus Konstanz hatte im Gedächtnis behalten, daß Uli das Eigentumsdelikt auf dem zweiten Platz der Kriminalitäts-Statistik in dieser Stadt rangieren ließ.

Der alte Polizist schob sie, von hinten kommend, auseinander und stellte sich zwischen sie und blickte besorgt auf Uli, der immer angestrengter atmete und dessen Pupillen geweitet waren. Er legte dem Sitzenden eine Hand auf die Schulter und sagte: Sie wissen

Bescheid, man wird Sie hier abholen, nur noch ein Weilchen, und zu den beiden Männern sagte er: Ich sehe, man kennt sich. Ihm war anzumerken, daß er es begrüßt hätte, wenn die Männer gegangen wären, doch sie blieben, fühlten sich geradezu gezwungen, zu bleiben und zu erfahren, was Uli zugestoßen war. Ihre Betroffenheit war aufrichtig. Sie waren zufrieden mit der allgemeinen Erklärung, daß dem Herrn da ein Unglück geschehen war, sie fragten nicht weiter. Mehrmals bedauerten sie das Geschehene. Als seien sie es ihm schuldig, lobten sie in Stichworten seine einmalige Art, Fremde mit der Stadt vertraut zu machen; an den Polizisten gewandt, wünschten sie gute Besserung.

Während sie sprachen, begann Uli unregelmäßig mit den Füßen zu scharren, heftiger wurden die Bewegungen seines Kopfes, Angstbewegungen, Abwehrbewegungen, dann, in einem Augenblick lauschender Starre, traten Tränen in seine Augen. Er schluchzte. Er kippte zur Seite auf das Geländer der Holzbank, winkelte den Oberkörper ab und blieb in einer Haltung liegen, als suchte er schluchzend etwas auf dem Boden. Die harten schüttelnden Stöße. Das Zucken. Der in leichter Krümmung erstarrte Arm. Sie müssen wohl einen Arzt rufen, sagte der Schweizer Historiker, und sein Kollege fügte hinzu: Hier muß schnell etwas geschehen.

Der alte Polizist zog seine Uniformjacke aus, faltete sie, sagte ruhig: Hilfe ist schon unterwegs. Es gelang ihm allein, Uli aufzurichten und ihn so auf der Holzbank zu betten, daß er ihm die Uniformjacke als Kopfkissen unterschieben konnte. Es ist bereits alles eingeleitet, sagte er und sah bekümmert auf Uli hinab. Als einer der Historiker fragte: Meinen Sie, daß wir gehen können? – nickte er, ohne sich ihnen zuzuwenden; erst nachdem sie den Raum verlassen hatten, entfernte er sich von der Bank und ging zu dem Mann hinüber, der

Uli hergebracht hatte. Ruf noch mal an, Edgar, sagte er, sie sollen sich beeilen. Er brannte sich eine Stummelpfeife an. Ist es ernst? fragte der junge Kollege, während er auf die Verbindung wartete. Ja, ja, ich glaube. Kleiner Dachschaden, oder? Nein, sagte der alte Polizist, das ganz bestimmt nicht.

Rauchend blickte er auf das Plakat, das für den Beruf des Polizisten warb – ein junger Beamter gab zwei silberhaarigen Freundinnen lächelnd Auskunft, wies mit ausgestrecktem Arm auf ein Gebäude, das dem Rathaus glich –, sein Blick glitt ab und fand zu einem Kollegen, der eine Thermosflasche öffnete, sich Kaffee einschenkte und gemächlich belegte Brote aus dem Papier schlug. Wie der den Belag der Brote prüfte, Mettwurst und Blutwurst stierend miteinander verglich! Wie der, nach gläubigem Augenaufschlag, seine gelblichen Zähne in das Brot senkte, abbiß und geruhsam einen Speichelfaden betrachtete, der sich von seinem Mund bis zur Schnitte hinzog! Und wie der den Speichelfaden abknipste und zu kauen begann und kauend auf Uli hinabsah, gleichmütig, wie auf etwas Vertrautes, mit dem er sich längst abgefunden hatte. Der alte Polizist beobachtete den Esser, hieb plötzlich mit der Handkante auf den Tisch, fragte: Es schmeckt dir hoffentlich, eh? Verwundert wandte der essende Kollege ihm das Gesicht zu: Is was? fragte er, und nach einer Pause: Gibt's was Besonderes? Nix, sagte der alte Polizist, ich hoffe nur, daß es dir schmeckt.

Mit dem Krankenwagen kam auch Doktor Nicolai; er grüßte nur flüchtig zu den Beamten hinüber und ging, zwei weißgekleidete Pfleger im Schlepptau, zur Holzbank, auf der Uli lag, starräugig, mit verschmiertem Gesicht. Der Arzt setzte sich zu ihm, nahm sein Handgelenk, nannte mehrmals Ulis Namen und versuchte, seine Aufmerksamkeit auf sich zu ziehen, indem er den Oberkörper hin- und herbewegte. Als ihre

Blicke sich endlich trafen, begann er Uli Vorhaltungen zu machen, auf nachsichtigste Art; unerregt sprach er auf den Liegenden hinab, warf ihm Leichtsinn vor, Unbedachtheit, eine Gefährdung der Therapie; wie zur Strafe verfügte er freundlich längere Arbeitssitzungen, um aufzuholen und wettzumachen, was durch die Flucht an Verlust entstanden war. Uli reagierte nicht; dennoch schien er mitzubekommen, daß einige Polizisten zögernd herantraten und ihn einfach nur still umstanden; er bewegte den guten Arm, versuchte offenbar, seine Augen mit der Hand zu bedecken, doch er konnte die Bewegung nicht zu Ende bringen. Ein Zeichen des Arztes, und die Pfleger hoben Uli auf die Trage, ein gezischtes Kommando, und sie trugen ihn hinaus. Als hätte er eine Ware empfangen, für die er quittieren müßte, unterschrieb Doktor Nicolai stehend zwei Formulare, die der alte Polizist an sich nahm.

Sie fuhren ohne Blaulicht, auch die Deckenbeleuchtung im Innern des Wagens war nicht eingeschaltet, doch im wechselnden Licht der Straßenlaternen und Schaufenster konnte Uli die Gestalt des Arztes auf dem kleinen Klappsitz ausreichend erkennen. Er empfand das Bedürfnis, den Arzt zu berühren oder durch eine Regung auf sich aufmerksam zu machen, nur, um ihm zu danken. Er suchte nach einem möglichen Ausdruck für seinen Dank.

Später, ich werde ihm später gesammelt danken, wenn die Hand wieder gehorcht und die ak ap wenn die Worte zurückkommen, werde ich mich entschuldigen, und, wie heißt es, sperrechen versprechen, daß es nicht wieder vorkommt, Herr Doktor Nicolai, dafür kann ich garantieren at ak aber regeln, Sie werden verstehen, daß ich etwas regeln mußte, zuviel stand auf dem Spiel, weg einfach weg, ich komme nicht drauf, schwarz und verloren, wenn ich Sie ansehe, so, wie Sie dasitzen, müßten Sie mich hören können, hören Sie mich?

Als sie ihn aus dem Wagen heraushoben, signalisierte er den Pflegern, daß sie die Trage absetzen sollten, er wollte versuchen, allein die Steintreppen hinaufzusteigen, es lag ihm daran, ohne fremde Hilfe in sein Zimmer zurückzukehren, doch sie verstanden ihn nicht oder übersahen willentlich, was er von ihnen verlangte. Sie trugen ihn so zügig, als forderte ihnen sein Gewicht keine besondere Anstrengung ab, an der Tür zum Korridor hatten sie ein Scherzwort für die wartende Schwester übrig, die sich flüsternd mit dem Arzt verständigte und es darauf übernahm, den Zug in Ulis Zimmer zu dirigieren.

Vor dem Bett standen noch die Hausschuhe, der schlecht geschlossene Koffer hielt den Tisch besetzt, über dem Schwenkgalgen hing der Schlafanzug – immer noch sah das Zimmer aus wie nach einer Plünderung und überstürzten Flucht. Der Schwester entging nicht, daß Uli, kaum hatten sie ihn von der Trage gehoben und auf die Füße gestellt, einen Ausfallschritt gegen den offenen Schrank machte und bei leichter Drehung einige greifende Bewegungen andeutete, geradeso, als wünschte er dringend die alte Ordnung wiederherzustellen. Dann ließ er sich aufs Bett nieder. Dann saß er nur ergeben da, während sie ihn entkleideten, ihm den Schlafanzug überstreiften und das Kissen aufschüttelten. Die Decke brachten sie so über ihn, daß er wie verschnürt dalag.

Nachdem die Pfleger gegangen waren, verstaute die Schwester Ulis Koffer im Schrank, trat ans Fensterbrett und schlug da einen Blumenstrauß aus dem Papier, ordnete den Strauß in einer Vase, füllte am Waschbecken Wasser nach und setzte den Strauß auf den Tisch. Da Uli sie nicht beachtete, sagte sie nach einer Weile: Sie hatten Besuch inzwischen, Herr Martens, sehen Sie, was man Ihnen gebracht hat. Uli rührte sich nicht. Ich glaube, man hat Sie schmerzlich vermißt, sagte die Schwester, man war sehr enttäuscht. Größer kann Enttäuschung nicht sein. Wollen Sie den Strauß nicht sehen? Freesien, sagte die Schwester, Geschriebenes liegt leider nicht dabei. Uli hielt den Atem an. Plötzlich begann er mit den Füßen zu stoßen, so daß die Decke bald nur noch locker auf ihm lag, dann bäumte er sich auf und warf sich auf die Seite und starrte einen Augenblick erschrocken die Schwester an, deren Hände sich zupfend und nachsteckend über dem Strauß bewegten. Er stieß einen dunklen, flehenden Laut aus, die Halsmuskeln traten straff hervor, wie nach einem Schlag sackte sein Oberkörper über die Bettkante, doch er fand noch Zeit, um sich abzustützen, eine Hand auf den Fußboden zu bringen. Die Schwester schob einen Plastikeimer unter sein Gesicht, und während Uli sich erbrach, hielt sie ihn an der Schulter fest, strich sanft und wortlos über seine Stirn. Sie hielt ihn, bis er Erleichterung gefunden hatte, dann bettete sie ihn, ging ans Fenster und beobachtete Uli eine Weile; schließlich nahm sie den Eimer und verließ das Zimmer.

Diese Leere auf einmal. Die vergeblichen Versuche, Worte zu finden für den eigenen Zustand. Die wachsende Furcht. Er spürte, daß er zitterte, spürte es nur, ohne das Wort dafür zu wissen. Das Gedächtnis stand ihm nicht bei. Verlegt war der Weg zum großen Reservoir. Uli hatte das Gefühl, sich selbst nicht mehr erreichen zu können.

Als die Tür geöffnet wurde, zaghaft, ängstlich beinahe, blieb er still liegen und blickte gleichmütig auf den grazilen Mann, der, ertrunken in einem viel zu weiten Morgenmantel, übertrieben würdevoll grüßte und geduldig auf Erwiderung des Grußes wartete. Da Uli sich nicht regte, schloß er die Tür, deutete anfragend auf den Hocker und nahm nickend Platz, nicht anders, als sei er dazu aufgefordert worden. Eine Weile saß er schweigend da, schweigend, doch auch in deutlicher Erwartung; allmählich entstand ein Ausdruck von Enttäuschung auf seinem ausgezehrten Gesicht. Leise stellte er sich vor – Uli verstand: Professor Borinski –, leise und pausenreich fragte er, ob Uli ihn denn nicht wiedererkenne, den Flurnachbarn, den Mann mit dem Hammer im Kopf. Uli reagierte nicht. Bekümmert erhob sich der kleine Professor, ging hin und her, musterte enttäuscht das Zimmer, die Dinge, konnte keine Erklärung finden. Es sei ihm unverständlich, Uli müsse ihn doch wiedererkennen, denn erst am Nachmittag habe er sich hier vorgestellt und dem Zimmer seine Geschichte erzählt, Uli müsse sie doch, da sie nie und nimmer verlorengehen könne, gefunden und aufgenommen haben bei seiner Rückkehr. Ohne Vorbereitung hätte er keinen Besuch gewagt. Vor sich hinsprechend, vermaß er wieder und wieder das Zimmer, uninteressiert daran, ob Uli ihm überhaupt zuhörte. Er bekannte, daß er hier eingedrungen sei, hier längere Zeit gesessen habe, und zwar nicht, weil er auf Abwechslung oder Unterhaltung ausgewesen sei, sondern weil er eine Erkenntnis weiterzugeben habe, eine Einsicht, eine Erfahrung von erheblichem Nutzen. Eine Selbsterfahrung.

Er lauschte, er inspizierte die Zimmerdecke und suchte etwas aus der Spiegelung des Fensters zu erfahren, dann wandte er sich aufseufzend ab und schob den Hocker nah an das Kopfende des Bettes heran. Alles sei lückenhaft, flüsterte er, alle Therapie hier – kunstvoll zwar und sachverständig, aber doch lückenhaft. Wenn er sich mit den geltenden Therapien zufriedengegeben hätte, wäre er noch regelmäßiger Teilnehmer an den automatisierten Programmen. Zwei Jahre habe er sich bemüht, die Folgen des Unglücks zu überwinden, das ihn vor seinem Institut traf. Ein erbärmliches Unglück, sagte er, ein lächerliches Unglück, über das zu sprechen ihm schwerfalle.

Ein Zimmermannshammer, beim Betreten des Botanischen Instituts habe ihn ein herabfallender Zimmermannshammer getroffen, und nicht nur getroffen: die Spitze – berechnet zum Ziehen fehlgeschlagener oder rostiger Nägel – habe seine Schädeldecke durchschlagen und sich in seinem Kopf festgesetzt; wie ein monströser Haubentaucher müsse er ausgesehen haben.

Der kleine Professor grub aus der Tasche seines Morgenmantels einige Karamelbonbons hervor, bot Uli an, verstand dessen Reglosigkeit als Verzicht und ließ die Bonbons wieder in der Tasche verschwinden bis auf einen, dem er sorgfältig das Papier abzog. Seine Stimme wurde gepreßt, als er den Augenblick beschrieb, in dem er entdeckte, daß er nicht mehr sprechen konnte. Eingeschwärzt habe sich alles, sagte er, schwarz sei die Farbe der Leere. Der empfindlichste Schmerz, der ihn erreichte, sei ein Schmerz der Schwere gewesen, es sei ihm manchmal so vorgekommen, als erdrückten ihn die nicht ausgesprochenen Wörter. Zwei Jahre habe er warten müssen, bis die Wörter sich aufrufen ließen, bis er sich ihrer bedienen konnte – nicht zuletzt dank einer eigenen Entdeckung.

Tröstend sagte er zu Uli: Geben Sie sich nicht auf, verzweifeln Sie nicht. Auch ich war in der Verbannung, und ich habe zurückgefunden.

Und angestrengt tischte er seine Erkenntnis auf, daß der Ursprung der Sprache nicht in dem Bedürfnis liege, zu beschreiben, zu deuten oder zu imitieren, sondern in dem Verlangen, zu warnen, zu befehlen und zu schützen. Das erste Wort sei gewiß ein Befehl gewesen, behauptete er, es habe zu einer Handlung anstiften sollen. Er zweifle nicht, daß es am Anfang so gewesen sei – um dem spontan Gewünschten Ausdruck zu verleihen, reichte Gestik nicht aus, entstand Lautsprache. Sehen Sie, sagte er, und jeder von uns hier steht auf seine Weise vor einem Anfang, er muß lernen, sich zu verlautbaren. Dafür aber ist nichts so geeignet wie der Imperativ. Die erste hörbare Verständigung erfolgte im Befehlston, wir alle beherrschen ihn. Ich habe diese alte Erfahrung aufgegriffen und gewöhnte mir an, mit mir selbst nur noch im Befehlston umzugehn. Versuchen Sie es auch, ich rate Ihnen, versuchen Sie es.

Erregt sah er sich im Zimmer um, stand auf und beklopfte leicht den Schrank und die Wände, er horchte, er schien die Flugbahn unsichtbarer Objekte zu errechnen, und er unterbrach seine Tätigkeit selbst dann nicht, als Doktor Nicolai ins Zimmer trat und sich schweigend auf Ulis Bett setzte.

12

Sie lief noch einmal zurück. Beim Anblick des wartenden Taxis kehrte Nora noch einmal um und lief in das
Haus zurück, gerade als ob sie etwas vergessen hätte,
und auf dem Wohnungsflur öffnete sie ihre lederne
Einkaufstasche, fischte ein Päckchen heraus, ließ es
unschlüssig in der Hand wippen. Alle Türen standen
offen, die Küchentür, die Tür zu Wohn- und Schlafzimmer; sie schlug das biegsame Päckchen leicht auf
ihr Handgelenk, erwog etwas, verwarf es und erwog es
wiederum, hastig, ärgerlich über sich selbst; schließlich
entschied sie sich fürs Schlafzimmer, war mit wenigen
Schritten vor dem Schrank und verstaute das von
Gummibändern zusammengehaltene Konvolut in der
Tiefe eines Fachs, hinter einem Stapel Frottiertücher.
Einen Augenblick musterte sie zweifelnd das Versteck,
sie war nicht völlig zufrieden, das Päckchen konnte
dort nur vorläufig bleiben, nach ihrer Rückkehr würde
sie ein sicheres, ein endgültiges Versteck finden, nach
der Rückkehr. Sie zuckte die Achseln und warf die Tür
zu.

Alles beisammen? fragte der Taxichauffeur, und Nora darauf: Ich hatte nur etwas vergessen.

Obwohl Nora den Namen der Straße nicht kannte,
in der der Frucht-Salon lag, war der Fahrer sogleich
zuversichtlich, sie ans gewünschte Ziel bringen zu
können; nur ein paar Anhaltspunkte wollte er genannt
bekommen, nur einige bescheidene Kennzeichen; es
war ein junger Fahrer, kleinwüchsig, schöne Zähne,
vielleicht ein Grieche. Erinnern, das hilft, sagte er aufmunternd und drehte sich zu ihr um, blickte sie freimütig an und wartete. Nora konnte sich nicht erinnern
unter seinem Blick, sie sah an ihm vorbei, sie dachte an

Frau Grant und an die gemeinsame morgendliche Fahrt, aufgebrochener Asphalt häufte sich am Straßenrand, ein sprühendes Licht lag über dem Zentrum, und da war das Sprungbrett, von dem sich Jungen und Mädchen einer Schulklasse kreischend hinabstürzten und plumpe Fontänen aufwarfen. Auf jeden Fall, sagte Nora, müssen wir an der neuen Schwimmhalle vorbei. Sie fuhren an der Schwimmhalle vorbei und gerieten wie von selbst in die Geschäftsstraße, in der zwischen Juwelier- und Modeläden der von seinen Eigentümern so genannte Frucht-Salon lag.

Schon von draußen erkannte Nora, daß Frau Beutin, weißbekittelt, Schiffchen auf dem frisch frisierten Haar, an der Kasse saß, auf dem überhöhten Kommandostand, auf dem sie sie zum ersten Mal gesehen hatte. Sie las oder war addierend einem Fehler auf der Spur. Eine lässige blonde Verkäuferin blickte ihr abschätzig entgegen, ließ sie bis auf Armlänge herankommen, ehe sie fragte, womit sie dienen könne, und dann ließ sie sich sehr viel Zeit, den gewünschten Obstteller herzurichten, legte, ohne sich zu vergewissern, eine Pappunterlage mit künstlichem Weinlaub aus, mischte Clementinen, Trauben und Pfirsiche zu einem mehrfarbigen Mosaik, das sie mit Bananen umrandete, setzte dem Ganzen mit einer Avocadofrucht ein zentrales Auge ein, alles gleichmütig, mit schläfriger Routine. Ob es so recht sei, fragte sie, ohne Nora dabei anzusehen, und Nora, die versucht war, das Arrangement wieder auflösen und auf Spitztüten füllen zu lassen, nickte knapp und ging voraus zur Kasse. Es war nicht viel, was sie sich vorgenommen hatte, Frau Beutin zu sagen, nur ein Wort der Anteilnahme, des Mitgefühls, sie hätte sich wohl kaum dazu entschlossen, eigens hierherzukommen, wenn sie nicht auf dem Weg zum Krankenhaus gewesen wäre, zu Uli; der Wunsch, überhaupt mit Frau Beutin zu sprechen, war

ein Ausdruck ihres wiedergewonnenen Selbstvertrau-
ens, das sich, ohne daß Nora es gewahr wurde, erproben, das sich bestätigen wollte. Sie dachte nicht daran,
sich zu erkennen zu geben als damalige Begleiterin von
Frau Grant, es sollte nur ein Wort sein, ein Händedruck, eine beiläufige Bekundung, zu der sie ja allenfalls das Recht hatte.

Forschend blickte Nora in dieses Gesicht, das er-
starrt zu sein schien in Erbitterung und Härte, kein
Zeichen von Trauer, keine Spur von Verzagtheit oder
Verzweiflung, in den grauen Augen lag Aufmerksamkeit, und der Froschmund mit den herabgezogenen
Mundwinkeln erhob einen unveränderten Vorwurf.
Nickend erwiderte sie Noras Gruß, und bevor sie die
Ziffern in die Kasse tippte, überflog sie die mit Bleistift
geschriebene Rechnung der Verkäuferin, stutzte, ad-
dierte noch einmal und schüttelte den Kopf und ging,
die Rechnung in der Hand, zur Verkäuferin hinüber.
Sie legte den fleckigen Papierstreifen auf eine Obstki-
ste und klatschte ihn fest, einmal und noch einmal. Sie
befahl dem Mädchen, die einzelnen Beträge zusam-
menzuzählen, und stand und sah unerbittlich zu, wie
der Zeigefinger an den Posten hinabrutschte, stockte,
von vorn begann. Nora konnte nicht verstehen, was
Frau Beutin plötzlich sagte, es war nur ein Satz, gepreßt hingesprochen, eine Bemerkung, die das Mädchen dazu brachte, ungläubig aufzusehen und, wie um
sich abzustützen, nach einem Regal zu greifen, doch
dies nur für einen Moment, vielleicht solange, bis sie
ermessen hatte, was ihr gesagt worden war, denn auf
einmal wandte sie sich ab, schlug eine Hand vors Gesicht und verschwand hinter einer Tür, auf der »Zu
den Kühlräumen« stand.

Wortlos legte Nora einen Zwanzigmarkschein neben
die Kasse, scharrte das Wechselgeld ungezählt in ihr
Portemonnaie, nahm den Obstteller auf und trug ihn

nach angedeutetem Gruß nach draußen. Jetzt zum Krankenhaus? fragte der Fahrer. Ja, sagte Nora, zum Haupteingang. Sie saß aufrecht da, sie schlang den Riemen ihrer Tragetasche um eine Hand und zog den Riemen stramm und strammer, das Geräusch verebbte, das helle Sirren und tönende Vibrieren, das sie an Leitungsdrähte erinnerte, die der Wind bewegt. Sie drehte das Fenster herunter und strich sich über die Schläfen. Im runden Taschenspiegel überprüfte sie ihr Gesicht. Ihr Mann wird sich freuen, sagte der Taxifahrer und zeigte auf den Obstteller, den er auf den freien Vordersitz gestellt hatte, nirgendwo schmeckt Obst so gut wie im Krankenhaus. Ob er aus eigener Erfahrung spreche, fragte Nora, worauf er, statt zu antworten, auf eine ovale, verblaßte Photographie tippte, die er am Armaturenbrett befestigt hatte, auf das Brustbild eines bang dreinblickenden Mannes mit Schlapphut und Schnurrbart. Ihr Bruder, fragte Nora. Nein, sagte er lächelnd, mein Vater.

Und während Nora den mageren Mann auf dem Photo ins Auge faßte, erzählte der Fahrer nicht ohne Genugtuung, daß sein Vater in allen Krankenhäusern seiner näheren Heimat gelegen habe, manchmal sei es ihm vorgekommen, als habe man ihn nur deshalb so häufig verlegt, weil angehende Ärzte Gelegenheit erhalten sollten, mit einem sehr seltenen Fall von Lähmung bekannt zu werden, einer Starre, die nur stundenweise auftrat, meist gegen Abend; bis zur Kaffeezeit konnte er sich nämlich durchaus bewegen, wenn auch nur schlurfend mit ausgestreckten Armen, wobei er es für nötig hielt, ständig Achtung zu rufen, Achtung, ich komme. Soviel sie auch mit ihm anstellten, sein Zustand habe sich nicht verändert, ihnen sei nur geblieben, den bestaunten Patienten nach Hause zu entlassen, ratlos.

Wie es dazu gekommen sei, erkundigte sich Nora,

ob dieser Starre ein auslösendes Erlebnis zugrunde gelegen habe, und der Fahrer darauf, nachdem er anklägerisch auf die Photographie gezeigt hatte: Zweimal hat dieser wunderbare Mann mich geschlagen, das erste Mal, als ich meinen Militärurlaub überschritt, und das zweite Mal, als ich mich weigerte, ihm beim Reparieren unseres Daches zu helfen. Und Nora erfuhr, daß dem Fahrer damals der Mut gefehlt habe, zuzugeben, daß er nicht schwindelfrei sei; er habe es einfach abgelehnt, die benötigten Dachpfannen hinaufzuschleppen, auch mehrmalige, ernste Aufforderung habe ihn nicht dazu bringen können, und dann sei es geschehen: bei dem Versuch, ihn mit einem Lattenholz zu schlagen, riß es den Vater von der Leiter, er stürzte auf steinigen Grund, ohne die Latte aus der Hand gegeben zu haben, die ihn, den Fahrer, hätte treffen sollen. Leider hat er mich nicht erwischt, sagte der Taxichauffeur, leider, und sah sich einmal rasch zu Nora um mit einem Blick voller Trauer; wie gern hätte er den Schmerz ausgehalten, wenn er damit das Unglück hätte verhindern können. Er murmelte einige Sätze gegen die Photographie, sie klangen nach leisem Vorwurf, ließen Versöhnung ahnen, sogar innige Beziehungen. Dann schwieg er und widmete sich mit übertriebener Aufmerksamkeit der Straße, ganz so, als wollte er nicht mehr gefragt werden.

Wie nah sie sich ihm fühlte und wie leicht sie sein Schweigen auslegen konnte; eine unbekannte Zuversicht kehrte in sie ein, sie rutschte dicht an die Wagentür heran und winkte Kindern zu, die von einer Fußgängerbrücke zu ihnen hinabgrüßten. Jetzt hätte sie noch weniger ihren Entschluß geändert, unangemeldet in die Klinik zu fahren, das Selbstvertrauen hielt an, es war ihr zumute, als sei sie nun unterwegs, um etwas in Ordnung zu bringen, was sie immer gewünscht, wozu ihr bisher aber Kraft und Geduld gefehlt hatten. Nur flüchtig versuchte sie sich vorzustellen, in welchem Zustand sie Uli finden würde, sie hatte sich festgelegt, hatte angenommen, was sich wie von selbst ergab, einverstanden mit dem Schweigen, das sie vorerst erwartete.

Nora lehnte sich zurück, sie dachte an die Rückkehr von der Insel, damals, nach dem kurzen Urlaub mit Uli, dachte an den gemeinsamen Gang auf dem Deich, sie hatten noch mehrere Stunden bis zur Abfahrt des Zuges und schlenderten hinaus zu der mit Bojen markierten Badestelle neben der geschwungenen Fahrrinne. Der feuchte Glanz des blasenwerfenden Grunds. Das ermattete Fleisch auf Handtüchern, Decken, in Strandkörben. Die zurückkehrende Flut, deren lehmtrübes Wasser an Buhnen gestaut wurde. Zügig organisierte sich über der See ein Gewitter, die Wolken kamen herab, und dann wusch ein schroffer Regen den wattgrauen Strand. Eine kreischende Flucht begann; Tücher und Bälle und Kleider an sich gepreßt, flohen sie über den Deich zu einem Parkplatz, zu ihren Autos, nur sie beide flohen nicht, sie blieben Hand in Hand unter dem Regen, beobachteten amüsiert die Flucht, geradeso, als seien sie die einzigen, denen der Regen nichts ausmachte: wie Verschworene schlenderten sie durch den Aufruhr, in keinem Augenblick versucht, selbst ein schützendes Dach zu suchen. Obwohl das dünne Kleidchen an ihrer Haut klebte, empfand sie ein befreiendes Gefühl, nicht ein einziges Mal kam der Wunsch auf, sich zu kontrollieren, das nasse Haar aus der Stirn zu nehmen, den Stoff zurechtzuzupfen. Und Nora dachte an die Wohltat, später, als Uli ihr im verqualmten Warteraum der Dampferanlegestelle das Haar trocknete, ein alter Bootsmann hatte ihm ein Handtuch geliehen – ein verwaschenes Tuch, in das seine Thermosflasche eingewickelt war –, und Uli zog ihren Kopf an sich und rieb und strählte ihr Haar unter all den aufmerksamen Blicken. Der alte Bootsmann nickte zufrieden, er sagte: Drög ward din Deern noch scheuner. Sie erinnerte sich, wie dringend sie damals danach verlangte, Uli ihre Freude zu zeigen.

Die Taxe hielt auf der Höhe des Blumenstandes, nicht weit vom Pförtnerhaus. Der Fahrer bedankte sich nicht sonderlich für das reichliche Trinkgeld, er stieg nicht einmal aus, hob Nora nur mit mechanischer Höflichkeit ihren Obstteller entgegen und hatte offenbar Eile, zurückzusetzen und davonzufahren. Nora konnte sich seine plötzliche Veränderung nicht erklären; doch anstatt sich wie sonst zu fragen, welchen Fehler sie gemacht haben könnte, wandte sie sich achselzuckend ab, grüßte den Pförtner mit angenommener Vertrautheit und gab ihm zu verstehen, daß ihr der Weg bekannt sei. Sie ging den Hauptweg so forsch hinab, als müßte sie eine Verabredung einhalten, bog dann bei den Birken ab und strebte auf schmalerem Weg dem Pavillon zu, ohne ihren Schritt zu ändern. Zwei ernste Männer kamen ihr entgegen, sie sprachen mit gesenktem Blick miteinander, auf beiden Gesichtern lag ein Ausdruck von Bedenklichkeit, was sie sich an Worten hinwarfen, schienen nur Bestätigungen zu sein. Als sie vorbeigingen, hörte Nora einen von ihnen sagen: Damit ist es vorbei, für immer vorbei; und nicht im selben Augenblick, aber doch nur ein wenig später kam ihr die Stimme vertraut vor, so vertraut, daß sie sich bestürzt umwandte; die Männer setzten ihren Weg fort, mit gebeugtem Rücken, der Hüne wirkte resignierter als sein Begleiter.

Die Eingangstür stand offen, war mit Keilen festgesetzt wie für einen sperrigen Transport. Nora stieg gleichmäßig die Steintreppen hinauf und sah ins Schwesternzimmer – das Zimmer war leer. Sie lauschte den Gang hinab, sie wartete; da niemand sich zeigte, begann sie auf und ab zu gehen, vermaß gemächlich den ganzen Korridor und war auf einmal vor Ulis Tür. Auf ihr Klopfen kam keine Antwort. Entschlossen trat sie ein, entschlossen und beunruhigt, und blieb gleich stehen vor jäher Erleichterung: Uli lag in seinem Bett, die Hände auf dem Zudeck, den Blick zur Decke gerichtet. Er rührte sich nicht. Leise rief Nora ihn an, einmal und noch einmal, sie sah, wie er mit Verzögerung erschrak, wie er mit gesteigerter Aufmerksamkeit auf einen abermaligen Anruf wartete, so, als wollte er in seiner Erinnerung bestätigt werden, und dann bewegten sich seine Hände, schlugen aus, wie von Stromstößen beeinflußt, seine Lippen öffneten sich, er stöhnte auf und warf sich herum. Nora merkte, daß er sie sofort erkannte. Sie setzte den Obstteller auf den Tisch, trat schnell ans Bett heran und kauerte sich vor Uli hin. Sie nahm seine Hand und preßte sie an ihre Wange und sagte: Sag nichts, versuch nichts zu sagen.

Behutsam führte sie seine Hand zurück, ihre Gesichter waren einander so nah, daß sie seinen Atem spürte, die kurzen Atemstöße. Sein Mund verzog sich, Furcht kam in seinen Blick. Nora fühlte, welcher Wunsch ihn bedrängte, und legte einen Finger auf seine Lippen. Er verstand sie und schwieg; er war also erreichbar. Da, was ich dir mitgebracht habe, sagte Nora und riß mit einem einzigen Griff das Seidenpapier von den Früchten und hielt ihm den Obstteller hin. Uli blickte über den Teller hinweg auf sie. Probier mal die Trauben oder einen Pfirsich, probier mal. Mit einem Schwung zog sie das Handtuch aus der Halterung neben dem Waschbecken, breitete es als Serviette aus, biß vom Pfirsich ab und nötigte Uli, abzubeißen, sie belobigte ihn mit einem Lächeln und wischte den Saft von seinem Kinn. Blickweise bat er dann um Beachtung für seinen Versuch, sich mit Hilfe des Schwenkgalgens aufzusetzen, er schaffte es beim ersten Mal und bekam nun besser mit, wie sie, zunächst gehemmt und dann immer zielstrebiger, das Zimmer aufräumte, den Schrank inspizierte, den Blumen Wasser gab, beide Fensterflügel öffnete und festhakte.

Uli mißtraute dieser Geschäftigkeit; nachdem sie mehrmals den Wink übersehen hatte, mit dem er sie aufforderte, sich zu ihm zu setzen, wuchs seine Unruhe, er machte pendelnde Bewegungen, er stieß verhaltene Laute aus, klagende Laute wider Willen.

Daß du dich damit abgibst, Nora, in, ah, in Geschäftibung ausweichst, nur, um nicht mehr zu erfahren, Beschäftigung, mein ich, laß doch die Dinge wie sie sind, komm und setz dich auf die Bettkante und erzähl, was geschehen ist, endlich bist du da, oder erzähl, was sein wird, endlich, ich kann nicht mehr mit ansehen, wie du Ordnung zu schaffen versuchst, diese furchtbare Ordnung, die mich an dich erinnern wird, wenn du gegangen bist, wenn du gegangen sein wirst, es geht doch alles von der Zeit ab, alles was du tust, von der Zeit, die wir für uns haben.

Plötzlich setzte sie sich zu ihm, er hatte den Eindruck, daß sie abwesend war, obwohl sie ihn unverwandt ansah und seine Hand hielt und einmal etwas flüsterte. Er zog sie ein wenig zu sich hin, um über ihr Haar zu streichen, es glückte nicht, es geriet nur zu einer angedeuteten Zärtlichkeit, danach verkrampften sich seine Finger. Als Schritte und Stimmen auf dem Korridor zu hören waren und Nora Anstalten machte, aufzustehen und sich an den Tisch zu setzen, schüttelte er heftig den Kopf, stöhnte leise und umklammerte ihr Handgelenk. Sie lächelte und gab ihm schweigend recht. Während sie auf die abnehmenden Stimmen horchte, spürte sie, wie sein Griff sich lockerte, und ihre Besorgnis wuchs, daß er merken könnte, wie sie zitterte. Ach, Uli, sagte sie, und sagte: Wir brauchen doch nichts zu verstecken, ich bin so froh, daß ich hier bin, erst einmal sind wir

225

wieder zusammen. Sie zupfte ein zerknülltes schmutziges Taschentuch unter dem Kopfkissen hervor, brachte es zum Wäschebeutel im Schrank und schob Uli ein frisches Taschentuch in die Brusttasche. Wieviel es ihm bedeutete, ihr zuzuhören! Sobald sie aufstand, sich entfernte, wedelte er unwillig und forderte sie durch Gesten auf, in seine Nähe zu kommen, und wenn sie dann wieder bei ihm saß, blickte er gebannt auf ihren Mund, manchmal bewegte er die eigenen Lippen. Während sie sprach, minderte sich sein Mißtrauen, solange sie sprechend neben ihm saß, litt er auch nicht mehr unter der Befürchtung, Nora könnte den Besuch überstürzt beenden, unfähig, ihn in seinem Zustand länger zu ertragen.

Nora bedauerte, daß sie nicht dabei war, als Uli ihre Eltern aufgesucht hatte, sie entschuldigte sich vorsorglich für die aufdringliche Wißbegier des Vaters und die leichte Erregbarkeit ihrer Mutter, sie bat ihn, die besondere Lage zu berücksichtigen, die in der Birkensiedlung herrschte: Du weißt ja, was für die Alten zusammenbricht bei der leisesten Änderung und Ungewißheit. Eine Weile betrachtete sie den durchgescheuerten Kragen seines Schlafanzugs. Wir werden zusammen hinausfahren, sagte sie dann mit Entschiedenheit, gemeinsam, ja.

Vielleicht war es diese Entschiedenheit, die ihn auf einmal verwirrte; er schien sich zu fragen, ob das noch die Frau war, die er kannte, mit der er gerechnet hatte. Er deutete an, daß er schreiben wollte, zeigte wiederholt auf den Schrank und auf ein Tablett mit aufklappbaren Füßen, doch Nora überging einfach seinen Wunsch. Sie streichelte seinen Arm und forschte in seinem Blick mit glücklicher Verwunderung, so als könnte sie die Nöte und Mühseligkeiten nicht begreifen, die sie hatte auf sich nehmen müssen, bevor sie in dieses Zimmer gekommen war. Er würgte, schluckte schnell und produzierte mit schräg herabgezogenen Lippen ein gleichmäßiges Zischgeräusch.

Ach, Uli, sagte Nora, ich weiß doch, quäl dich nicht, ich weiß doch jetzt alles. Ein überraschender Ausdruck von Argwohn ließ sie erschrecken, ließ sie fragen: Was hast du, Uli, was ist denn? Unwillkürlich nahm sie ihre Hand zurück.

Sprich es doch schon aus, Nora, man kann dir ja ansehen, warum du gekommen bist, ich bin bereit, ich höre, mach es kurz, sag schon, daß du es nicht schaffst, daß es deine ak pt Kräfte übersteigt, der Abschied ist vorbereitet, vorläufig, versöhnlich, das alte Muster auch für uns – ein versöhnlicher Abschied, diese trostloseste Lösung, also sag schon, daß wir eine Weile allein, jeder für sich, aber – wie heißt es? – verlassen, in Verlassenheit gerät immer nur einer, das weißt du doch, nein, ich kann es nicht glauben, nein, Nora, nein, nicht solange ich das durchmache, da läßt man keinen allein at ak löscht die gemeinsame Spur, heikle Augenblicke, nein, das kannst du nicht, du mußt sie wohl übernehmen, die Pflicht, diese kleine Pflicht, das ist so üblich, wird von dir erwartet, so frei sind wir nicht, ah, das Getöse im Kopf, wenn du es hörst, wenn du hören kannst, was ich dir zu sagen habe.

Er nickte zum Tisch hinüber, auf dem noch das Teegeschirr stand; Nora verstand ihn sogleich, ging hin und spülte die Tasse aus, doch in der Kanne war kaum noch ein Schluck. Ich hol dir frischen Tee, sagte Nora, es dauert nicht lange, ich find mich schon zurecht; und bevor er noch reagieren konnte, war sie schon mit dem Tablett an der Tür und zwinkerte ihm von dort noch einmal zu – wart nur ab, wirst schon sehen, was mir möglich ist.

In ihrem Zimmer telephonierte die Schwester, sie schien mit gequältem Interesse zuzuhören, setzte immer wieder zu einer Rechtfertigung an, die ihr offenbar nicht gewährt wurde, während des Gesprächs konnte sie Nora anblicken, ohne ihr mit einem einzigen Zeichen zu bestätigen, daß sie ihre Anwesenheit bemerkt hatte. Nachdem der Partner die Auseinandersetzung offenbar überraschend beendet hatte, legte sie sehr langsam den Hörer auf, saß einen Augenblick hilflos da und bedeckte ihr Gesicht mit den Händen. Soll ich später wiederkommen, fragte Nora leise. Jetzt stand die Schwester auf und trat auf sie zu mit stiller Freundlichkeit und nahm ihr das Tablett ab: Sie wollen doch Tee, oder? Bitte, sagte Nora; sie zweifelte nicht, daß die Schwester sie wiedererkannt hatte, und nahm sich vor, ihr beim nächsten Besuch Blumen mitzubringen.

Die Schwester füllte das Geschirr aus einer großen Thermoskanne und gab es Nora zurück und sagte: Er hat uns Sorgen gemacht, der Herr Martens, aber das wissen Sie ja. Es wird nicht wieder geschehen, sagte Nora, gewiß nicht. Vermutlich ist etwas durchgebrannt bei ihm, sagte die Schwester, wir kennen das, und wir wären schon darüber hinweg, wenn es ihn nicht zurückgeworfen hätte. Er wird es bestimmt schaffen, sagte Nora, ich weiß es, und die Schwester darauf: Sicher wird er es schaffen.

Nora dankte für den Tee und kehrte ins Zimmer zurück, sie half Uli beim Trinken und belobigte ihn, als es ihm gelang, die Tasse selbst an den Mund zu heben. Alles, was sie bedrückt, was sie verstört und gelähmt hatte, schien auf einmal überwunden, sie fand eine unverhoffte Zufriedenheit im bloßen Tun, in der Antwort auf die Notwendigkeiten, die sich wie von selbst ergaben.

Und sie stand nicht, sie sprang auf und zog nach geheimnisvoller Ankündigung einen mehrfarbigen Prospekt aus ihrer Handtasche, den sie einstweilen mit den Fingern abdeckte: Wart noch, erst mußt du zuhören.

Ob du es glaubst oder nicht, begann sie, unsere Möbel, die haben nichts miteinander im Sinn, die wollen sich nicht versöhnen auf engem Raum, unsere Möbel. Natürlich könnte man sie gewaltsam überzeugen, sagte Nora, sie rücksichtslos aufteilen und mischen, sie habe in Gedanken vermessen, gestellt, kombiniert, zur Not ginge es schon, aber eben nur zur Not; die Wohnung sei einfach zu klein, würde ihnen, wenn sie alles zusammenbrächten, das Gefühl geben, in einem Möbellager zu hausen. Das sei keine Lösung. Es müßten andere Räume sein, größere, gemütliche Räume, in denen die Möbel sich vertrügen und wo man selbst zu bleiben wünschte, unbegrenzt; sehen und bleiben wollen: so müßte es sein, ein Ort, zu dem man nicht schnell genug gelangen könnte jeden Tag. Und nun darfst du schaun.

Sie zog die Hand vom Prospekt und blickte erwartungsvoll in Ulis Gesicht, sah, wie Staunen entstand und Ungläubigkeit sich langsam ankündigte, und während er die Farbphotographien stumm abwanderte, flüsterte sie: Schau nur, das ist ein Fertighaus, schau nur, der See wird wohl kaum geliefert, auch die Kiefern nicht, und anstelle der Felsbrocken am Ufer mußt du dir etwas anderes denken, vielleicht einen Holzsteg, aber sieh nur die Veranda, die herabgezogenen Fenster, diese geglückte Verbindung von Stein und Holz, sieh nur, und hier auf der Mittelseite die Aufteilung der Räume – was meinst du, Uli?

Den Notizblock, Nora, den Kugelschreiber, bring sie schon, du mußt doch die Zeichen verstehen, Notsprache, warum haben wir uns nicht beizeiten auf eine Reservesprache geeinigt, morsen möchte ich auf dein Handgelenk, morsen, ja, mach es, leit alles für uns ein, für uns at ap ich sehe das Haus und den Weg, der hinaufführt, ah, welch ein Durcheinander, Nora, da ist die Freude, die Freude auf das Ziel, mir ist ganz schwindlig, das ist zu anstrengend, stütz mich, komm und stütz mich, ich kann das Bild nicht mehr ansehen, es ist einfach wunderbar, der Gedanke, dort zu sein, dort zu bleiben; ich hör dich schon rufen, hör mich schon antworten von weither; ja, stell dir vor, ich höre mich schon antworten.

Seinen Eifer konnte sie nicht dämpfen, kaum hatte er das Schreibzeug in den Händen, begann er auch schon, eckige, verwinkelte Zeichen aufs Papier zu ziehen, großzügig, mit bitterer Entschlossenheit. Wo immer er auch ansetzte, es waren keine wahllosen Bemühungen, keine unorganisierten Striche, vielmehr bewiesen sie bei den auseinandergezogenen Worten, an denen er sich ständig versuchte, daß er etwas Bestimmtes im Sinn hatte. Nora sah es, als sie sich zu ihm setzte und sich leicht an seine Schulter lehnte. Unermüdlich probierte er, hechelnd, verbissen, und plötzlich erkannte Nora, worauf er aus war und warum er sich mehr und mehr bemühte, die Schriftzeichen an den unteren Rand eines Blattes zu setzen: vor ihren Augen versuchte er, seine Unterschrift zu leisten; je öfter er die beiden Worte schrieb, desto mehr glichen sie dem Namenszug, den Nora in Erinnerung hatte – zumindest kam es ihr so vor, als gewänne seine Unterschrift allmählich die gewohnte Kontur.

Und Nora wunderte sich nicht, daß sie einige Laute, die er offenbar als Ausdruck seiner Zufriedenheit ausstieß, plötzlich zu verstehen glaubte; sie war sicher, das Wort Vollmacht gehört zu haben und das Wort Ermächtigung.

Uli, sagte sie, mein Gott, Uli. Mit dem Taschentuch wischte sie ihm den Speichel vom Mund, mit dem Handtuch rieb sie ihm den Schweiß von der Stirn und trocknete seine Kopfhaut. Abrupt stand sie auf – nicht, um dem säuerlichen Geruch zu entgehen, sondern weil sie das Handtuch ausschlagen und auf die Fensterbank legen wollte, dort, wo es Sonne bekam. Sie faßte nach dem Fensterkreuz, sah hinaus in die Helligkeit, aus frischen Maulwurfshügeln auf der Grasfläche funkelte es, über der Asphaltstraße jenseits des Zauns lag ein bläulicher Schimmer, kaum Wolken am Himmel. Mißmutig schob ein weißgekleideter Pfleger eine Karre vorbei, an der acht Aluminiumkübel baumelten; als er Nora entdeckte, nickte er freundlich zu ihr herauf. In der Ferne verflimmerten die Hochhäuser. Ein schwacher Aufwind zog an ihr vorbei, sie schloß die Augen, atmete tief und legte den Kopf in den Nacken.

Auf ein ächzendes Geräusch hin wandte sie sich um und trat rasch ans Bett heran. Uli hatte sich abgleiten lassen, lag starr und abweisend da, den Blick auf die Decke gerichtet, die Hände lose auf dem Schreibzeug. Was ist, fragte Nora, fühlst du dich nicht gut? Strengt es dich zu sehr an? Er rührte sich nicht, er schien plötzlich wieder versunken zu sein in seine Unerreichbarkeit und ließ es geschehen, daß Nora ihm das Schreibzeug nahm und ihn besorgt zudeckte. Da er ihre Berührung nur gleichgültig ertrug, fragte sie wieder: Möchtest du etwas, Uli? Sieh mich doch an – soll ich dir etwas bringen? Seine blutleeren Lippen. Die Härte der Kieferknochen. Der vorsätzliche Entzug und die Weigerung, ihrem suchenden Blick zu antworten. Nora spürte, daß sie sich gegen aufkommende Furcht wehren mußte; sie nahm den Notizblock auf, trug ihn zum Tisch und blickte auf die gelungene Unterschrift und bemerkte sofort, daß Uli noch etwas dazugeschrieben hatte, zwei Worte, die sie ohne Mühe entziffern konnte: Kein Mitleid.

Sie sah erschrocken zu ihm hin, spürte, wie der Druck auf die Schläfen zunahm. Sie legte die Hand auf das Teekännchen, doch obwohl sie das Verlangen hatte, zu trinken, goß sie sich nichts ein. Wie undeutlich einer werden konnte im Schweigen! Ihr war zumute, als ob sie in diesem Augenblick einen Teil ihres Schutzes einbüßte, unsicher wurde, kraftloser. Was sie sich erworben hatte, drohte durch eine einzige Reaktion verlorenzugehen.

Mit ein paar festen Schritten war sie am Waschbekken, drehte den Hahn auf, das Wasser schoß in vollem Strahl heraus, lauwarm zuerst und dann immer kühler, und Nora beobachtete, wie ihre Handgelenke sich unter dem Strahl röteten. Geruhsam trocknete sie sich an Ulis Bademantel ab, überprüfte ihr Gesicht im Spiegel und kämmte mit seinem Kamm ihr Haar nach. Dann trat sie ans Fußende seines Bettes, umfaßte mit beiden Händen das weiße lackierte Metallrohr und wartete darauf, in sein Blickfeld zu geraten, so ausdauernd und gelassen, als sei sie seiner ganz sicher geworden und habe bereits gewonnen. Uli wich ihr immer noch aus, und es schien ihr nichts daran zu liegen, seine Aufmerksamkeit durch eine auffällige Bewegung auf sich zu ziehen. Und sie wollte anscheinend nicht einmal erfahren, ob er sie auch verstand, als sie leise sagte: Ich bin traurig, Uli, ich werde nie verstehen, daß du sowas hast schreiben können, diese beiden Worte.

Nora fürchtete, schon zuviel gesagt zu haben, entschied aber sogleich, daß sie ihm von nun an nicht alles ersparen durfte. Sie blickte auf sein verschattetes Gesicht, glaubte einen schwachen Ausdruck von schmerzlicher Resignation zu erkennen, sie fühlte, wie fremd er sich selbst geworden war, und es entging ihr nicht, daß er darunter litt. Nicht einmal gegen sich selbst konnte er sich in diesem Moment wehren – soviel hatte er verloren. Sie lächelte ihm zu, als kenne sie alle Gründe seiner Versunkenheit, als verstehe sie diese Gründe. Er nahm ihr Lächeln nicht auf. Er hob seinen Arm und ließ ihn wieder auf die Bettdecke fallen. Dann lag er ganz still da mit leicht geöffnetem

Mund, er sah jetzt zufrieden aus, vielleicht einfach deshalb, weil er wußte, daß Nora da war.

Das Kissen mußte aufgeschüttelt werden. Auf dem Korridor näherten sich Schritte, ihr Fall wurde immer härter, immer bestimmter. Nora ging langsam um das Bett herum, setzte sich auf die Kante und zog Ulis Hand zu sich herüber. Als es klopfte, sahen beide zur Tür.

Siegfried Lenz | Schweigeminute

Die Geschichte einer Sommerliebe: Stella Petersen war eine der beliebtesten Lehrerinnen am Lessing-Gymnasium. Ihre Lebensfreude, Intelligenz und Belesenheit verschafften ihr die Anerkennung und den Respekt des Kollegiums wie den ihrer Schüler. Gewiss führte die Liebe zu ihrem Schüler Christian, die über das ungleiche Paar am Ende der Sommerferien hereinbrach, zu jener Verwirrung der Gefühle, deren Intensität und Kraft beide überwältigt ... Eine großartige Novelle über das Erwachsenwerden und das Erwachsensein.

128 Seiten, gebunden. Auch als Hörbuch erhältlich.

| Hoffmann und Campe |

Siegfried Lenz im dtv

»Siegfried Lenz gehört nicht nur zu den ohnehin raren großen Erzählern in deutscher Sprache, sondern darüber hinaus auch noch zu den ganz wenigen, die Humor haben.«
Rudolf Walter Leonhardt

Jäger des Spotts
Geschichten aus dieser Zeit
ISBN 978-3-423-00276-9

Das Feuerschiff
Erzählungen
ISBN 978-3-423-00336-0

Es waren Habichte in der Luft
Roman
ISBN 978-3-423-00542-5

Der Spielverderber
Erzählungen
ISBN 978-3-423-00600-2

Beziehungen
Ansichten und Bekenntnisse
zur Literatur
ISBN 978-3-423-00800-6

**Einstein überquert die Elbe
bei Hamburg**
Erzählungen
ISBN 978-3-423-01381-9

Der Geist der Mirabelle
Geschichten aus Bollerup
ISBN 978-3-423-01445-8

Der Verlust
Roman
ISBN 978-3-423-10364-0

**Die Erzählungen
1949–1984**
3 Bände in Kassette
ISBN 978-3-423-10527-9

Exerzierplatz
Roman
ISBN 978-3-423-10994-9

Ein Kriegsende
Erzählung
ISBN 978-3-423-11175-1

**Leute von Hamburg
Meine Straße**
ISBN 978-3-423-11538-4

Die Klangprobe
Roman
ISBN 978-3-423-11588-9

Über das Gedächtnis
Reden und Aufsätze
ISBN 978-3-423-12147-7

Ludmilla
Erzählungen
ISBN 978-3-423-12443-0

Duell mit dem Schatten
Roman
ISBN 978-3-423-12744-8

Bitte besuchen Sie uns im Internet: www.dtv.de

Siegfried Lenz im <u>dtv</u>

»Denn was sind Geschichten? Man kann sagen, zierliche
Nötigungen der Wirklichkeit, Farbe zu bekennen. Man kann
aber auch sagen: Versuche, die Wirklichkeit da zu verstehen,
wo sie nichts preisgeben möchte.«
Siegfried Lenz

Bitte besuchen Sie uns im Internet: www.dtv.de

Peter Härtling im dtv

»Die Hilflosigkeit angesichts der Liebe, die Sehnsucht und die
Jagd nach der Liebe, die Furcht und die Flucht vor der Liebe –
daran leiden Härtlings unheroische Helden. Das sind die Motive,
die er immer wieder aufgreift, seine Leitmotive.«
Marcel Reich-Ranicki

Nachgetragene Liebe
ISBN 978-3-423-11827-9

Hölderlin
Ein Roman
ISBN 978-3-423-11828-6

**Ein Abend, eine Nacht,
ein Morgen**
ISBN 978-3-423-11837-8

Das Windrad
Roman
ISBN 978-3-423-12267-2

Božena
Eine Novelle
ISBN 978-3-423-12291-7

**Hubert oder Die Rückkehr
nach Casablanca**
Roman
ISBN 978-3-423-12439-3

Waiblingers Augen
Roman
ISBN 978-3-423-12440-9

Die dreifache Maria
Eine Geschichte
ISBN 978-3-423-12527-7

Schumanns Schatten
Roman
ISBN 978-3-423-12581-9

Große, kleine Schwester
Roman
ISBN 978-3-423-12770-7

Eine Frau
Roman
ISBN 978-3-423-12921-3

Schubert
Roman
ISBN 978-3-423-13137-7

Bitte besuchen Sie uns im Internet: www.dtv.de

Peter Härtling im dtv

»Ich schreibe, weil der Mensch ohne seine Geschichte
nicht leben kann.«
Peter Härtling

Leben lernen
Erinnerungen
ISBN 978-3-423-**13288**-6

**Hoffmann oder
Die vielfältige Liebe**
Eine Romanze
ISBN 978-3-423-**13433**-0

Die Lebenslinie
Eine Erfahrung
ISBN 978-3-423-**13535**-1

Sätze von Liebe
Ausgewählte Gedichte
Hg. v. Klaus Siblewski
ISBN 978-3-423-**13692**-1

Das ausgestellte Kind
Mit Familie Mozart unterwegs
ISBN 978-3-423-**13717**-1

Zwettl
Nachprüfung einer
Erinnerung
ISBN 978-3-423-**19121**-0

Der Wanderer
dtv großdruck
ISBN 978-3-423-**25197**-6

Janek
Porträt einer Erinnerung
ISBN 978-3-423-**61696**-6

**»Wer vorausschreibt, hat
zurückgedacht«**
Essays
ISBN 978-3-423-**61848**-9

Bitte besuchen Sie uns im Internet: www.dtv.de